Juliana de Norwich

Sor Emmanuelle Billoteau

Juliana de Norwich

Reclusa y mística

SAN PABLO

PERFILES

Tel. 917 425 113 - Fax 917 425 723
E-mail: secretaria.edit@sanpablo.es - www.sanpablo.es

Título original: *Julienne de Norwich. Recluse et mystique*
Traducido por: María Jesús García González (Maria)

Distribución: SAN PABLO. División Comercial
Resina, 1. 28021 Madrid
Tel. 917 987 375 - Fax 915 052 050
E-mail: ventas@sanpablo.es
ISBN: 978-84-285-6765-7
Depósito legal: M. 12.553-2023
Impreso en Artes Gráficas GarVi. 28970 Humanes (Madrid)
Printed in Spain. Impreso en España

Nota del editor

Juliana de Norwich despierta cada vez más interés en toda Europa. Varios son los motivos, que van desde lo anecdótico –resulta atractiva para los amantes de las mascotas, pues se la considera patrona de los gatos y habitualmente es representada con uno–, hasta la preocupación por recorrer itinerarios místicos poco transitados.

Y es que el afán por la historia y, en especial, por devolver a la mujer un protagonismo que había quedado oculto y alejado de la realidad está poniendo en valor, dentro y fuera de la Iglesia, figuras femeninas poco conocidas hasta el momento. Sirva como referencia el nombramiento por parte de Benedicto XVI de Hildegarda de Bingen como doctora de la Iglesia.

La intención de publicar esta bellísima obra, traducida del francés, sobre una figura que, con su testimonio y sus enseñanzas embellece la historia de la Iglesia, se enmarca en el deseo de ampliar la reflexión y los espacios de la mujer en la sociedad.

Abreviaturas

DS *Dictionnaire de spiritualité,* Beauchesne, París 1932-1995.

PG Patrología griega, seguida del número de volumen y del número de columna.

PL Patrología latina, seguida del número de volumen y del número de columna.

SC Colección «Sources chrétiennes», seguida del número de tomo.

LT y ST La versión abreviada de *Showings,* citada como ST en las páginas siguientes, se publicó en francés con el título *Révélations,* Ed. du Parvis, Hauteville 1976. Esta es la traducción que citamos. La versión larga, LT, se publicó en francés con el título *Le livre des révélations,* Cerf, París 2007. Nosotros no citaremos esta traducción, excepto cuando así se indique. La traducción que ofrecemos la he realizado yo misma a partir de la edición crítica en inglés de los *Showings (Long Text),* traducida por Colledge y Walsh: *Julian of Norwich. Showings,* Paulist Press, Nueva York 1978. Cuando cito el conjunto de la obra, tanto la versión larga como la abreviada, hablaré de *Revelaciones.*

Introducción

Juliana de Norwich, o Julian of Norwich (siglos XIV-XV), es relativamente poco conocida en Francia, a diferencia de Inglaterra y el mundo angloparlante, donde se la venera ampliamente con los apelativos de «Lady Julian» o «Mother Julian». La Iglesia anglicana la conmemora el día 8 de mayo y, todos los años, en la ciudad de Norwich, se le consagra una semana de congreso y de oración, animada y frecuentada por su asociación de amigos y por numerosos peregrinos. En Norwich todos pueden visitar el lugar donde Juliana vivió como reclusa (un lugar que quedó destruido tras la II Guerra mundial pero que se reconstruyó posteriormente) y acudir al centro de documentación que le está dedicado, que ofrece una gran fuente de información sobre ella. Está presente también cuando nos dirigimos a la impresionante catedral de la ciudad, que combina los estilos románico y gótico. Porque, a la izquierda del pórtico, una inmensa estatua de Juliana que sostiene en la mano el *Libro de las revelaciones del amor divino* (los *Showings)* recibe a todas las personas que entran en ese lugar, sin olvidar una vidriera en la que se la representa con un gato, único animal al que se le permite compartir la vida de los reclusos. ¡Los ratones obligan a tener uno!

Señalemos también la aparición en Francia, en 2021, de un librito que proponía un camino de Cuaresma con Juliana. Todo esto nos indica hasta qué punto está presente, hasta qué punto su mensaje se percibe como actual para los hombres y las mujeres de esta época, que han de afrontar la incertidumbre, no ya la provocada por la peste negra y su cortejo de miserias económicas y sociales, sino por la pandemia del COVID-19, y que han de afrontar también las teorías del transhumanismo, con la tentación que conlleva de eliminar todo lo que significa finitud, debilidad, sufrimiento, lo cual, por el contrario, constituye la verdad de la condición humana y el lugar de su iluminación. Pero eso no es todo. Juliana expresa también otras preocupaciones contemporáneas, como las de lo «femenino» de Dios, la categoría de la mujer en la institución eclesial, la relación entre el dato objetivo de la fe y la experiencia personal...

En cualquier caso, entrar en el universo de Juliana de Norwich es adentrarse en el universo de una visionaria, de una mujer de deseo, de una mujer muy humana, con sus dudas, con sus momentos de desolación, pero también con grandes alegrías.

Como visionaria, tuvo una experiencia excepcional y única durante una enfermedad que, en 1373, la llevó a las puertas de la muerte, cuando tenía treinta años y medio. En ese momento recibió una serie de dieciséis revelaciones sobre el amor divino que se sucedieron entre las cuatro de la mañana y el mediodía o un poco más. Las recibió de acuerdo con tres modalidades que se preocupó de exponer con una gran claridad: a través de sus ojos físicos, a través de palabras formadas en su mente y a través de la vía espiritual. A partir de esta experiencia, Juliana compondrá dos relatos en inglés con veinte años de intervalo entre ellos: primero una versión breve y, posteriormente, una versión larga. Las dos versiones concuerdan en las circunstancias y el contenido del acontecimiento. Pero la versión larga tuvo una elaboración teológica mucho más desarrollada que la versión breve, sobre todo en materia de teología trinitaria. Además, contiene elementos que no figuran en la versión breve, y sobre ello Juliana se explica: le costó veinte años comprender el contenido de lo que había recibido. En esto se percibe un proceso de maduración espiritual y teológica que se inscribe en el tiempo y se sitúa en las antípodas de la inmediatez que desean algunas personas en busca de sentido.

Juliana es también una mujer de gran voluntad y tenacidad, que no se conforma con lo que ha aprendido en las enseñanzas de la Iglesia y por medio de su propia experiencia. Sabe que tiene que profundizar constantemente en el misterio de Dios. Como el apóstol Pablo, olvida el camino recorrido para avanzar hacia delante, dirigiéndose completamente hacia Cristo[1]. Es constante en el deseo de crecer en el conocimiento y el amor de Jesús y, a través de él, de Dios Trinidad. Porque en Cristo, Dios y hombre, está el Dios trino que ella contempla: «Vi tres cielos, y todos estaban en la santa humanidad de Cristo. Y ninguno es mayor, ninguno es menor, ninguno es más elevado, ninguno es más bajo, sino que todos son iguales en su dicha». Hay que especificar que «Jesús quiere que nos alegremos en la alegría que la santísima Trinidad siente por nuestra salvación (...), en la que el Padre se alegra, el Hijo es glorificado y el Espíritu Santo se deleita»[2].

---

[1] Cf Flp 3.
[2] ST, XII.

Juliana no es tampoco una mujer que confiese sus interrogantes, sus preocupaciones, sus dudas. Cultiva una teología de la esperanza, pero topa, como cualquier otra persona, con la piedra de toque que es el mal –en sí misma y a su alrededor–, el contexto histórico en el que vive, y que le ofrece un amplio material para reflexionar. ¿Cómo Dios, que es «todo bondad», que es «todo sabiduría» y «todopoderoso», puede tolerar el mal? Este tema recorrerá el texto de principio a fin, porque Juliana no se da por vencida, y menos aún cuando la pasión de Cristo, que ella contempla tan prolongadamente, la remite sin cesar no solo a la salvación, sino también al pecado. ¿Qué mirada dirige Dios al mal y qué mirada dirige al pecador? La parábola del señor y el servidor, que solo encontramos en la versión larga[3], aporta un enfoque muy original a este tema. La mirada de Dios sobre el pecado y el pecador es, sin duda, el modelo al que adecuar nuestra propia mirada. Esta grave reflexión confiere toda su fuerza a la teología y la antropología optimista de Juliana, que revela ser una excepcional guía espiritual, que abre para cada uno el camino de la contemplación en el hueco mismo de los interrogantes, las dudas, las reconsideraciones que surgen cada día.

Juliana nos recuerda, así, que la mística es una dimensión esencial de la vida cristiana. Todos estamos llamados a esta celebración del corazón que es la viva experiencia de una unión con Dios, incluso cuando se trata de una mística de la Cruz. Pero no nos equivoquemos: lo que califica la autora del *Libro de las revelaciones* como mística no son las visiones en lo que tienen de extraordinario, sino su capacidad para dejarse habitar y obrar por Dios en todo momento y en todas las cosas. Unas palabras

[3] Cf LT, 51.

de Karl Rahner sobre la experiencia de la gracia pueden explicar lo que acabamos de afirmar. Muestra que esta experiencia puede vivirse a diferentes niveles y por parte de todos, independientemente de su pertenencia o no a una religión. Y termina con estas palabras:

> «El cáliz del Espíritu Santo en esta vida es idéntico al cáliz de Cristo. Pero solo lo bebe quien ha aprendido un poco a gustar en el vacío la plenitud; en el ocaso, la aurora; en la muerte, la vida; en la renuncia, el hallazgo. Quien lo aprende hace la experiencia del espíritu, del puro espíritu, y en esta experiencia, la del Espíritu Santo de la gracia»[4].

El lado existencial del relato de Juliana, que conjuga las dimensiones emocional, reflexiva y espiritual, contribuye a la atracción que ejerce, incluso sobre los no cristianos. La teología que contiene su texto no pretende decirlo todo y saberlo todo. Juliana no reivindica ni la absoluta objetividad ni la universalidad. Asume una cierta ignorancia, una dimensión de búsqueda y, por eso mismo, de apertura titubeante que conmueve por su tono de veracidad. Y a través de una experiencia situada en el plano personal, parece, paradójicamente, alcanzar lo universal de la condición humana.

Este libro tiene como objetivo compartir los tesoros que esconde la experiencia de Juliana, que «escogió» a Dios como su «cielo, en la buena fortuna y en el infortunio»[5]. Nos centraremos primero en su persona, en lo que motivó su proyecto de

[4] K. RAHNER, *Sobre la experiencia de la Gracia*, en *Escritos de Teología* III, Taurus, Madrid 1963, 107.

[5] ST, XII.

escritura y en el vínculo que estableció con su lector. No tardaremos en abordar, a continuación, el contenido de su mensaje. Comenzaremos por el lugar central que ocupa Cristo y la relación que establece con él, y luego veremos cómo la conduce él al misterio trinitario, un misterio que ella aborda en el marco de la creación y de la interioridad, porque Juliana tiene en cuenta la totalidad de la realidad que la rodea y lo que ella lleva consigo de esa realidad. A continuación exploraremos su visión de la naturaleza humana en general y de su propia naturaleza en particular, con sus conflictos. Terminaremos este recorrido con un rasgo particular de Juliana: la libertad de una mujer cuyo corazón Dios «sacó de las aguas»[6].

[6] Cf Salmo 18 (TM).

Encontrar la estabilidad en un mundo convulso

«No dijo: "No conocerás tempestades",
sino: "No serás vencida"».
ST, XXII

El extracto de la versión abreviada que citamos sobre estas líneas es el que marca la pauta. Juliana comprendió que el apego a Cristo no preserva de las tentaciones, de las dificultades, no solo interiores, sino también exteriores. Y lo cierto es que estas últimas no faltaron. En realidad, si tenemos en cuenta los datos cronológicos proporcionados por el texto de las *Revelaciones*, por los testamentos y por Margery Kempe, otra mística inglesa que visitó a la reclusa de Norwich, el periodo de vida de Juliana abarca un poco más de la mitad del siglo XIV y las primeras décadas del siglo XV. Este periodo ha sido definido por los historiadores como una época de angustia, un periodo sombrío marcado por la agitación. Un panorama que otorga relieve al mensaje de esperanza transmitido por las *Revelaciones*, porque aunque la autora no aluda a ningún acontecimiento concreto aparte de las revelaciones recibidas, no es menos cierto que su oración, sus interrogantes, su reflexión, su mensaje, están en gran consonancia con el contexto, muy concreto, que esbozaremos a continuación.

Peste negra, inestabilidad política y problemas socioeconómicos

Inglaterra vivió un periodo de turbulencias a causa de diferentes factores. Cuatro monarcas se sucedieron a lo largo de este periodo: Eduardo III (1327-1377); Ricardo IV, hijo menor del anterior (1377-1399); Enrique IV, primo de este último (1399-1413), y Enrique V (1413-1422). Sabemos, además, que el ascenso al trono de Eduardo III y el de Enrique IV estuvieron vinculados a intrigas y violencias. Por otra parte, era una época convulsa por los conflictos con Escocia y con Francia. La Guerra de los Cien Años comenzó en 1337 y, como sabemos, una situación así no está exenta de sufrimientos humanos de todo tipo, sin contar con las subidas de impuestos suplementarias. Los obispos apoyaban al poder secular y la aristocracia consideraba que llevar armas era una actividad conforme a su categoría, pero no ocurría lo mismo en otros estamentos de la sociedad, cuya pobreza se veía agravada, además, por numerosos factores.

En 1348 surgió una epidemia de peste negra en Dorset. Se expandió con gran rapidez por todo el país y llegó a Norwich en enero del año siguiente. De acuerdo con las fuentes, la muerte era rápida, dolorosa y muy traumática para quienes sobrevivían. Tras un periodo de calma, la epidemia se extendió nuevamente entre 1361 y 1362, en una variante que atacaba principalmente a los niños. Las ciudades se vieron más afectadas que las zonas rurales por la promiscuidad y la falta de higiene. Se cree que más de un tercio de la población inglesa sucumbió a la enfermedad, y de ahí los problemas demográficos que se derivaron. A esta plaga se añadió una epidemia que afectó al ganado en 1348 y, posteriormente, en 1363 y 1369, así como malas cosechas. Todo ello provocó una hambruna en 1369.

Este contexto global favoreció que surgieran tensiones sociales y levantamientos populares; entre ellos la «revuelta de los campesinos» de 1381, liderada por John Ball, un sacerdote, y Wat Tyler, un artesano, que promovían reivindicaciones igualitarias. Una cruenta represión respondió al deterioro de los bienes y a la violencia ejercida sobre los «potentados»[1].

El auge cultural

Pero estos dramáticos acontecimientos no deben hacernos olvidar el auge cultural que caracterizó a la Inglaterra medieval, con la aparición de una producción literaria en lengua vernácula. Recordemos que Inglaterra fue uno de los primeros países europeos en distanciarse del latín. A partir de la Alta Edad media surgió una producción literaria en inglés antiguo[2]: documentos legales, sermones, breves relatos historiográficos (pasajes del ciclo artúrico) y traducciones. En este ámbito, parece

[1] Nos basamos, entre otros, en el artículo de R. Max, *Ball John (mort en 1381)*, en *Encyclopædia Universalis*, www.universalis.fr.

[2] El inglés antiguo o anglosajón estaba compuesto por diversos dialectos: northumbrio, ánglico occidental y oriental y kéntico. Cf www.asl.cefan.ulaval.ca.

que los reclusos o anacoretas desempeñaron un importante papel en lo que se refiere a la literatura religiosa. La conquista normanda[3] implicó una vuelta al latín. Y el franco-normando[4] pasó a ser la lengua escrita de artesanos y comerciantes. Habrá que esperar al siglo XIV para que reaparezca la lengua vernácula del lugar, bajo la forma del inglés medieval, muy simplificado en relación con el inglés antiguo pero enriquecido con un vocabulario procedente de diversas regiones del país. Entre los escritores de esta época podemos citar a Geoffrey Chaucer, autor de los *Cuentos de Canterbury*[5] (contemporáneos de las *Revelaciones)* y traductor al inglés de clásicos latinos y de escritores italianos, así como a William Langland, que hizo una crítica de la sociedad de la época con su *Pedro el labriego*[6]. Mencionaremos asimismo los relatos anónimos que presentan la historia de *Sir Gawain and the Green Knight*[7] (*Sir Gawain y el caballero verde*), sin olvidar a John Mandeville (Juan de Mandeville) y sus relatos de «viajes y travesías», que se tradujeron del neerlandés medieval[8].

En el campo de la literatura espiritual y mística, hay varios nombres que llaman la atención. Además del de Juliana de Norwich, está el de Richard Rolle, que escribe tanto en la-

---

[3] Cf G. de Malmesbury, *Gesta regum Anglorum*, Stubbs, Londres 1887-1889. Cf www.axl.cefan.ulaval.ca.

[4] Término que se emplea de manera general pero que, según el especialista André Crépin, no es del todo apropiado. Cf *ib,* la página web de la Universidad de Laval, «Histoire de la langue anglaise».

[5] G. Chaucer, *Cuentos de Canterbury*, Cátedra, Madrid 2006.

[6] W. Langland, *Pedro el Labriego*, Gredos, Madrid 1997.

[7] *Sir Gawain and the Green Knight*, Publications Middle English Series, Cambridge 1995. Publicado en español en Alianza Editorial, Madrid 2013.

[8] Juan de Mandeville era explorador. En 1372 escribió un *Libro de las maravillas* titulado *Itineraria* en latín, que se tradujo en 1410 con el título *The Buke of John Mandeville.*

tín como en inglés medieval, y el de Walter Hilton o Hylton († 1395), que compuso, entre otras obras, *La escala de la perfección*[9]. Canónigo especialmente atento a las necesidades espirituales de los laicos, Hilton estaba convencido de que la santidad no tenía como único terreno predilecto a los claustros o las ermitas. En cuanto al autor anónimo de *La nube del no-saber*[10] y *El libro de la orientación particular*, de la misma época, muestra el impacto que tuvieron escritos del Pseudo-Dionisio[11] en el Occidente medieval. Por último, Margery Kempe, autora de *El libro*[12], ofrece el valioso testimonio de una mística laica, casada y peregrina.

LA IGLESIA DE OCCIDENTE EN TENSIÓN Y EN BUSCA DE RENOVACIÓN

El ámbito religioso está también cargado de tensiones y divisiones, tanto en el plano eclesiástico de Occidente en su globalidad, como en el ámbito eclesiástico de Inglaterra. Estas tensiones se desarrollan a diferentes niveles, pero no impiden ricas manifestaciones de fe.

---

[9] W. HILTON, *The Scale [or Ladder] of Perfection*; cf www.academy.standrewsalmanor.org.

[10] *La Nube del no-saber y El libro de la orientación particular*, San Pablo, Madrid 2013.

[11] PSEUDO-DIONISIO AREOPAGITA, *Obras completas*, BAC, Madrid 2007.

[12] M. KEMPE, *The Book of Margery Kempe*, Penguin Books, Londres 2004 (trad. esp.: *El libro de Margery Kempe. La mujer que se reinventó a sí misma*, Publicaciones de la Universidad de Valencia, Valencia 2012).

El gran cisma de Occidente

El gran cisma de Occidente[13] (1378-1417) comenzó en 1377 con dos candidatos al papado, uno en Roma y otro en Aviñón. Papa y antipapa se lanzaron anatemas. Urbano VI, el candidato romano, alentó una cruzada contra los partidarios de su rival Clemente, dirigida por Henry Despenser, obispo de Norwich. Urbano VI prometió la indulgencia plenaria a quienes financiaran la expedición y a sus padres difuntos. Esta iniciativa se saldó con un rápido fracaso. En cualquier caso, y más a nivel global, este cisma desacreditó al papa, a la Iglesia y a su jerarquía ante los ojos del pueblo. Y este descrédito no estuvo exento de consecuencias espirituales y de interrogantes teológicos, entre otros, sobre el tema de la salvación. A decir verdad, recordemos que cada uno de los papas –y de sus sucesores, tanto romanos como aviñoneses– excomulgaron a los partidarios del otro, en función de la bula *Unam Sanctam,* promulgada por Bonifacio VIII en 1302, que estipulaba que la salvación estaba condicionada por la sumisión al poder papal. Las *Revelaciones* parecen evocar una cuestión omnipresente en la época del cisma: «¿Quién se salvará?». Pero esto no nos obliga necesariamente a adoptar la tesis de Nicholas Watson[14], que defiende que la versión breve se redactó hacia 1380, porque, posiblemente, esta cuestión ya estaba presente en las tensiones que precedieron al cisma.

---

[13] Cf J. CHELINI, *L'Église au temps des schismes (1294-1449),* Armand Colin, colección «U», París 1991.

[14] N. WATSON, *Censorship and Cultural Change in Late-Medieval England: Vernacular Theology, the Oxford Translation Debate, and Arundel's Constitutions of 1409,* Speculum 70, Cambridge University Press, Cambridge 1995, 863.

JOHN WYCLIF Y LOS LOLARDOS

En la Inglaterra de los siglos XIV y XV, las cuestiones relativas a la utilización de la lengua vernácula y a la autoridad de la Iglesia se exacerbaron bajo los efectos de las enseñanzas de John Wyclif[15] (1328-1384). Profesor de Teología en Oxford, donde obtuvo el doctorado después de haber estudiado no solo teología, sino también ciencias, matemáticas y óptica, John Wyclif se sublevó contra el papado y la institución eclesiástica, propugnando la libertad del poder secular y de cada individuo. En el plano teológico, abogó por un retorno a la Biblia y a san Agustín. Trató, asimismo, de establecer un diálogo entre filosofía y cristianismo.

Las propuestas de John Wyclif respecto a la estructura de la Iglesia fueron tildadas de errores por el papa en 1377, y John Wyclif fue expulsado de Oxford en 1382. El conjunto de sus enseñanzas fue condenado en el concilio de Constanza (1414-1418). No obstante, las tesis de John Wyclif encontraron eco en el clero y en el conjunto de la sociedad, muy especialmente en el seno de las clases medias. Porque los discípulos de John Wyclif no se limitaron a quedarse en los medios universitarios, sino que se convirtieron en predicadores itinerantes. Radicalizaron sus ideas, manifestando su hostilidad hacia la confesión, las indulgencias, los votos monásticos y los religiosos. Se los llamaba lolardos[16], del verbo *lull,* que significa «murmurar»,

---

[15] Cf Z. KALUZA, *Jean Hus,* en J.-Y. LACOSTE (dir.), *Dictionnaire critique de théologie,* PUF, París 1998. El autor incluye un largo texto sobre John Wyclif en el que se basan en parte nuestras palabras.

[16] Cf K. B. MCFARLANE, *John Wycliffe and the Beginnings of English Non-Conformity,* English Universities Press, Londres 1952.

«canturrear». ¿Y qué canturreaban, sino la pobreza de Cristo, el retorno a la sencillez del Evangelio y a la interioridad? En este sentido, estaban cerca de otros movimientos extendidos por la Europa continental: espirituales franciscanos, begardos, hermanos del libre espíritu...

Aunque, hasta Wyclif, Inglaterra no había conocido ni herejías ni Inquisición, el país fue escenario de una represión contra los lolardos, considerados heréticos a partir de finales de 1380. Recordemos que la propia Margery Kempe fue acusada de lolardismo y encarcelada por ello, aunque su encierro duró poco.

La edad de oro de la mística femenina

Todo periodo de crisis acarrea un resurgir de la devoción. Así, Caroline Bynum[17] considera que los siglos XIII y XIV corresponden a la edad de oro de la mística femenina en Europa occidental. Para André Vauchez, el lugar que han ocupado las mujeres a partir del siglo XIII es uno de los aspectos más originales de la espiritualidad occidental[18]. En su opinión, esta situación fue el resultado de una nueva concepción de la santidad a partir de figuras de mujeres «penitentes»: María Magdalena, María Egipciaca y muchas otras. La santidad, «lejos de identificarse con una perfección innata o heredada, constituía el punto final de una búsqueda de Dios que había comenzado con una conversión»[19].

---

[17] C. Walker Bynum, *Holy Feast and Holy Fast. The Religious Significance of Food to Medieval Women*, University of California Press, colección «The New Historicism: Studies in Cultural Poetics», Berkeley, Los Angeles-Londres 1987, 24-26.

[18] A. Vauchez, *La spiritualité du Moyen Âge occidental (VIIIe-XIIIe siècle)*, Seuil, colección «Points Histoire», París 1994, 157.

[19] *Ib*, 158.

Caroline Bynum observa que existían, sin embargo, diferencias entre el norte y el sur de Europa. En el norte, las mujeres místicas pertenecían en su mayoría a la aristocracia y se orientaban más a la contemplación, mientras que en el sur, las mujeres pertenecían a las clases medias y estaban más comprometidas con las obras de caridad. En cualquier caso, muchas de ellas hicieron escuchar su voz, hablando de su experiencia de Dios según la sensibilidad que les era propia: las beguinas Margarita Porete, Hadewijch de Amberes, Beatriz de Nazaret, Matilde de Magdeburgo; pero también Catalina de Siena, Ángela de Foligno...

La mayoría de estas mujeres eran visionarias. Fueron aceptadas en la Iglesia gracias a san Agustín[20], a Elredo de Rieval[21], a Ricardo de San Víctor[22], e incluso a santo Tomás de Aquino[23], aunque este último era más reticente. Lo cierto es que se admitía que las visiones podían proceder de Dios, que se servía de los más débiles y, por tanto, de las mujeres: ¡eso era lo que creían los clérigos! De modo que esas visiones no suscitaban suspicacias sistemáticas, siempre y cuando se circunscribieran a una esfera relativamente limitada.

Recordemos que la condición de las mujeres, religiosas o no, era permanecer sometidas a la autoridad masculina y retiradas de la vida pública y, por lo general, carecían de toda trascendencia social. Eso equivale a decir que las visionarias se salían, en par-

---

[20] Cf *De Genesi ad litteram.*

[21] Elredo de Rieval considera seis tipos de visiones que, en su opinión, son «formas naturales del conocimiento natural pero pueden servir, al menos a algunos, como instrumentos de la obra divina» (P. ADNES, *Visions,* en DS, col. 977. Para apoyar sus palabras, el autor cita el *Sermo* III *De oneribus,* PL 195, 68a-370c).

[22] Cf P. ADNES, *Visions,* en DS, cols. 977-978.

[23] Cf, por ejemplo, *Suma de Teología,* IIa IIae, q. 173, a. 2, o incluso IIa IIae, q. 174, a. 2.

te, de la condición que les había sido asignada. Algunos teólogos las consideraban una amenaza. En cuanto a las órdenes religiosas masculinas (cistercienses, premostratenses...), les cerraron la puerta después de una breve apertura que vivió la afluencia masiva de fundaciones femeninas. Sin embargo, los movimientos considerados heréticos las acogían con mucha más benevolencia.

El surgimiento de las teologías en lengua vernácula

Las experiencias espirituales femeninas favorecieron el surgimiento de un nuevo tipo de teologías, que Bernard McGinn define como «teologías vernáculas»[24]. Estas teologías se diferencian tanto de la teología escolástica (de escolar, erudito) como de la teología monástica. La primera se considera objetiva, atemporal. La segunda, de la que uno de los representantes más conocidos es san Bernardo, da primacía al comentario bíblico, que, a partir de una lectura literal, conduce a una enseñanza doctrinal y, por último, a una asimilación moral y mística. Las teologías vernáculas se articulan, con frecuencia pero no exclusivamente, en relatos de visiones, dando lugar así a una profundización teológica. Por consiguiente, Bernard McGinn reconoce que las características de estas teologías vernáculas son más difíciles de discernir que las de las otras modalidades, y de ahí el empleo del plural respecto a ellas.

[24] B. McGinn, *Meister Eckhart and the Beguine Mystics. Hadewijch of Brabant, Mechtild of Magdeburg and Marguerite Porete,* Continuum, Nueva York 1994, 1-14. Las ideas contenidas en este apartado se basan principalmente en las catorce páginas de B. McGinn.

Quién está capacitado para enseñar en la Iglesia

En el contexto del que acabamos de hablar, se plantea cada vez más la cuestión de la autoridad en la Iglesia. Bernard McGinn cita una «cuestión disputada» del teólogo escolástico Enrique de Gante en 1290, que podría resumirse así: «¿Puede una mujer ser doctora en teología?». La respuesta es interesante, porque Enrique de Gante afirma que una mujer puede «enseñar lo que deriva de la gracia y de la devoción de la caridad si posee una sana doctrina, pero debe hacerlo en privado, no en público, y en el seno de la comunidad eclesial»[25]. Y solo las mujeres y las niñas podían recibir estas enseñanzas.

El tema de la capacidad de enseñar de las mujeres, del que en Inglaterra se hace eco Chaucer (como se desprende del prólogo de «La esposa de Bath» en los *Cuentos de Canterbury*[26]), no es más que un aspecto de la problemática de la autoridad en la Iglesia. Porque esta se sitúa en un horizonte aún mayor, que cuestiona las relaciones establecidas entre la Iglesia y los príncipes, y entre la Iglesia y las personas individuales.

---

[25] No se ofrece la referencia concreta de la cita de Enrique de Gante. Pero hemos encontrado un eco de este mismo debate referente a las mujeres, en el que Enrique de Gante se mostró muy activo, en el libro de C. König-Pralong, *Le bon usage des savoirs. Scolastique, philosophie et politique culturelle*, Vrin, París 2011, 94. Cf también N. Bériou, *L'avènement des maîtres de la Parole. La prédication à Paris au XIIIe siècle*, 2 vols., Institut d'études augustiniennes, París 1998. Cf H. Denifle-É. Châtelain (eds.), *Chartularium Universitatis Parisiensis* III, París 1894, que da testimonio de mujeres que enseñaban en la universidad de París en esa misma época.

[26] Cf L. Staley, en D. Aers-L. Staley, *The Powers of the Holy. Religion, Politics and Gender in Late Medieval English Culture*, Pennsylvania University Press, Filadelfia 1996, 122-124.

Resumen

En este contexto resaltan la figura de Juliana de Norwich y su testimonio, enraizado en la Inglaterra de los siglos XIV y XV. Quien dice testimonio dice compromiso, palabra «encarnada» en una originalidad históricamente situada, «palabra bienaventurada», según la rica expresión de Jean-Louis Chrétien sobre la oración, una oración omnipresente en la obra de Juliana. Porque, para Chrétien, esta palabra «tiene siempre su origen en la herida de una dicha o de una angustia», pues «siempre es un desgarro lo que le hace abrir los labios»[27].

[27] J. L. Chrétien, *L'arche de la parole*, PUF, París 1998, 53.

Juliana, la reclusa de Norwich

«Su nombre es Juliana. Es una reclusa de Norwich
y en el año del Señor de 1413 todavía vive».
ST, prólogo del copista

En el relato que Juliana ofrece sobre su enfermedad y sobre las revelaciones que recibe en ese momento, no hay nada que indique su vida de reclusa: en realidad, a Juliana la ayuda su madre, recibe la visita de un párroco y del asistente de este, y también la de un religioso. Sin embargo, las palabras del copista que preceden a la versión breve (manuscrito de Amherst) y las palabras con que finaliza la versión larga identifican a la destinataria y autora de las *Revelaciones* con una reclusa de Norwich: «Esta es una visión mostrada por la bondad de Dios a una mujer devota; su nombre es Juliana. Es una reclusa de Norwich y en el año del Señor de 1413 todavía vive»[1]. En cualquier caso, así es como ha pasado a la historia de la espiritualidad cristiana.

[1] ST, I.

Su nombre es Juliana

Hay que realizar varias observaciones. Se nos ofrece un nombre, el de Juliana, que puede ser, quizá, el de su bautismo, pero que más probablemente corresponde al que recibió en el momento de su reclusión. Porque era bastante común que un recluso o una reclusa tomara el nombre del santo patrón de la iglesia a la que estaba adscrito. De modo que la supuesta reclusión de Juliana –porque no hay nada que pueda demostrarse con seguridad– estaba adscrita a una iglesia dedicada a san Julián, probablemente san Julián el Hospitalario, patrón de los barqueros. A Juliana se la define como «mujer devota», algo que hoy no sería un cumplido, pero que en la Edad media tenía un significado muy positivo. Porque se trataba de alguien que se había consagrado a Dios y que vivía un ferviente compromiso. En la versión larga, el copista habla de *anacoreta,* que en este contexto hace referencia al mismo estado de vida alejado del mundo.

Estos datos, que la crítica de los textos denomina «datos internos», es decir, proporcionados por los dos textos y que nos permiten llegar a Juliana, están corroborados por «datos externos», es decir, por alusiones de fuera a una reclusa llamada Juliana. En primer lugar se trata de «testamentos» a través de los cuales se hacen oficiales donaciones o legados en beneficio de «Juliana la reclusa»[2]. En segundo lugar, y más interesante aún, es el testimonio de Margery Kempe que, en *El libro*[3], un testimonio de las gracias recibidas de Dios, men-

---

[2] Cf M. Nuth, *Wisdom's Daughter. The Theology of Julian of Norwich,* Crossroad, Nueva York 1991, 8.

[3] D. Vidal, *Le Livre. Une mystique anglaise au temps de l'hérésie lollarde,* Jérôme Millon, Grenoble 1987.

ciona su visita a Juliana la reclusa de Norwich, a quien había recurrido para pedirle consejo espiritual. «Ella [Margery habla de sí misma en tercera persona] le reveló la gracia que Dios había depositado en su alma (...) para saber si no habría allí alguna superchería [hoy nosotros diríamos "delirio"] porque la reclusa era experta en estas materias y le daría un consejo adecuado»[4].

Margery cuenta que, poco tiempo antes, había consultado a un reputado carmelita de esa misma ciudad de Norwich, William Sowthfeld. Tanto en un caso como en otro, Margery, una figura destacada de la mística femenina inglesa, confesó haber sido impulsada por Dios: por una orden de Dios se dirigió a ver a una y a otro, y el estado no clerical de la reclusa no fue abiertamente un obstáculo en materia de consejo espiritual. Pero Margery no hizo ninguna alusión a las revelaciones que había recibido la mujer hacia la que se encaminó. Visto el contexto histórico de la desconfianza que sentía la jerarquía eclesiástica hacia las visiones o revelaciones personales, quizá Juliana juzgara prudente en ese momento guardarse su experiencia para sí misma, aunque ya la había consignado por escrito, al menos en su versión breve.

La respuesta que ofrece la reclusa a Margery sobre una cuestión muy concreta no nos permite tampoco afirmar con seguridad que ella fuese la autora de las *Revelaciones* basándonos en correspondencias literarias. En cierto modo, Juliana sigue eludiéndonos. Sin embargo, podemos percibir una cierta afinidad espiritual entre la breve respuesta que da a Margery y los dos textos atribuidos a Juliana: por ejemplo, el carácter

---

[4] *Ib.*

estructurado de la respuesta, la puesta en relieve de reglas de discernimiento concretas que atestiguan un deseo de claridad, sin olvidar la insistencia común en los temas del amor al prójimo, de la morada de Dios en el alma y de la impotencia del demonio. Así, la reclusa le especifica a Margery que el «respeto a Dios» y la búsqueda «del provecho de sus hermanos en Cristo» señalan la presencia de un espíritu benefactor, porque «el Espíritu Santo no inspira nada que vaya contra la caridad. Si lo hiciera, iría en contra de sí mismo, que es todo caridad»[5]. Y si la inconstancia y la indecisión ponen de manifiesto un «hombre doble», las lágrimas de arrepentimiento (más que abundantes en Margery, que incluso le provocan serios problemas), la piedad, la devoción, solo pueden ser obra del Espíritu y señal de que mora en un alma. El contenido global de los consejos ofrecidos está inspirado en las Escrituras que, al igual que en las *Revelaciones,* se consideran más según el espíritu que literalmente.

¿Pero qué es una reclusa?

Los testimonios, tanto de Margery Kempe como de los testamentos, son típicos de la fe que los cristianos de la época concedían al poder de la intercesión y a la capacidad de discernimiento de los reclusos y las reclusas. Un estado de vida que hay que precisar aquí en líneas generales. Las fuentes de las que disponemos para la Edad media son de dos tipos: por un lado, los

[5] *Ib.*

pontificales[6] y, por otro, las cartas u obras dirigidas a reclusos, hombres y mujeres, o que los mencionan[7].

El paso a la reclusión no era en absoluto innovador. Ya estaba presente en el monaquismo antiguo, tanto oriental como occidental[8]. Pero experimentó un auge en esta época en Occidente[9], donde aparecía como una forma de vida alternativa a la vida cenobítica (comunitaria), muy en particular para las mujeres, dado que la vida eremítica entrañaba numerosos peligros para ellas[10].

Los términos «recluso», «recluido», «empedrado», «emparedado» hacen hincapié en el encierro en un lugar que, simbólicamente, se asemeja a la tumba de Cristo. En inglés, el *anchor* o la *anchoress* (recluso/reclusa), o incluso *ancren* en inglés medieval, viene de *anachorite* (anacoreta), término que enfatiza la separación del mundo[11]. Algunos autores han jugado con la

---

[6] Como los pontificales ingleses de los siglos XIV y XV que incluyen los ritos de entrada en reclusión: el Pontifical de la Biblioteca capitular de Exeter y otros citados por D. L. GOUGAUD, *Ermites et reclus. Études sur d'anciennes formes de la vie religieuse*, Abadía de San Martín de Ligugé, Ligugé 1928.

[7] Entre otros, la *Regula solitariorum* de Grimlaïc, PL 103, cols. 575-664. Cf también PEDRO EL VENERABLE, *Lettre au reclus Gilbert*, PL 189, cols. 89-100, en DIONISIO EL CARTUJO, *Livre de vie des recluses*, Beauchesne, colección «Spiritualité cartusienne», París 2003, 85-101; ELREDO DE RIEVAL, *La vida reclusa*, Monte Carmelo, Burgos 2011, SC 76, París 1961; «Lettre de Bernard de Portes au reclus Raynaud», en AA.VV., *Lettres des premiers chartreux* II, Cerf, SC 274, París 1980, 51-78.

[8] Cf *Reclus*, en DS, cols. 217-221 para Oriente y cols. 221-228 para Occidente.

[9] Hay diversos motivos. En Inglaterra fue una reacción a la invasión normanda –que implicaba que hubiera prelados normandos– y una forma de afirmar la identidad nacional, volviendo a conectar con el eremitismo celta. Hay quienes creen que esta hipótesis no se mantiene porque en el continente se observa el mismo fenómeno. Dom Jean Leclercq, entre otros, ve en ello la consecuencia de un monaquismo decadente y demasiado dependiente de los poderosos.

[10] P. L'HERMITE-LECLERCQ, *La vie quotidienne des recluses*, en J. BERLIOZ, *Moines et religieux au Moyen Âge*, Seuil, colección «Points Histoire» n. 185, París 1994.

[11] Cf *Anchirite (m)*, *Anchoress (f)*, en F. L. CROSS (ed.), *Oxford Dictionary of the Christian Church*, Oxford University Press, Oxford 1958. Cf también *Ancrene Riwle (Regula Inclusarum)* en este mismo diccionario.

homonimia para desarrollar toda una idea y toda una imaginería en torno a los reclusos, «anclas» *(anchor)* de la Iglesia. Una imagen que evoca estabilidad y está asociada a la esperanza de la que habla Hebreos 6,19: «Esta esperanza es para nosotros como un áncora segura y firme, que penetra más allá de la cortina del santuario». Baste con decir que reclusas y reclusos hacían un gesto hacia Dios y hacia el cumplimiento de sus promesas en el más allá, hacia una estabilidad en la propuesta cristiana que solo podía provenir de la confianza en Él.

La espiritualidad propia de este medio se caracteriza por un retiro del mundo que se supone favorece el enterramiento en Dios y la total disponibilidad en cuestión de oración y penitencia. Se trata de «morir con Cristo para resucitar con él», en el espacio de una «celda» –tumba o matriz– que podía ser desde una habitación pequeña hasta un espacio más grande (en el caso de reclusas que vivían junto a una, dos o tres discípulas o sirvientas). Se supone que el recluso jamás salía de su reclusión. La ceremonia de entrada en reclusión se parecía a la de los funerales, pero el horizonte era el de la resurrección, el de un renacimiento, una renovación. Los reclusorios se encontraban, por lo general, adosados a iglesias o a capillas, pero también los hallamos en las murallas de las ciudades o sobre puentes[12]. Solían tener dos aberturas: una de ellas daba a la iglesia, para permitir la participación en la liturgia comunitaria, y la otra a la calle. Por esta última, los cristianos introducían sus donaciones (alimentos, entre otras cosas), o acudían a recibir consejo y asistencia espiritual de la reclusa o el recluso.

---

[12] D. L. GOUGAUD, *Ermites et reclus, o.c.*

Los reclusos podían pertenecer a órdenes religiosas diferentes y vivir su reclusión en el claustro de su monasterio o convento, o incluso en el exterior de este, con la aprobación de su superior. También podían ser laicos y, en este caso, dependían del obispo local, el único capaz de otorgar o no la autorización para entrar en ese estado de vida, después de un periodo de prueba junto a un recluso experimentado.

Con este propósito se escribieron reglas más o menos detalladas, caracterizadas por lo general por una gran sencillez: la de *Grimlaico*[13] (originario de Metz, siglos IX-X), la *Ancrene wisse*[14] *(Ancrene riwle)*, para un grupo de tres reclusas inglesas; *La vida reclusa* de Elredo de Rieval[15]; *La escala de la perfección*, de Walter Hilton[16]. Todas ellas regulaban las diferentes actividades de la jornada y recordaban el sentido de ese estado de vida. Observamos en ellas la llamada a la discreción (es decir, al discernimiento y a la moderación) en cuanto a las prácticas ascéticas (ayunos, vigilias, etc.) y la insistencia en la oración y en el silencio, así como en ser conscientes de la debilidad. Los reclusos, y sobre todo las reclusas, según decían los autores masculinos, estaban especialmente amenazados por las charlas y los cotilleos de todo tipo desde la pequeña ventana que daba al exterior. ¿Cómo escapar de alguien que se quedaba plantado delante de la ventana? ¿Cómo, una vez a solas, no volver a escuchar las palabras, a revivir las escenas evocadas? ¿Cómo resistir a la tentación del parloteo inútil cuando el

---

13 GRIMLAICO, *Regula Solitariorum*, en DIONISIO EL CARTUJO, *Livre de vie des recluses, o.c.*

14 A. SAVAGE-N. WATSON (eds. y trads.), *Anchoritic Spirituality. Ancrene Wisse and Associated Works*, Paulist Press, Nueva York 1991.

15 ELREDO DE RIEVAL, *La vida reclusa, o.c.*

16 W. HILTON, *The Scale [or Ladder] of Perfection*; cf www.academy.standrewsalmanor.org.

aburrimiento superaba a la devoción, o cuando se instalaba la acedía? Como ejemplo citaremos los consejos que ofrecía Bernardo de Portes al recluso Raynaud:

> «Que nadie se atreva a informarte de rumores, tonterías y novedades referentes a asuntos del exterior. Presta tan solo un oído complaciente a quien te dé la ocasión de acciones de gracia, si se trata de beneficios de Dios, o a quien te haga rezar, si se trata de acontecimientos tristes o funestos. Quien acuda a ti debe escuchar buenas palabras u ofrecértelas»[17].

Porque no basta con estar encerrado entre cuatro paredes para estar centrado en Cristo, ya que el espíritu puede vagar, y la lengua puede pronunciar palabras triviales alarmantes, que repercutirán en el entorno. Además, ciertos reclusos o reclusas poseían bienes y, por tanto, preocupaciones –a las que alude Elredo de Rieval en el libro que dedica a su hermana, entregada a ese estado de vida–, aunque fuera con el pretexto de dar limosna a los indigentes.

De modo que la vida de los reclusos y las reclusas estaba estructurada en momentos de oración, orientados a situar el corazón en un estado de oración constante; momentos para lecturas destinadas a alimentar la fe y a progresar en el conocimiento de Dios y de uno mismo; momentos para trabajos manuales o

---

[17] «Lettre de Bernard de Portes au reclus Raynaud», en AA.VV., *Lettres des premiers chartreux* II, Cerf, SC 274, París 1980, 53. Se observará que es el primer punto que trata Bernardo después de la introducción y antes de los ejercicios espirituales y corporales, el salario del trabajo, el vestido, los ayunos, el oficio divino, la oración, la dedicación a la salmodia, el cuidado para introducirse en la santa meditación, la aplicación a la lectura, la paciencia, las diversas tentaciones del Enemigo y cómo resistir a ellas, la humildad, la caridad y la confesión.

intelectuales que les permitieran atender, al menos en parte, sus propias necesidades; momentos para escuchar a los demás, por caridad hacia sus semejantes. Algunas reclusas enseñaban a niños desde su ventana, algo que Elredo desaprueba. En cuanto al descanso, necesario para toda vida humana, debía vivirse en el marco de un patio o un pequeño jardín interior, en el mejor de los casos. La alternancia de las actividades ayudaba a mantenerse despierto, a romper con la monotonía. La alternancia de prácticas después de los diferentes tiempos litúrgicos permitía también diferenciar los momentos: por ejemplo vigilias, silencio, ayunos más rigurosos durante la Cuaresma... Quienes hayan leído los libros de Fred Vargas (*Cuando sale la reclusa*[18]), o de Carole Martínez (*El reino de los murmullos*[19]), quizá se hagan preguntas prácticas como el acceso al agua, la gestión de los residuos, etc. Las respuestas varían, probablemente en función de los lugares de implantación, de la movilización de los cristianos del vecindario, sin olvidar que en esa época se tenía una idea de la higiene totalmente distinta a la nuestra, y su forma de vivir, para la mayoría de la población, excluía toda comodidad y se reducía al mínimo vital.

Diferentes autores contemporáneos, como Paulette L'Hermite-Leclercq[20] o Sophie Hasquenoph[21], por ejemplo, consideran que la reclusión femenina era «el refugio de los sufrimientos humanos» (para la primera) y «manifestación de una pobreza psicológica insospechada» (para la segunda). Ambas coinci-

---

[18] F. Vargas, *Cuando sale la reclusa*, Siruela, Madrid 2018.

[19] C. Martínez, *El reino de los murmullos*, Tusquets, Barcelona 2013.

[20] P. L'Hermite-Leclercq, *La vie quotidienne des recluses*, a.c.

[21] S. Hasquenoph, *Les recluses de Dieu creusent leur tombeau*, Historia 719 (noviembre de 2006) 30-34.

den en constatar que la desaparición de ese modo de vida coincide con la política de «reclusión de locos, de vagabundos y de desempleados». Seguramente hubo casos así, ¿pero se puede generalizar? Por otro lado, otros autores piensan que ese estilo de vida permitiría, en particular a las mujeres, un esparcimiento considerable para entregarse no solo a la oración, sino también al estudio. Esto les posibilitaría escapar del control masculino y autoafirmarse. Este estilo de vida debía de exigir, como toda la vida monástica en comunidad, la posesión de una cierta fortuna[22] o un entorno generoso. Se sabe, por último, que en la Inglaterra medieval las ermitas y los reclusorios mantenían redes sociales por los consejos que ofrecían a sus visitantes de toda condición[23], de ahí las donaciones y un cierto reconocimiento social...

Nuestra escala de valores en materia de equilibrio humano, de felicidad, de discernimiento se pone en entredicho ante una realidad semejante, aunque este tipo de vida ejerce una verdadera fascinación. Los motivos que llevaban a una persona a la reclusión podían ser diferentes. Un antiguo padre monástico mencionaba tres tipos de motivaciones que podían conducir a alguien a abrazar la condición de anacoreta: la llamada de Dios, con su parte de atracción; la admiración hacia una persona que representaba un «ideal» o una figura de testimonio; la huida de una situación considerada crítica o indeseable. Una misma persona podía, por supuesto, tener varias de estas motivaciones. Pero observemos que estos tres escenarios podían generar, con el tiempo, «buenos» o «malos» reclusos. Todo dependía

[22] M. Nuth, *Wisdom's Daughter*, *o.c.*, 9-10.

[23] T. Licence, *Hermits and Recluses in English Society (950-1200)*, Oxford University Press, Oxford 2011, 1-21.

de la forma en que cada uno se dejara transformar por la gracia de Dios. En el ámbito cristiano, el equilibrio y la felicidad en el sentido de un sentimiento de plenitud se buscaban, ante todo, en una experiencia de Cristo muerto y resucitado, más que en la pirámide que elaboró Maslow siglos después. Este tipo de vida no estaba hecho más que para un número limitado de personas, cuyo camino estaba marcado por un cierto exceso: exceso de amor, en el mejor de los casos, o reivindicación de la libertad de seguir el propio camino. La parte de ambigüedad que preside una opción de vida como esta, ¿no es acaso algo que tienen en común todas las iniciativas humanas verdaderamente comprometidas?

Un espacio dejado a la imaginación de los biógrafos y a la nuestra

La imaginación se extiende en los espacios en blanco que dejan las pocas referencias relativas a la vida de Juliana de Norwich. Nos conformaremos con revelar dos hipótesis significativas.

Dos religiosos, Edmund Colledge y James Walsh, que publicaron la edición crítica de la obra de Juliana, se inclinan por la hipótesis de que Juliana fue monja antes que reclusa. Monja desde la adolescencia hasta los cincuenta años, es decir, después de la redacción de la versión larga. Era algo que, en esa época, no tenía nada de extraordinario. Basan su afirmación en el conocimiento, manifiesto en su obra, que Juliana tenía de la Vulgata, es decir, de la versión latina de la Biblia que se utilizaba en los oficios monásticos. Se trata, sin duda, de una formación que un monasterio habría podido ofrecerle. Su cultura religiosa, la calidad de su estilo y su dominio de las artes liberales apoyan esta idea, aunque recientes investigaciones históricas dejan vislumbrar una gran pobreza intelectual en los conventos o monasterios femeninos de la Inglaterra de los siglos XIV y XV. Sin embargo, nuestros dos autores coinciden en afirmar que no era así en el caso del monasterio benedictino de Carrow, al que la parroquia del reclusorio de Juliana estaba adscrita por un vínculo jurídico, y que su enfermedad sigue planteando un verdadero interrogante. En conclusión, el lector sigue sin encontrar respuestas.

Otra hipótesis es la que plantea sor Benedicta Ward, profesora de Historia de la espiritualidad en la facultad de teología de la universidad de Oxford. Sor Benedicta da preferencia al texto breve que, en su opinión, es la versión más antigua del acontecimiento que vivió Juliana. Y plantea la hipótesis de que Juliana no había sido religiosa antes de ser reclusa, y que quizá se tratara de una joven viuda que había perdido a uno o más hijos antes de convertirse en reclusa en 1373, justo después de haber recibido sus revelaciones. Se basa en la expresión «mujer devota» –y no «monja reclusa»– que utilizó el copista para hablar de Juliana, en el hecho de que no figura en la lista de monjas de Carrow y en que no hay indicios de que dependiera de ninguna priora o abadesa. Juliana nunca se dirige a sus hermanas, sino a sus «hermanos cristianos». Ninguna comunidad religiosa parece haber reclamado su cuerpo tras su muerte, a pesar de su popularidad en materia del consejo espiritual. Por otro lado, los monasterios habían quedado diezmados por los episodios de peste negra, y es poco probable que una priora o una abadesa hubiera permitido vivir como reclusa a una hermana aún «joven». Sin olvidar, de nuevo, el contexto de su enfermedad, que no sugiere ni un monasterio ni un reclusorio.

Es difícil pronunciarse sobre la validez de las hipótesis presentadas aquí, porque cada una tiene su parte de verosimilitud. Aunque la hipótesis de Edmund Colledge y James Walsh propone soluciones creíbles, no es del todo convincente en lo que respecta al estado monacal de Juliana y a su fecha de entrada en reclusión tras la redacción de la versión larga. Los elementos recogidos por Benedicta Ward, que aboga por el laicado, son interesantes, especialmente porque en las *Revelaciones* no hay ninguna huella de aspectos propios de la institución monástica, tales como el oficio divino, las vísperas, el ayuno o el silencio y la práctica de la *lectio divina* en la línea de Casiano. Pero este último argumento pierde valor ante la lectura de Elredo de Rieval o de visionarias como Hildegarda de Bingen o Gertrudis de Helfta. Porque lo cierto es que las monjas y las mujeres místicas tenían un tipo de relación con los misterios de la fe y con las Sagradas Escrituras diferente a la mayoría de los monjes benedictinos, cistercienses o cartujos, cuyos escritos revelan, además, un género literario distinto porque son, con mayor frecuencia, homilías o comentarios de libros bíblicos.

La existencia de mujeres de la aristocracia o de la alta burguesía, con un elevado nivel cultural, hace plausible la tesis de Benedicta Ward. Varios autores del libro *Mujeres y literatura en Gran Bretaña (1150-1500)*[24] lo demuestran a partir de determinados documentos: testamentos en los que mujeres laicas dejaban los libros en latín, francés o inglés que poseían como herencia a otras mujeres, a familiares o a comunidades religiosas; obras de piedad dirigidas a reclusas –muchas de ellas proce-

[24] C. M. Meale (ed.), *Women and Literature in Britain (1150-1500)*, Cambridge University Press, colección «Studies in Medieval Literature», n. 17, Cambridge 1996.

dentes del entorno laico– y que apuntaban a niveles culturales muy diferentes entre las destinatarias[25]; pedidos de manuscritos por parte de las mujeres; solicitudes de traducción de obras de piedad del latín a lengua vernácula; obras literarias escritas o dictadas por mujeres... Todas ellas podían recibir su educación junto a preceptores, en conventos o en grupos considerados heréticos.

De modo que, en lo que respecta a Juliana, es imposible ser más específico teniendo en cuenta el estado actual de la investigación. Pero podemos suponer que, tras una primera formación, recibió una educación posterior, nutrida por las excelentes bibliotecas de Norwich, tanto antes como después de su entrada en reclusión, y por las visitas y conversaciones a través de la ventana que daba al exterior, algo que su estado no excluía.

Sabemos que la ciudad de Norwich tenía una intensa vida intelectual y espiritual. Contaba con una catedral, un convento benedictino rico y floreciente, un gran número de iglesias parroquiales y tres institutos seculares de sacerdotes. Estaban presentes todas las grandes órdenes: benedictinos, dominicos, franciscanos, carmelitas, agustinos. La casa de estos últimos, provista de una excelente biblioteca, estaba cerca del reclusorio de Juliana y, según Edmund Colledge y James Walsh, pudo haber tomado en préstamo obras de allí. La vida intelectual del *studium* franciscano estaba especialmente desarrollada. Entre sus religiosos contaba con poetas, sin olvidar al papa Alejandro V. Los carmelitas vivieron también un gran esplendor. El estudio de las donaciones atestigua una importante cantidad de

[25] Cf B. Millett, *Women in No Man's Land. English Recluses and the Development of Vernacular Literature in the Twelfth and Thirteenth Centuries*, en *ib*, 99.

obras, entre otras las obras de san Agustín, san Bernardo, san Buenaventura, Hugo de San Víctor, Boecio... Pero esto no quiere decir que Juliana conociera personalmente a todos los religiosos o que estos le proporcionaran libros.

La cultura de Juliana pudo beneficiarse también de escritos espirituales procedentes del continente. En realidad, después de la Guerra de los Cien Años y tras la clausura de los puertos del sur de Inglaterra, Norwich mantenía numerosos contactos, entre ellos comerciales, con Europa septentrional. Y eso favorecía la circulación de ideas y la difusión de textos espirituales, como los del Maestro Eckhart, Enrique Suso, Juan Taulero, Hildegarda de Bingen, Isabel de Schönau... Norman P. Tanner indica también que Norwich era la única ciudad de Inglaterra que tenía un equivalente a un beguinato. Las beguinas se consagraban a la oración, a la reflexión y a obras asistenciales con los pobres y enfermos, y sin embargo no constituían una orden ni una congregación religiosa. Eran muy populares, pero la jerarquía eclesiástica las veía por lo general con suspicacia, y las consideraba heréticas. No sabremos nunca qué relaciones pudo mantener Juliana con las beguinas, cuya devoción y tendencia a la compasión compartía, pero no así su marcadísima mística esponsal.

Juliana, pues, sigue siendo una figura enigmática en lo que respecta a sus orígenes. No sabemos nada de su familia, de su lugar de nacimiento, de la formación que recibió, de las circunstancias y los motivos que la llevaron a la reclusión, ni de su fecha de entrada en ese estado de vida. En ese sentido nos recuerda a los místicos ingleses contemporáneos a ella: Walter Hilton y el autor anónimo de *La nube del no-saber*. Sin embargo, se diferencia de Richard Rolle y de Margery Kempe, sobre los cuales contamos con valiosos documentos biográficos. El lector debe, por tanto, limitarse a las hipótesis sobre la vida de Juliana, cada una de las cuales hace surgir más interrogantes de los que resuelve. En cualquier caso, nos topamos aquí con la dificultad de acercarnos a la realidad: por falta de información fidedigna y porque, según el análisis de las pocas fuentes que tenemos a nuestra disposición, las propuestas que se formulan nunca están exentas de determinadas preconcepciones ideológicas.

Una figura paradójica

«Pronto me olvidaréis...».
ST, VI

La autora de las *Revelaciones,* Juliana de Norwich, se revela como una figura paradójica. Porque se manifiesta en una experiencia muy íntima, en un relato escrito en primera persona pero que no ofrece ninguna posibilidad de que se la identifique. No nos desvela nada de sí misma aparte de los datos que rodean a los sucesos registrados en las *Revelaciones.* Sin embargo, a pesar de eso, o gracias a eso, se nos presenta eminentemente cercana, y nos permite reflexionar sobre lo que es de verdad esencial en una experiencia que se comparte.

El deseo de desaparecer

Juliana manifiesta claramente su deseo de desaparecer en beneficio de su mensaje, que transmite por voluntad de Dios y por su propia voluntad. Pide a sus lectores que no «tomen en consideración a esta criatura miserable (...) a la que se ha revelado esta visión, sino que contemplen con poder, sabiduría, amor y humildad a Dios (...), que ha querido revelar esta visión»[1]. Y

[1] ST, VI. Cf también LT, 8.

a continuación dice: «Pronto me olvidaréis a mí, que soy miserable, y ya no seré obstáculo para vosotros, y contemplaréis a Jesús, que es el maestro de todos»[2].

Este deseo de desaparecer y de mantenerse en el anonimato puede ser señal de prudencia en un entorno eclesial como el que hemos descrito anteriormente, es decir, puede ser una estrategia de comunicación. Pero también puede responder a una actitud espiritual concreta. Si Juliana no se implica del todo en su testimonio, es porque quiere dejar todo el espacio a un mensaje que no admite que se preste atención a la mensajera. Adopta la *kénosis* de Cristo en su encarnación[3] y en el hecho de que conduce al Padre, «mayor que él»[4]. Tal como Cristo se le ha mostrado a ella, Juliana se manifiesta en su relato. Tal como él ha mantenido su misterio, ella mantiene el suyo, consciente de no ser «nada», de su «ser a través del amor de Dios» y de no vivir más que por ese motivo[5].

Si Juliana pone por escrito su experiencia, es por razón de caridad: «En todo esto me sentía vivamente impulsada por el amor hacia mis hermanos cristianos; quería que todos ellos pudieran ver y conocer lo mismo que yo veía»[6]. Su objetivo es consolar y reconfortar a sus semejantes, para que «al saberse amados de Dios, lo amaran más y detestaran el pecado». Porque el Dios que le fue revelado es amor. De modo que el ponerlo por escrito se presenta como una tarea ineludible. El amor se difunde a sí mismo, y de ahí que la experiencia vivida por Juliana no pudiera evi-

---

[2] ST, VI.
[3] Cf Flp 2.
[4] Jn 14,28.
[5] ST, VI. Cf también LT, 5.
[6] ST, VII.

tar ser transmitida, aunque lo fuera de modo imperfecto, corriendo el riesgo de ser incomprendida o malinterpretada. Al principio Juliana deseaba crecer en el amor de Cristo, y ahora solo desea que ese amor se derrame sobre los demás por medio de su testimonio. Su deseo aumentó en este sentido.

UNA ESCRITORA EN CONTACTO CON SU PÚBLICO

Nos remitimos ahora, pues, a la obra literaria de Juliana, una obra a través de la cual presentamos a una mujer habitada por el deseo de Dios, y consciente de que el amor tiene sus exigencias. Por otro lado, podríamos preguntarnos si la reacción que tuvo al recibir la visita de un religioso a su lecho de enferma no desempeñó también un papel en su decisión de transmitir su experiencia: al ser preguntada, ella contestó que había estado delirando toda la noche, en lugar de, sencillamente, hablar de las revelaciones que había recibido, y luego se arrepintió de ello, al darse cuenta de su ingratitud hacia los dones de Dios.

Ahora vamos a ocuparnos de la relación que mantiene con sus lectores, con la Iglesia institucional, cuyos representantes la leyeron, y a una cierta particularidad de su estilo capaz de aunar a los destinatarios de las *Revelaciones*.

CON SUS LECTORES

Juliana se dirige a los cristianos que «deseen vivir como contemplativos»[7], a una élite laica compuesta por cristianos devo-

[7] ST, IV.

tos que quieren vivir una vida de unión con Dios en un mundo cambiante y en una Iglesia presa de las divisiones.

Es importante recordar aquí las peticiones que hacían los laicos del siglo XII, con su aspiración de regresar a las fuentes evangélicas y apostólicas. En esa época, la liturgia había perdido un poco su sentido. Esto se debe a que la reforma carolingia había sobrecargado los rituales con numerosos añadidos, y a que el uso del latín contribuía a generar un sentimiento de alejamiento. En este contexto, muchos cristianos recurrieron a devociones privadas practicadas individualmente o en el seno de cofradías, deseosos de mantener una relación personal con Cristo y de convertirse en «amigos de Dios».

Es el gran momento de los libros de horas, que ayudan a los laicos en sus devociones privadas[8]. En ellos encuentran una parte del breviario, los salmos penitenciales, el oficio de la Virgen, de difuntos... La recitación del Salterio, el rezo del rosario, la devoción a las cinco llagas de Cristo, la contemplación de los misterios de su vida y la meditación de los gozos de la Virgen María constituían los pilares de una vida espiritual devota compartida con los sacerdotes, que tenían las mismas aspiraciones. Observemos que las devociones privadas se practicaban también en la nave de la iglesia, mientras que, en el coro, la liturgia parroquial se desarrollaba en latín. Es cierto que la espiritualidad de esa época no puede resumirse en una sola corriente. Sin embargo, el tono afectivo centrado en la humanidad de Cristo y en el sentimiento religioso personal, iniciado por los cistercienses y los franciscanos, está muy vivo. Así, los cristianos se convencen de

---

[8] Cf J. Harthan, *Books of Hours and their Owners,* Thames and Hudson, Londres 1977.

que, al meditar sobre la vida de Jesús, desde su nacimiento hasta su muerte, pueden unirse a él. Más aún, quieren compartir la experiencia de la Pasión, revivirla a su mismo nivel. La *imitatio Christi* (imitación de Cristo) se convierte en un motivo recurrente, asociado al concepto de corredención. Dios ya no se percibe como un «objeto» de conocimiento, como antes, sino como alguien de quien podemos tener experiencia; y todo ello en un contexto en que una cierta teología escolástica puede aparecer cada vez más asfixiada por debates cuyo sentido resulta cada vez menos evidente (es verdad que es una valoración un tanto simplista, porque no tiene en cuenta la complejidad de la situación). Y esto explica las tensiones entre la fe subjetiva que se experimenta y la fe objetiva, tal como la expresa en el dogma la voz de la Iglesia institucional. Una cuestión que, en nuestros días, permanece en un contexto totalmente distinto y que favorece quizá las confusiones entre cristianismo y «espiritualidad» indeterminada o «a la carta».

Por tanto, es probablemente a este tipo de lectores «comprometidos» a los que Juliana se dirige, tratando de establecer con ellos una «comunidad emocional», expresión tomada de Paulette L'Hermite-Leclercq[9] en el marco de su estudio sobre las emociones en la Edad media. Porque, en realidad, Juliana nunca se eleva por encima de sus lectores, pues es consciente de ser una con ellos, de ser una unidad que hay que actualizar, consolidar constantemente. Ellos son sus *fellow christians*, en inglés moderno, o sus *myne evynn cristene* en el inglés medieval que ella emplea, es decir, sus semejantes en Cristo o sus compañeros en Cristo.

[9] P. Nagy-D. Boquet (eds.), *Le sujet des émotions au Moyen Âge*, Beauchesne, París 2008, 227.

Es verdad que el objetivo de su obra es llevar a sus lectores al campo del conocimiento. Las palabras vinculadas a este, es decir, a una enseñanza de la verdad, están muy presentes. Pero el conocimiento no tiene un fin en sí mismo, sino que su finalidad es suscitar en los destinatarios del texto esos afectos fundamentales que son el amor de Dios y el odio al pecado que, a su vez, engendrarán toda la alegría, todo el consuelo y el gozo. La contemplación a la que son llamados los destinatarios de su testimonio va en ese mismo sentido, porque, para los autores medievales, esta tiene una dimensión transformadora[10]. Se trata, por tanto, de cambiar algo en la vida de los lectores, a semejanza de lo que se ha producido en la vida de la autora. La finalidad es claramente práctica, y procede del *ethos*.

Los afectos o las emociones llamadas a convertirse en un sentimiento común son limitadas en número y están orientadas hacia Dios. Observemos que el orden de exposición adoptado por Juliana (amor a Dios y odio al pecado) coincide con la idea de Benjamin Minor, para el que la aversión al pecado «no se produce de forma perfecta en la afectividad humana mientras no se haya manifestado en ella la alegría espiritual y la mansedumbre interior». Juliana no recurre al miedo al infierno, sino que prefiere asegurar a sus «semejantes en Cristo» que «todo acabará bien», más que blandir ante ellos el temor al juicio final y anatematizar a una parte de la cristiandad, incluso de la humanidad. Esta era la orientación más común en las predicaciones de su época.

Para alcanzar el objetivo que se había propuesto, Juliana pone en marcha una auténtica estrategia de comunicación, sirviéndo-

---

[10] Recordemos que la contemplación se suscita en la razón. Cf *La quête de la sagesse*, Seuil, París 2004, 56-57 (trad. esp.: *La Nube del no-saber y El libro de la orientación particular*, San Pablo, Madrid 2013).

se de un cierto número de recursos retóricos que tienen como finalidad demostrar, complacer, conmover. Para ello, Juliana usa lo que denominamos benevolencia. La *benevolentia,* tal como la define Mary Carruthers en *Machina memorialis*[11], es «la actitud de buena voluntad y de confianza que un orador especializado esperaría suscitar en su público, comenzando por adoptarla en sí mismo».

Pondremos aquí algunos ejemplos significativos. Juliana se presenta como una más, y no como una sabia delante de un público ignorante. Tiende a reducir la distancia que podría separarla de sus hermanos y hermanas en Cristo:

> «No soy buena por el hecho de haber tenido esta visión. Sino únicamente si amo a Dios mejor (...). Dios no me ha mostrado que me ama más que a la más humilde de las almas en estado de gracia. Estoy segura de que muchos que nunca tuvieron revelaciones o visiones, sino solamente la doctrina común de la santa Iglesia, aman a Dios mejor que yo»[12].

Por eso mismo, Juliana se basa en la concepción de la Iglesia de Inglaterra y de un entorno bastante conservador, según la cual las visiones se consideraban una realidad menor. No se trataba de un fenómeno inédito, pues ya conocemos otras visionarias en la época de Juliana, como Cristina de Markyate, entre otras. Pero, a diferencia de sus hermanas de los países renano-flamencos, las visionarias inglesas no habían encontra-

---

[11] M. Carruthers, *Machina memorialis. Méditation, rhétorique et fabrication des images au Moyen Âge,* Gallimard, colección «Bibliothèque des histoires», París 2002, 28.

[12] ST, VI. Cf también LT, 9.

do un eco favorable entre los «maestros» –como el Maestro Eckhart, Juan Taulero...– para transmitir su experiencia mística. Al contrario, en Inglaterra muchas obras de piedad transmitían una imagen más bien negativa del fenómeno de las visiones: como *Ancrene wisse*, *La escala de la perfección* y la *Form of living* de Richard Rolle[13]. Según estos autores, que además valoraban la experiencia religiosa personal en un contexto de anti-intelectualismo, las visiones no procedían de la auténtica contemplación[14]. De manera que esta relativización en las palabras de Juliana puede atribuirse también a un deseo de evitar conflictos con la Iglesia, porque el fenómeno visionario, tolerado en el ámbito privado, podía convertirse en motivo de tensión al pasar a la esfera pública. A pesar de eso, este aspecto no invalida de ningún modo su voluntad de ser una más entre todos.

La afirmación de un «estar-con» los destinatarios de sus revelaciones está relacionada también con la *captatio benevolentiae*. Juliana manifiesta una gran presencia y atención hacia los posibles lectores de su relato. De ahí que interrumpa en varias ocasiones su narración para interpelarlos, para dirigirse a ellos y anticipar sus preguntas[15]. Indica un deseo manifiesto de «diálogo» con aquellos a quienes dirige su testimonio. Se preocupa por ponerse del lado de la «locura» y de la «debilidad»[16] co-

---

[13] Cf, entre otros, W. Hilton, *The Scale [or Ladder] of Perfection*, 47-48; cf www.academy.standrewsalmanor.org. En su opinión, las revelaciones/visiones podían proceder tanto del bien como del mal, y por eso ofrece criterios de discernimiento apoyándose en 1Jn 4,1.

[14] A. Savage-N. Watson (eds. y trads.), *Anchoritic Spirituality. Ancrene Wisse and Associated Works*, Paulist Press, Nueva York 1991, 647-649; citado por W. M. Yuen, *Religious Experience and Interpretation*, Peter Lang, Nueva York 2003, 95, nota 109. Cf W. Hilton, *The Scale [or Ladder] of Perfection*, *o.c.*, I, 10-11.

[15] ST, VI, XIV, XVIII, XIX.

[16] ST, XIX.

munes a una humanidad para la que siempre habrá cosas ocultas hasta el final, como las relativas a la escatología y a la presencia del mal, así como otras realidades que preocupan especialmente a los hombres y las mujeres de su época. Como Cristo, al que ama y al que quiere unirse cada vez más, ella está «con». Esto lo confirma el empleo bastante frecuente del «nosotros» inclusivo[17] y de la expresión «hermanos cristianos» o «semejantes en Cristo», con quienes se muestra solidaria y sin quienes ella no es nada: «Si me miro a mí misma en particular, yo no soy nada; pero en general estoy en la unidad de amor con todos mis semejantes en Cristo, porque en esta unión de amor es donde reside la vida de toda la humanidad que será salvada». O incluso: «Dado que somos uno, la revelación es común a todos»[18].

Siempre en relación con esta *captatio benevolentiae*, observamos la entrega de sí misma. Porque no solo exhorta a sus interlocutores y los pone en guardia, sino que los toma como testigos y acude a ellos para determinar si lo que dice está bien fundamentado. Juliana asume conscientemente los riesgos inherentes a toda comunicación, porque comunicar es aceptar exponer a la mirada de otro una experiencia que las palabras son incapaces de transmitir. Esto implica despojarse de esa experiencia para abandonarla al lector y a su capacidad de interpretación, con los malentendidos que pueden resultar de ello. Implica aceptar verse superada por la propia experiencia, así como por los ecos que se generan en el otro. Al manifestar explícitamente lo que ocurre, Juliana solo puede despertar la simpatía del lector,

[17] ST, IV, IX, XIV, XV, XVIII-XX, XXII, XXIV, XXV.
[18] ST, VI.

conmoverlo con la confianza que se le muestra, situarlo en la responsabilidad que él mismo tiene como intérprete. Así desarrolla el tema de la inadecuación del lenguaje que acabamos de exponer brevemente, advirtiendo a sus lectores de su incapacidad para expresar con palabras una experiencia y un mensaje que la superan. Un sentimiento de impotencia característico de la literatura mística o espiritual y que va paralelo a un abandono en Dios.

Añadamos, además, el reconocimiento de su incompletitud, para la que también solicita la benevolencia del lector. En la versión larga, Juliana manifiesta que es consciente del carácter inacabado de su obra. A esto incorpora la experiencia de todo creyente, sabedor de estar «inacabado» él también, porque intuye que aún tiene mucho por descubrir. En esto Juliana se sitúa en las antípodas de un dogmatismo que pretende saberlo «todo» y decirlo «todo». Esta temática de la incompletitud no se encuentra como tal en la versión breve. Pero quizá está implícitamente presente en ella y se expresa en términos de devenir espiritual. Porque, en realidad, el último capítulo trata de cuatro tipos de miedo[19], y no se entiende bien por qué. Pero ya sabemos que en la piedad bíblica y medieval, el temor de Dios está al comienzo de todo camino espiritual. Al indicar a su lector que, sea cual sea el camino recorrido en el conocimiento personal de Cristo, este camino permanecerá inacabado en este mundo, Juliana aboga de nuevo por una comunidad de destino que solo puede provocar la empatía por parte del destinatario.

[19] ST, XXV.

CON LA IGLESIA INSTITUCIONAL

Aunque podía tolerarse el hecho de que una mujer transmitiera su experiencia visionaria, recibir una enseñanza teológica de una mujer era algo que solo podía encontrar oposición. Juliana, dirigiéndose a los destinatarios de las *Revelaciones*, se expresa así:

> «Pero Dios prohíbe que podáis decir o pensar que yo enseño [*teach*]. Pues no ha sido esa mi intención, ni lo ha sido nunca. Soy una mujer ignorante, débil y frágil. Pero sé muy bien lo que digo: lo he recibido por revelación de aquel que es el Soberano Maestro [*Teacher*]. (...) ¿Debo acaso pensar que, por ser mujer, no debería hablaros de la bondad de Dios, cuando, como observé en aquel momento, Él quería que se diera a conocer?»[20].

Estas palabras no se encuentran en la versión larga, por razones que pueden pertenecer al contexto eclesial o a una postura más comprometida y segura de la autora, como supone Lynn Staley. La tensión que se produce en torno a las palabras «enseñar» (*teach*) e «instructor/maestro» (*teacher*) –que se aprecia más en la traducción al inglés moderno que en la traducción francesa– revela no solo la problemática de la autora, sino también la de algunos de sus contemporáneos, que estaban al corriente de las reivindicaciones igualitarias de Wyclif o de las prácticas de determinados círculos de cristianos devotos, donde laicos –hombres y mujeres– y clérigos perseguían la igualdad de condiciones.

---

[20] ST, VI.

Al ser mujer, y no clérigo, Juliana era consciente de sufrir un doble inconveniente. Porque la enseñanza de las «cosas de Dios» era asunto de personas de Iglesia, es decir, de los «letrados» que habían asistido al curso universitario reconocido por la institución eclesiástica y que habían recibido el sacramento del Orden. La reflexión que recoge André Vauchez de un agustino del siglo XIV referente a las beguinas u otras santas mujeres es bastante significativa, en su misma exageración, de la exasperación que provocaban en ciertos clérigos las mujeres que transmitían un mensaje de tipo teológico o espiritual: «¡Ellas leen y predican desde su púlpito!»[21].

Al negar todo deseo de salir de su condición de alumna y al servirse de los estereotipos en vigor para hablar de las mujeres (débiles, frágiles), Juliana previene –¿y frustra?–, al menos en parte, los reproches que se le podían hacer. Pero su mensaje tan solo adquiere mayor peso, pues no proviene de sí misma, sino del único Maestro, Cristo, que es quien la capacita para hablar. En ese sentido, Juliana no «puede callar», sino que habla en nombre de Otro. Eso la convierte en una mensajera al estilo de los profetas bíblicos. Por otra parte, así sitúa su mensaje no en el ámbito de la teología, sino en el de las numerosas obras de piedad caracterizadas por una espiritualidad afectiva. Además, no innova:

> «Desde hacía ya muchos decenios, las "santas mujeres" de los Países Bajos, de Provenza y de Italia escribían o dictaban cartas y pequeños tratados repletos de consejos y exhortaciones para

---

[21] A. VAUCHEZ, *La spiritualité du Moyen Âge occidental (VIIIe-XIIIe siècle)*, Seuil, París 1994, 165. Cita a A. PELAYO, *De planctu Ecclesiae*, Lyon 1517, par. 57.

círculos espirituales de "amigos de Dios" donde mujeres, hombres y clérigos se reunían en igualdad de condiciones»[22].

Pero, si bien la versión breve es el relato de una visionaria, la versión larga es mucho más completa, porque Juliana se ocupa en ella de una auténtica redacción teológica, situándose como «exégeta» no de las Escrituras, es verdad, pero sí de sus propias revelaciones[23]. En todo caso, Juliana parece asumir plenamente los riesgos inherentes a su situación eclesial en la Inglaterra de los siglos XIV y XV, en que podía incurrir en sospecha de herejía.

Lynn Staley[24] llama la atención, con razón, sobre las diferencias que existen en el tratamiento del tema de la sumisión a la Iglesia entre la versión breve y la versión larga[25]. Observa que la tensión entre las revelaciones recibidas y la doctrina de la Iglesia es más palpable en la segunda versión que en la primera. Si en la versión breve Juliana se conforma con afirmar que cree todo lo que enseña la santa Iglesia y que las revelaciones recibidas no pueden ir contra la verdadera doctrina de la Iglesia[26], amplía sus palabras en la versión larga y afirma su deseo, de manera más fundamentada, de ser fiel a esa doctrina, rechazando todo lo que pudiera cuestionarla.

En lo que la atañe más en concreto, Juliana precisa que la enseñanza de la Iglesia le ha proporcionado la clave de inter-

---

[22] *Ib*, 165. Cf Ángela de Foligno, Clara de Montefalco, Clara de Rímini, Beatriz de Nazaret, Hadewijch de Amberes, Matilde de Magdeburgo, Margarita Porete.

[23] Cf en especial LT, 51.

[24] L. Staley, *Julian of Norwich and the Late Fourteenth-Century Crisis of Authority*, en D. Aers-L. Staley, *The Powers of the Holy. Religion, Politics and Gender in Late Medieval English Culture*, Pennsylvania University Press, Filadelfia 1996, 155.

[25] ST, VII y LT, 9.

[26] ST, VI.

pretación de la revelación sobre la oración[27], le ha permitido resistir la tentación[28] y ha corroborado lo que había recibido personalmente[29]. Pero no puede ignorar que el contenido de su mensaje no coincide pura y simplemente con la doctrina oficial del Magisterio de su época. En realidad, su mensaje es ortodoxo en lo que respecta a la tradición milenaria de la Iglesia y con ciertas aclaraciones, pero contrasta con la enseñanza común de su época por su énfasis en el amor de Dios y la certeza de que «todo acabará bien», por su no implicación en el antijudaísmo que la rodeaba... El adjetivo «verdadera» que acompaña a «la doctrina de la santa Iglesia», en una de sus declaraciones, podría interpretarse como la idea de que no todo lo que transmite la Iglesia institucional revela plenamente la verdad y que ahí existe una verdadera cuestión, planteada, entre otros, por los discípulos de Wyclif. Sin embargo, esto no convierte a Juliana en una discípula de los lolardos, difusores del pensamiento de Wyclif.

Más bien, a través de la mención de las tensiones de su época, Juliana parece afirmar su convicción de que un más allá es posible, de que las dimensiones objetiva y subjetiva de la fe tienen su lugar, de que el vaivén entre la doctrina institucional y las revelaciones privadas solo puede ser fecundo. No obstante, aunque ella optó por refugiarse en el seno de la comunidad eclesial «enseñada», no renunció a lo que percibía como su misión, es decir, a transmitir lo que vio y escuchó.

---

[27] ST, XIX.
[28] ST, XXIII.
[29] ST, XXV.

Del carácter aglutinador de la prosa rimada

Una serie de recursos retóricos ayudan a hacer partícipe al lector, despertando la atención y el compromiso en todos los niveles de su ser (intelectual, y también afectivo y corporal), como la metáfora, la parábola, los paralelismos, la aliteración, las antítesis... Entre todos ellos, hemos optado por centrarnos en la prosa rimada. Porque es característica de la segunda mitad del siglo XIV inglés (como Geoffrey Chaucer[30]) y constituye la llamada a un trasfondo cultural común con el lector.

La prosa rimada se caracteriza por su intensidad, su sencillez y su versatilidad, dado que no parece limitarse a una estructura rimada *a priori*, como versos, rimas... Se acerca a la poesía e incluso a las rimas infantiles, pero crea una unidad entre quienes adoptan una secuenciación u otra y lleva a cabo, en el interior de cada uno, una obra de unificación por medio de la movilización de las diferentes facultades cognitivas. Es algo que encontramos tanto en la versión breve como en la larga. Pero destaca más en la primera porque, en proporción, ocupa un lugar más importante.

Algunos ejemplos entresacados de la versión breve dan una idea de este estilo. Juliana pone esta prosa rimada en labios de Cristo en diferentes lugares. El pasaje más conocido se encuentra en el capítulo XV de la versión breve:

> «Yo quiero que todo vaya bien [*I wille make*]. Haré [*I schalle make*] que todo vaya bien. He podido hacer [*I maye make*] que

[30] G. Chaucer, *Los cuentos de Canterbury*, Cátedra, Madrid 2006.

todo vaya bien. Tengo la capacidad de hacer [*I can make*] que todo vaya bien. Y tú mismo verás que todo irá bien [*schalle be wele*]»[31].

Esta secuencia se preparó en los dos capítulos anteriores[32]. Teniendo en cuenta la originalidad del mensaje, que contrasta con la predicación común, y la importancia que tiene en la teología de los fines últimos de la autora, esta preparación no es algo trivial. Actúa, por medio de la impregnación, para aclimatar al lector a una idea nueva. El lector es invitado a abandonar las especulaciones interminables sobre las causas del pecado y a vivir el hoy, que le pertenece, a la luz de esta promesa. Las repeticiones, la alternancia de los verbos modales en inglés (*will, shall, may, can*), sin olvidar la introducción de una secuencia nueva al final del texto –«Y tú mismo verás que todo irá bien»– crean una expectativa. El lector se queda, por tanto, en vilo. Si hay un efecto de sorpresa, es solo parcial, teniendo en cuenta las preparaciones. Este texto, particularmente intenso y lleno de sentido, favorecerá, en la versión larga, una redacción teológica, pues los verbos modales se referirán respectivamente al Padre, al Hijo y al Espíritu Santo. Este pasaje, fácil de memorizar, puede ser un arma en el combate espiritual contra la duda, el miedo al juicio final y la desesperación. Y, sobre todo, se convierte en un hecho común.

Merece la pena detenernos en otro pasaje, menos conocido que el anterior, por su finalidad persuasiva y su intensidad teológica:

---

[31] ST, XV.

[32] En el capítulo XIV y en el capítulo XIII: «Como he cambiado en bien el mayor mal (el pecado de Adán), es mi voluntad que sepáis que cambiaré en bien todo lo que es un mal menor» (ST, XIV). Y: «Todo irá bien. Todo acabará bien» (ST, XIII).

«Soy yo el altísimo. Soy yo aquel a quien tú amas. Soy yo aquel en quien tú te complaces. Soy yo aquel a quien sirves. Soy yo aquel a quien aspiras. Soy yo aquel a quien deseas. Soy yo aquel a quien tú persigues en tu mente. Soy yo quien lo es todo. Soy yo aquel que la santa Iglesia te enseña y te predica. Soy yo quien se ha revelado ya ante ti»[33].

La repetición de «soy yo» (*I it am*) hace referencia a la revelación en la zarza ardiente (Éx 3,14), donde Dios se manifiesta como «Yo soy», expresión que se retoma en Juan 8[34]. También aquí la prosa rimada crea expectativa, está repleta de sentido por su intensidad, abarca lo particular y lo universal (la catolicidad en sentido etimológico). La insistencia invita a descentrarse de sí en beneficio de Dios, presente en el corazón de la realidad humana, en el amor que abraza el corazón de deseo, en las enseñanzas de la Iglesia. Es invitación a reconocer la preeminencia de Cristo, en quien nosotros somos «uno».

La prosa rimada sirve también para resumir la enseñanza recibida en las revelaciones, lo que contribuye a hacerla accesible a los destinatarios del relato y a hacer de ello un «bien» común. En este sentido observaremos esta declaración que, hablando de Dios, afirma: «Él es nuestro vestido de amor: nos abraza y nos envuelve, nos estrecha y nos abriga. Planea sobre nosotros con un tierno amor, y no nos dejará nunca»[35]. Este pasaje desarrolla la afirmación según la cual «nuestro Señor es para nosotros todo lo que es bueno y reconfortante», e introduce la visión espiritual de la «nuez», representación de todo

[33] ST, XIII.
[34] Jn 8,58: «Antes que naciera Abrahán existo yo...».
[35] ST, IV.

lo creado. Los verbos se suceden, se encadenan sin nexos para el primer inciso, lo que nos lleva casi a experimentar la realidad de la que hablan, es decir, el abrazo protector. A continuación, Juliana pasa de la metáfora paulina del vestido[36] a una imagen que evoca el «espíritu» del creador del Génesis 1 (que se cernía sobre la superficie de las aguas), o el águila de Deuteronomio 32,11 (que revolotea sobre sus polluelos), símbolo de la providencia de Dios respecto a su pueblo. Una omnipresencia protectora que recuerda también al Salmo 91.

En una breve secuencia de prosa rimada, Juliana escribe: «Somos su Bendición, somos su recompensa, somos su gloria, somos su corona». Tenemos aquí una forma de transmitir lo que estaba poco desarrollado en la pastoral de la época de un modo poético, es decir, el placer que Dios obtiene de sus criaturas.

Por último, hemos de citar un pasaje extraordinario, único. Se encuentra al final de la versión breve y no se retomará en la versión larga:

> «¡Oh, miserable pecado!, ¿qué eres tú? No eres nada. Pues yo vi que Dios está en todo, y a ti no te vi. Y cuando vi que Dios hizo todas las cosas, a ti no te vi. Y cuando vi que Dios está en todas las cosas, a ti no te vi. Y cuando vi que Dios hizo todas las cosas, pequeñas y grandes, a ti no te vi. Y cuando vi a nuestro Señor Jesucristo sentado tan gloriosamente en nuestra alma, y vi que amaba, se deleitaba y gobernaba y velaba por todo lo que había hecho, a ti no te vi. Y, así, tengo la certeza de que tú eres nada, y todos aquellos que te aman y se complacen en ti y te

[36] Gál 3,27: «Los que habéis sido bautizados en Cristo os habéis revestido de Cristo».

siguen y de manera deliberada terminan en ti, tengo la certeza de que serán conducidos, contigo, a la nada y que serán confundidos para siempre. Que Dios nos proteja de ti. Por el amor de Dios, que así sea»[37].

El contenido de estas palabras es agustiniano, pues equipara el mal con la nada. Sin embargo, el ensalmo resalta hasta qué punto nos resulta difícil a todos darnos cuenta de ello.

Al redactarlo, Juliana pone en evidencia el sentimiento de una comunidad de destino entre quienes quieren resistirse a él, sentimiento acentuado por la oración final en segunda persona del plural.

La progresión de la primera parte da lugar a una certeza: «Tengo la certeza de que tú eres nada». La rima es dual, con el «vi», «no vi», de donde resulta que el ver está del lado de la existencia.

La alternancia de los verbos «ser» y «hacer», la evocación de Dios, de la obra de la creación, de nuestro Señor Jesucristo y de su protección amorosa en el aquí y ahora, en lo más íntimo del alma humana, manifiestan claramente la omnipotencia protectora de Dios a la que, sin embargo, escapan aquellos cuyo amor y complacencia se dirigen al pecado.

Esta secuencia transmite así datos bíblicos y agustinianos –el mal como nada, la libertad humana confrontada a dos caminos[38] o a dos amores– sobre un modelo no conceptual, sino lírico y poético.

---

[37] ST, XXIII.

[38] Cf Deuteronomio 31, Salmo 1 y Mateo 7.

Al resumir la enseñanza recibida para propiciar la memorización de un contenido noético, suscitando afectos[39] (placer, deseo, sentimiento de seguridad, de repulsión...), así como la razón y el cuerpo, la prosa rimada contribuye, al mismo tiempo, a crear una comunidad emocional y a convencer.

[39] «Siempre podemos interpretar los textos poéticos según la concepción aristotélica de la emoción de crear para obtener un resultado (...). Por medio de la emoción estética, se convence» (P. Bourgain, *Formes et figures de l'esthétique poétique au XIIe siècle*, en A. Michel [ed.], *Rhétorique et poétique au Moyen Âge*, Brepols, Turnhout 2002, 103-109).

CRISTO, EL BENDITO AMIGO

«Como don de Dios desearía tres gracias.
La primera, conocer íntimamente la pasión de Cristo».
ST, 1

Cristo ocupa un lugar central en la vida de Juliana; él es el bendito amigo, el hermano, el salvador, la madre... Y el lector se percata enseguida de que, en su testimonio, Juliana habla *de* Cristo al hablar *a* Cristo. Sus palabras se emplazan en una dinámica dialogal, relacional con aquel a quien ha «elegido como su cielo», tanto cuando le escucha, como cuando le da gracias y cuando le pregunta. Sin olvidar la dimensión de la mirada: Juliana mira a Jesús, pero ella se expone también a que él la mire. La oración es, finalmente, el entorno en el que ella ha vivido su experiencia; después ha redactado su reflexión teológica y la ha entregado. Para Juliana, Cristo no es un objeto de conocimiento, sino aquel que la ama y a quien ella ama, y a partir de ese cimiento habla de él en un contexto muy concreto, el de la Edad media, con su sensibilidad cristológica[1] propia.

[1] La cristología es la parte de la teología que se ocupa de Cristo, de su persona, de su obra...

Un enfoque centrado en la humanidad de Cristo

Mientras los padres de la Iglesia estaban principalmente centrados en la divinidad de Cristo, la Edad media tendió a centrarse en la humanidad de Cristo y, más en concreto, en su humanidad sufriente. Un dato que, sin duda, puede sorprender a los cristianos del siglo XXI, pero que no merece menos atención, dado que aquel con quien Juliana habla es el Resucitado, como se desprende claramente de esta afirmación: «Dichoso y contento, nuestro Señor mira a su costado, lo contempla y dice: "Hasta este punto te he amado"»[2].

El punto de inflexión del año 1000

Fue alrededor del año 1000 cuando se produjo un cambio en la conciencia religiosa, algo que se observa no solo en los escritos cristianos, sino también en la piedad popular y en el arte, donde vemos que se pasa del Cristo triunfante (románico) al Cristo sufriente (gótico). En la mística occidental (aunque el término mística aún no existía como sustantivo para definir un estilo de experiencia o de obras literarias), el tono afectivo se globalizó particularmente. Al mismo tiempo empezó a haber un interés cada vez mayor por la influencia de los testigos de la Pasión (María, Juan...) y, por tanto, por la categoría de la «compasión» como participación en los sufrimientos de Cristo sobre la Cruz y la respuesta a su amor.

---

[2] ST, XIII.

Las razones de este cambio se debieron a un conjunto de factores complejos que derivaron de la teología, de lo religioso, de lo cultual, de lo político. Nosotros nos detendremos aquí en el único cambio de perspectiva teológica que se produce en cierta época. Gira en torno a una cuestión que ha recorrido la reflexión desde los orígenes del cristianismo: ¿por qué un Mediador, por qué no nos ha salvado Dios directamente? En los padres de la Iglesia, a pesar de las divergencias, se aprecia que el énfasis se pone en la lucha entre Cristo y Satanás, a quien hay que arrancar a los hombres que se han entregado a él por desobediencia. Algunos Padres hablaron de Cristo como de un señuelo necesario para confundir al diablo, que solo vio un hombre en él. Satán mordió el anzuelo y perdió, porque se encontró frente a Dios y, por eso mismo, con alguien más fuerte que él. Por eso, a partir de Orígenes (siglos II y III), se desarrolló la idea de un derecho del diablo y de un rescate que había que pagarle para liberar a la humanidad, y que este rescate era la persona de Cristo. Pero el diablo murió y perdió a Cristo y a los hombres. Este enfoque es el que encontramos en san Basilio (siglo IV) y en san Gregorio de Nisa (siglo IV), que llegó a afirmar que el diablo debía ser derrotado con toda justicia, pero que era algo que no podía hacer Dios directamente, sino a través de Cristo, verdadero hombre y verdadero Dios. Un enfoque, sin embargo, que no compartieron ni san Atanasio (siglo IV) ni san Máximo el Confesor[3] (siglos VI-VII).

En el siglo XI, san Anselmo ofreció un cambio de perspectiva. En su *Cur Deus homo (Por qué Dios se hizo hombre)* trata de

---

[3] Cf R. SCHWAGER, *Salut,* en J.-Y. LACOSTE (dir.), *Dictionnaire critique de théologie,* PUF, París 1998, 1280-1289; C. VIOLA, *Anselme de Cantorbéry,* en J.-Y. LACOSTE (dir.), *o.c.,* 65. Nuestras afirmaciones les deben mucho, pues resumen parte del contenido.

explicar el motivo por el que Dios optó por hacerse humano, escogiendo el camino de la Encarnación. La lectura que hace Michel Corbin del conjunto del corpus anselmiano en general y de este texto en particular resulta iluminadora. Porque Michel Corbin pone contundentemente de relieve un concepto clave en las obras de Anselmo: el de la «libertad», concebida como participación en la libertad de Dios. Debido al mal uso que el hombre hizo de su libre albedrío (Gén 3), Dios «tuvo» que asociar su libertad a una libertad humana, y de ahí la Encarnación, que es una obra de restauración del hombre a su libertad y a su rectitud original. Junto a este concepto, encontramos la temática del honor –de Dios y del hombre–, que debe serle devuelto también. Por eso vemos que, en san Anselmo, el interés se sitúa en la relación Dios-hombre, y esto en dos vertientes: en la persona misma de Cristo, y de ahí el interés por su humanidad; y entre Cristo y sus rescatados. De lo que se trata en la redención no es solamente, pues, de un asunto entre Dios y Satanás, sino que la humanidad ocupa desde ahora un lugar central en ella. «El pecado que hiere a un Dios infinito es un mal infinito; así que requiere una reparación infinita que solo Cristo Dios y hombre podía ofrecer»[4]. La reparación de Dios es una ofrenda de amor. Esta ofrenda de Cristo cada hombre puede asimilarla en la eucaristía y volverse capaz de amar a Dios en sí mismo y por sí mismo[5]. Para liberarse de la obra del diablo, el hombre debe, por un acto de amor voluntario, regresar a Dios.

---

[4] R. Schwager, *Salut, a.c.*, 1283.
[5] *Ib.*

Pasión y compasión

Hemos de remitirnos también a san Bernardo, a san Buenaventura y a algunos otros que contribuyeron a esta reorientación de la cristología, dándole un tono sinceramente afectivo que aspira a la transformación del cristiano. Bernardo de Claraval y, tras él, lo que ha venido a llamarse escuela cisterciense, hizo énfasis en los sufrimientos de Cristo como manifestación suprema del amor de Dios por la humanidad, que pide al hombre un amor recíproco de compasión. La compasión en san Bernardo forma parte integrante del camino espiritual. Contemplar a Cristo-hombre en la cruz, más accesible que Dios, despierta un amor que es carnal, sí, pero que constituye una etapa indispensable para acceder a un amor espiritual. El amor afectivo, sensual, es un punto de partida[6], precede al amor espiritual, al igual que la meditación precede a la contemplación. Dios se vuelve imitable en su humanidad. Guillermo de Saint-Thierry, por no tomar más que otro ejemplo, justifica el amor afectivo de Cristo con un versículo de san Pablo que invita a «sentir con Cristo» –un «sentir» que no se corresponde totalmente con nuestra acepción moderna de «experimentar», eminentemente subjetiva–, y a «dejarse configurar con Cristo»[7].

En cuanto a san Buenaventura, se sitúa en la misma tendencia, pero con su acento propio. El prólogo de su *Árbol de la vida* es típico en este sentido:

---

[6] Cf, por ejemplo, Bernardo de Claraval, *Tratado sobre el amor a Dios* VIII, 23-8, en *Obras completas* I, BAC, Madrid 2016, 259-322.

[7] Guillermo de Saint-Thierry, *El espejo de la fe*, BAC, Madrid 2017.

«El verdadero adorador de Dios y discípulo de Cristo, deseoso de conformarse perfectamente con el Salvador de los hombres, por él crucificado, debe ante todas las cosas y con todo el esfuerzo de su mente procurar llevar consigo la cruz de Cristo así en el espíritu como en el cuerpo, de forma que pueda sentir realmente en sí mismo la citada frase del Apóstol. Pero un tan grande afecto y sentimiento solo aquel merece experimentarlo vivamente que, reconocido a la pasión del Salvador y recordándola de continuo, considera los trabajos y los dolores y el amor de Jesús crucificado con tanta viveza de memoria, con tal agudeza de entendimiento y con tan encendido afecto de voluntad, que pueda con verdad repetir el desahogo de la Esposa: Manojito de mirra es mi amado para mí; morará entre mis pechos (Cant 1,12)»[8].

La Pasión divina se remite, por tanto, a la compasión de la persona humana. Porque esta compasión parece ser el camino que permite el restablecimiento de la persona y su verdad de haber sido creada a imagen y semejanza divina. Un enfoque que no ha quedado limitado al entorno monástico, sino que ha pasado también a la piedad popular. De hecho, todos los libros de horas dirigidos a los laicos preconizan la meditación sobre la pasión de Cristo.

Este es, en general, el horizonte sobre el que se sitúa la experiencia de Juliana, cuyo equilibrio podemos constatar cuando se trata de darse cuenta de la humanidad y de la divinidad de Cristo. Si, como para sus contemporáneos, su contemplación

[8] San Buenaventura, *Jesucristo, el árbol de la vida*, en *Obras de san Buenaventura* II, BAC, Madrid 1946, 291.

se fija en primer lugar en el Crucificado sufriente y en su humanidad, no olvida nunca que Aquel del que habla es verdadero Dios, Sabiduría eterna del Padre, segunda persona de la Trinidad. Es cierto que Cristo revela el amor y la proximidad de Dios –que ha creado y no abandona su creación–, pero también participa de lo indecible, de lo que no puede conocerse por su divinidad.

Los tres deseos de Juliana

Años antes del acontecimiento visionario que registra, Juliana tenía tres deseos. El primero era conocer más íntimamente la pasión de Cristo para amarle mejor. Deseaba una visión física, corporal, es decir, una experiencia personal de Cristo en su pasión que le permitiera compadecerse «como María, María Magdalena y todos los que estuvieron presentes entonces y amaban a Jesús»[9]. A esto se añade la petición de otras dos gracias. La primera: obtener las tres heridas de santa Cecilia, que son, según una tradición muy viva en la Edad media: la contrición, la compasión y una sed ardiente. La segunda: sufrir una enfermedad que la llevara a las puertas de la muerte. El lector contemporáneo se asombrará de esta segunda aspiración. Creerá que era una aspiración enfermiza, y no se equivocará. Por otro lado, la propia Juliana no sitúa estos tres deseos al mismo nivel, pues es consciente de que el primero –experimentar la Pasión– y el último –sufrir una enfermedad– están «fuera de la corriente ordinaria de las oraciones», y esto la lleva a entregarse a la voluntad

[9] ST, 1.

de Dios. Una entrega real, porque confiesa haber olvidado la petición de esta última gracia. Juliana se sitúa claramente del lado de un cierto exceso en materia de amor, pero esto le ocurrió también al apóstol Pablo cuando afirmó que, para él, «la vida es Cristo» y, por tanto, «la muerte ganancia» (Flp 1,22-23).

La autora de las *Revelaciones* señala bien su pertenencia al mundo medieval con su cambio de enfoque respecto al sufrimiento. Es pertinente mencionar aquí la reflexión de P. L'Hermite-Leclercq, que destaca hasta qué punto el cristianismo, con la pasión de Cristo, produjo una transformación en la relación con el «padecer», que hasta entonces había estado en vigor en la filosofía occidental, dominada por la *a-patheia* (falta de sufrimiento, impasibilidad). Este cambio se manifestó especialmente en la Edad media. Si la salvación se produjo por la pasión de Cristo, el sufrimiento se considera un camino de redención indisociable del amor, un camino de conocimiento y de unión:

> «La finalidad del hombre en la tierra no es ni el conocimiento de sí ni el conocimiento del mundo, ni la búsqueda del silencio de las pasiones bajo el yugo de la razón, ni la búsqueda de la felicidad. Lo más importante para el tema del libro[10] es que el sufrimiento adquiere, en esta nueva concepción del mundo, un lugar central. Se considera, contra toda oposición, que era necesario para demostrar que Dios se había hecho hombre; y se impone al hombre como medio para imitar a Dios si quiere alcanzar la gracia en el más allá».

[10] P. Nagy-D. Boquet (eds.), *Le sujet des émotions au Moyen Âge*, Beauchesne, París 2008, 89.

A esto podemos añadir las palabras de una de las coautoras de este mismo libro: «Las pasiones, legitimadas por la pasión de Cristo, salvan; adquieren un valor y un sentido que nunca habían tenido antes»[11].

Cuando Juliana, enferma, recibe las revelaciones, no puede evitar relacionar estas revelaciones con su deseo de juventud. Comprende el acontecimiento en su totalidad como una respuesta a sus oraciones.

Cuando Cristo se deja ver

Juliana se vio, pues, bendecida con las revelaciones y vivió esa compasión que deseaba. Recibió una serie de visiones en las que Jesús se mostraba ante ella, y de locuciones en las que él hablaba con ella. Recoge el acontecimiento con estas palabras:

> «En su cortesía, el Señor me mostró cinco facetas de su Pasión. La primera: la sangre que resbalaba de su cabeza. La segunda: la pérdida de color de su bendito rostro. La tercera, el abundante derramamiento de sangre de su cuerpo flagelado. La cuarta: su profunda deshidratación. Estos cuatro aspectos (...) correspondían a los sufrimientos de la Pasión. Y la quinta que se me reveló fue la alegría y la felicidad de la Pasión»[12].

Aunque centrarse en la Cruz puede parecer excesivo para los cristianos del siglo XXI, no deben olvidar que la finalidad de esta

---

[11] C. Casagrande-S. Vecchio, *Les théories des passions dans la culture médiévale*, en *ib*, 109.

[12] LT, 23.

actitud espiritual es que «gocemos verdaderamente con Él (Dios, Cristo) de nuestra salvación»[13]. Porque la Cruz es una fuente de consuelo y de fuerza, nos libera del miedo y nos permite centrarnos en la gracia y en el hecho de que somos la «dicha» de Dios. Es cierto que el universo de Juliana no es el nuestro, pero no tiene nada de enfermizo. Tan solo nos desprende de nuestras obviedades contemporáneas para abrirnos a la alteridad.

Al comienzo: la contemplación de un crucifijo

Todo parte de la contemplación de un crucifijo[14], es decir, de un objeto de piedad externo a Juliana, y no de la meditación de un texto bíblico. En este sentido, Juliana es representante de su época con la proliferación de representaciones pictóricas que no son solo una sustitución del texto bíblico, sino que tienen su propia función, que es conmover a quienes las contemplan. Por otro lado, Juliana se formó probablemente en técnicas de meditación que alentaban la visualización de textos de la Escritura, como las que Elredo de Rieval (siglo XII) recomienda a su hermana reclusa. Se trata de introducirse en el relato bíblico, de interactuar con los personajes del relato y estar presente en ese contexto. Esto marca la diferencia en el enfoque de los misterios de la fe y un punto de inflexión en la historia de la espiritualidad. Porque, «tradicionalmente, el interés reside en la palabra», como dice Olivier Boulnois antes de explicar así sus palabras:

---

[13] *Ib.*
[14] ST, 1.

«Desde Agustín hasta Hugo de San Víctor († 1141), es la Escritura, y no la imagen, lo que forma parte de la economía de la salvación: "El Verbo de Dios, revestido de carne humana, se hizo visible una sola vez; y ahora, cada día, él mismo [el Verbo] viene hasta nosotros recubierto de una voz humana" (...). La Escritura, su lectura y su interpretación prolongan en la historia de los hombres la manifestación del Verbo encarnado, porque este solo se hizo visible una sola vez. En la historia de la salvación, la voz de los hombres ha sustituido a la carne de Dios, lo audible ha sustituido a lo visible»[15].

Se invitaba, pues, a cristianos y cristianas a memorizar la Escritura que escuchaban durante la liturgia. Juan Casiano (siglos IV y V) recomienda una meditación de las Escrituras despojada de toda representación –cuando fuera posible– y dar prioridad a la forma breve para llegar a la oración pura, que es la repetición del versículo del Salmo 70: «Dios mío, ven en mi auxilio; Señor, date prisa en socorrerme». Boulnois recuerda que, en opinión de san Juan Casiano y de san Agustín, «la necesidad de una imagen puede ser satisfecha por la meditación de un texto».

DE LA VISUALIZACIÓN A LA VISIÓN

La experiencia visionaria de Juliana es, según ella misma afirma, de tres tipos. La autora adopta, en dos ocasiones[16], la terminología agustiniana de *Del Génesis a la letra* concerniente a las visio-

[15] O. BOULNOIS, *Au-delà de l'image. Une archéologie du visuel au Moyen Âge (Ve-XVIe siècle)*, Seuil, París 2008, 97.
[16] ST, VII y XXIII y paralelos en LT, 9.

nes corporales, visiones espirituales y locuciones, aunque no se corresponden estrictamente en lo referente a las visiones.

En cualquier caso, Juliana insiste en el origen divino de sus revelaciones: Dios es quien muestra, quien hace ver, quien dice[17]. Es eso lo que sugiere cuando emplea formas pasivas como «me fue dicho» o «me fue mostrado». Ya se trate de visiones físicas, de visiones espirituales, de locuciones o incluso de su oración antes y durante el acontecimiento[18], Juliana se preocupa de insistir en el hecho de que lo que recibe no procede de ella, sino de fuera de ella, «como un don, como un favor inesperado», sin que ella haya hecho nada para «producirlo» o «contribuir activamente a ello»[19]. Insiste también en la naturaleza repentina de lo que le sucede, «sin buscarlo en absoluto»[20], y en que la revelación le viene de Cristo, Dios y hombre, «sin mediación»[21]. Pero no conoce ni raptos ni éxtasis como numerosas místicas[22], dado que permanece consciente de lo que la rodea. Es lo que ella misma manifiesta[23]. Y, sin embargo, hace referencia a la pasividad que caracteriza la experiencia mística en todas las religiones.

Volviendo a lo material, añadamos también que visión física y visión espiritual pueden ser simultáneas[24] en la autora de las *Revelaciones* y que, cuando la visión física se desvanece, la visión espiritual puede permanecer. Por supuesto, los materiales «visionarios» (incluidas las locuciones) están integrados no solo

---

[17] ST, III, IV, etc., y sus paralelos en la versión larga.
[18] Por ejemplo, ST, III y su paralelo en LT, 3.
[19] *Visions*, en DS, t. XVI, col. 977.
[20] ST, III.
[21] LT, 4.
[22] Isabel de Schönau, Teresa de Jesús, por citar solo algunas.
[23] ST, VIII y su paralelo en LT, 12, por ejemplo.
[24] ST, IV y su paralelo en LT, 5.

en el relato de la experiencia de Juliana, sino también en un discurso reflexivo, explicativo de lo que se ha visto o escuchado[25].

El lector moderno tiene siempre la tentación de plantearse la pregunta de la objetividad de los hechos mencionados o de la salud psíquica de la mística. La cuestión del estatus de este tipo de corpus no es nueva. Recordemos que el fenómeno de las visiones está sólidamente atestiguado en la Biblia y que los padres de la Iglesia reflexionaron profundamente para decidir qué categoría otorgar a una u otra visión bíblica: figura retórica y, por tanto, literaria, destinada a apelar a la imaginación del lector para impresionarle (en el sentido principal del término)[26], o realidad objetiva, fenómeno sobrenatural. A pesar de la complejidad del discernimiento, visto el «estilo espontáneo y gráfico propio del Oriente antiguo», que «se adaptaba muy bien al tema de la visión, y sobre todo de la aparición, para expresar el sentimiento de un contacto inmediato con lo trascendente o la comunicación de una verdad procedente de lo alto»[27], se establecieron consensos sobre los textos de la Escritura respecto a su categoría.

Evidentemente, la autora de las *Revelaciones* no pertenece al mismo «mundo». Sin embargo, su universo cultural tampoco es el nuestro, como demuestra magistralmente Mary Carruthers en una obra que trata de las visiones en el marco de un estudio sobre la memoria[28]. Mary Carruthers pone de relieve una acepción de esta facultad que no coincide con la nuestra. Una

---

[25] Esto diferencia el relato de Juliana de los relatos de otras místicas, como Isabel de Schönau, por ejemplo.

[26] Como en el Apocalipsis y este tipo de literatura, en los que la visión es pura narrativa.

[27] *Visions*, en DS, col. 952.

[28] M. CARRUTHERS, *Machina Memorialis. Méditation, rhétorique et fabrication des images au Moyen Âge*, Gallimard, París 2002.

idea muy influenciada por san Agustín, que otorga a la memoria un lugar central en su teoría del conocimiento, como testimonian las *Confesiones*[29] y el *Tratado sobre la Trinidad*[30]. Teniendo en cuenta un impresionante corpus de textos medievales, Mary Carruthers habla de la «memoria medieval» como de una «máquina universal de pensamiento –*machina memorialis*–, que era a la vez el molino donde todos molían el grano de su experiencia (incluidas las cosas que habían leído) para producir una harina mental que, mezclada, daría un pan nuevo de buena calidad, y el polispasto o cuadernal que todo albañil aprende a fabricar y a utilizar en la construcción de nuevas estructuras»[31]. Así, la experiencia visionaria de Juliana es el fruto de una matriz cultural específica: una matriz hecha de contemplación de imágenes, de obras de arte de las que la Inglaterra de esa época estaba bien provista; una matriz modelada, asimismo, por la meditación de las Escrituras, no ya en la línea de Casiano, que trata de desterrar las representaciones, sino en la de Elredo de Rieval, que invita a visualizar las escenas de la Biblia.

En sus afirmaciones, muy documentadas, Mary Carruthers establece un vínculo entre memoria, meditación y fabricación de imágenes. La memoria aparece, así, como una función que tiene «como objetivo servir a la composición, alentar la elaboración de pensamientos inéditos»[32]. Basta con decir que lo que nosotros atribuimos hoy a la creatividad, en esa época se atribuía a la memoria. Porque «no se puede crear ("inventar") sin

[29] AGUSTÍN DE HIPONA, *Confesiones* X, 8, 12; X, 26, 37, en *Las Confesiones*, San Pablo, Madrid 1998, 359-360, 387.

[30] ID, *La Trinidad* X, en *Obras de san Agustín* V, BAC, Madrid 1956, 573-310. Agustín plantea la cuestión del saber y afirma que «nadie ama lo desconocido», y de ahí el papel de la memoria (p. 581).

[31] M. CARRUTHERS, *Machina Memorialis*, *o.c.*, 13.

[32] *Ib*, 7.

un trasfondo de memoria ("un inventario") al que acudir»[33]. Cuando habla de visiones monásticas, con frecuencia registradas en las obras de esa época, Carruthers especifica las convicciones que subyacen a la recepción de este tipo de fenómenos. Así, la cuestión principal es la de su «eficacia en el plano ético y de la meditación»[34]. Por lo tanto, no se trata en primer lugar de «determinar el tipo de "realidad" que se le puede conceder a una construcción visionaria»: «¿Es únicamente una "imagen cognitiva", o bien la representación de un "objeto real"?». Tampoco se trata de plantearse «la cuestión de su autoridad en cuanto verdad objetiva». En este contexto, «se hace una distinción (de acuerdo con nuestros criterios) entre la lectura meditativa y la experiencia visionaria»[35].

Desde este enfoque concreto nos interesamos en las *Revelaciones* y en los materiales que derivan de la experiencia visionaria de Juliana, sin tratar de cuestionar la autenticidad de las visiones recibidas ni su estado psíquico (temas que a nuestro juicio presentan un interés menor y, además, ajeno a la problemática de la época), sino centrándonos en su alcance ético y noético[36]: ¿qué mensaje transmiten, qué cambios pueden provocar?

Cuando Juliana contempla la Cruz

Por tanto, no sorprende que, en las *Revelaciones,* el sobrio tratamiento del Evangelio se amplifique en el sentido de un realismo

[33] *Ib,* 23.
[34] *Ib,* 235.
[35] *Ib.*
[36] Relativo al conocimiento.

que quiere suscitar la emoción y la experiencia de la compasión tras la contrición/compunción, centrando la atención únicamente en el cuerpo sufriente de Cristo y en los efectos de la coronación de espinas, de la flagelación, de la crucifixión. Por eso no encontramos ninguna referencia a los ladrones, a los verdugos, a la multitud, al diálogo con Juan, a la confesión del centurión romano. Nada distrae a Juliana de Aquel cuya visión recibe. El tiempo queda como abolido, lo que la separaría del Jesús de la historia, y sin embargo no deja nunca de ser consciente de su entorno, y sabe diferenciar entre lo que ve y la realidad que vive. Pero la novedad reside en que el crucifijo, por obra de la gracia, se revela como portador de significados y de revelaciones hasta entonces desconocidos o percibidos como lejanos. Una experiencia que todo lector ha podido tener al volver a leer o escuchar un texto de la Biblia que le resulta «conocido», pero que se convierte de pronto en una palabra viva y se llena de un sentido que, hasta entonces, no había tenido.

Cuando Dios se revela en Jesús

La experiencia que vivió Juliana tuvo un impacto tanto en el ámbito de los afectos y de los sentidos como en el del intelecto.

El ámbito de los afectos

En el ámbito de los afectos, las reacciones emocionales están muy presentes en las *Revelaciones*. Hay que precisar que hablar de emociones es hablar de «formas inteligentes, cultivadas y conceptualmente ricas de comprometerse con el mundo, y no de simples reacciones o instintos»[37]. Las emociones que experimenta Juliana pertenecen a la esfera religiosa y se sitúan en el ámbito de lo concupiscible (parte «anhelante» del ser) más que en el de lo irascible (parte «victoriosa» del ser).

Entre ellas, encontramos un temor reverencial, que considera en conjunto la grandeza de Dios y la pequeñez humana. Es una emoción fundamental y constante que deriva de un posicionamiento adecuado ante Dios. La autora no olvida jamás quién es Él y quién es ella, y el ejemplo de María la reconforta en este sentido. Recordemos una vez más que el temor, en las Escrituras, se considera el comienzo de la sabiduría[38].

Otra emoción es la de admiración o asombro[39]. Juliana manifiesta una capacidad para dejarse conmover, una capacidad de apertura a las maravillas de Dios. El amor está también omnipresente en las *Revelaciones* donde, más concretamente, adquiere el tono de querer compadecer o de compadecerse: Juliana sufre al ver el sufrimiento de Cristo, y comprende con ello todo el amor que ella le tiene. La alegría, el consuelo, el sentimiento de seguridad, de paz, de tranquilidad, el deleite o el gozo aparecen como consecuencia directa de las revelaciones del amor divino y de la derrota del demonio. Estos afectos contrastan con el miedo que siente Juliana cuando presencia la «aparición» de este último, un miedo que le hace clamar a Dios. Es también cuestión de una alternancia de consuelos

---

[37] R. C. Solomon, *The Passions. Emotions and the Meaning of Life*, Hackett, Cambridge 1993, citado por P. Nagy-D. Boquet (eds.), *Le sujet des émotions au Moyen Âge, o.c.*, 31.

[38] Cf, entre otros, el Salmo 111.

[39] ST, II, III, VIII... y paralelos en LT.

y desconsuelos, con un sentimiento de duda que lleva a la autora de las *Revelaciones* a ahondar en la gratuidad de los dones de Dios. Esta alternancia es, para el lector, como una garantía de autenticidad de la experiencia vivida y contada. Por último, el deseo de ver más y de comprender mejor, de vivir cada vez más plenamente unida a Dios, impregna toda la experiencia de principio a fin.

No hay en ello nada especialmente original, a no ser por el énfasis de autenticidad y el intenso tono de alegría, que sitúa a Juliana en las antípodas de una espiritualidad dolorista. La contemplación de la Pasión, lejos de anclarla en la dimensión del sufrimiento, está recorrida por un dinamismo que la conduce a concentrarse en la salvación, manifestación del amor incondicional de Dios.

El ámbito del intelecto

En el ámbito del intelecto, Juliana no deja de reflexionar. Trata de comprender lo que se le ha revelado con todos los recursos de su ser. Es algo que se pone particularmente de manifiesto cuando comparamos la versión breve con la versión larga. Pero no solamente aquí, porque a partir de la versión breve Juliana se entrega a un trabajo intelectual de la fe, a una labor de redacción de lo que está viviendo.

Su reflexión, suscitada por las revelaciones del amor divino, trata sobre cuestiones existenciales y teológicas fundamentales: ¿cómo conciliar este dato de fe que es el amor divino con la realidad del mal y el pecado? E, inmediatamente después: ¿por qué Dios permite el mal? Y esto lleva a Juliana a elaborar una auténtica teodicea[40]. Estas cuestiones que se plantean a lo largo de la experiencia, digámoslo de nuevo, no dejarán de habitarla durante los veinte años que transcurrieron hasta la redacción de la versión larga de las *Revelaciones*, y después seguramente también.

En cuanto a la enseñanza recibida, Juliana puede afirmar que la Cruz es una obra de amor[41], que el amor de Cristo es tal que no estima en nada su sufrimiento y que volvería a hacerlo si tuviera que repetirlo, o sufriría más si fuera necesario: «Para mí es una alegría, una felicidad, una satisfacción infinita el haber podido sufrir la Pasión por ti. Si pudiera sufrir más, lo haría».

Realmente, en su amor, «descubriría que no ha hecho nada porque, para él, todo eso no es casi nada respecto a su amor»[42]. Y, sin embargo, no hay mayor sufrimiento que el de Cristo como consecuencia misma de su divinidad:

> «Y, así, vi a nuestro Señor Jesús consumirse durante mucho tiempo, porque la unión en él, por amor, de su divinidad a su humanidad le daba fuerzas para sufrir más de lo que todos los hombres juntos podrían sufrir. Quiero decir no solo que sufría más de lo que cualquier otro hombre sería capaz de sufrir, sino también que sufría más dolor que todos los hombres de la tierra, desde el comienzo de los tiempos hasta el fin de los tiempos. Ninguna lengua es capaz de decir, ningún corazón es capaz de imaginar plenamente los sufrimientos que nuestro Señor so-

---

[40] La teodicea trata de «resolver» la aparente contradicción entre la bondad de Dios y la existencia del mal. Véase ST, XIV y LT, 29: «¿Cómo podría todo acabar bien, viendo el gran daño que el pecado causa a tus criaturas?» (ST, XXIV).

[41] ST, VI.

[42] ST, XII.

portó por nosotros, si tenemos en cuenta la dignidad de ese rey soberano, digno de adoración, y el ignominioso deshonor de su dolorosa muerte. Porque él, el más alto y el más digno, fue totalmente aniquilado, y despreciado hasta el último grado. Pero el amor que le hizo sufrir todo esto supera todos sus dolores, pues el Cielo está por encima de la tierra. Porque la Pasión se obró en el tiempo por amor. Pero el amor no tiene comienzo y no tiene, ni tendrá nunca, fin»[43].

Juliana comprende que, por esta obra de amor, «el Enemigo o demonio ha sido derrotado». Es, por otra parte, la primera palabra que Cristo le dirige en la versión breve[44], mientras que la última es: «No serás vencida»[45]. Baste decir que una verdad de fe universal se convierte en una palabra que él le dirige personalmente para que Juliana pueda resistir así las tentaciones, superar la prueba... Por último, Juliana sabe que nada la separará jamás del amor de Cristo, reminiscencia de Romanos 8. En la pasión de Cristo se habla, pues, del amor de Dios o, más bien, se dice que Dios es amor, una realidad que no era evidente en el contexto de su época.

---

[43] ST, XI.
[44] ST, VIII.
[45] ST, XXII.

De la revelación de Cristo Dios y hombre al abandono contemplativo de la criatura

«Soy yo el altísimo.
Soy yo aquel a quien tú amas...
Soy yo aquel a quien deseas...
Soy yo quien lo es todo».
ST, XIII

Profundicemos aún más en quién es «el Cristo de Juliana» y cómo esa identidad conduce a un abandono confiado.

Cristo, verdadero Dios y verdadero hombre

El texto de las *Revelaciones* está plagado de conceptos cristológicos y de enunciados semejantes a confesiones de fe, que no dejan ninguna duda sobre la unión sin confusión de la naturaleza divina y la naturaleza humana en la persona de Jesús. En el texto encontramos asimismo fragmentos de prosa rimada, como la del «Yo soy» (o «Soy yo», según nuestra traducción). Una modalidad de expresión que se encuentra en los poemas líricos medievales. Así, Douglas Gray menciona un poema compuesto por un fraile llamado William Herebert, franciscano de Oxford del siglo XIV, en el que leemos esta misma expresión: «Yo soy quien». Douglas Gray[1], en un análisis completo del poema, detecta un párrafo de Isaías 63,1-7, leído el Viernes Santo. Recordemos que Isaías 63 comienza con estas palabras: «¿Quién es este que llega de Edón, de Bosra, con vestidos de púrpura?». También nosotros podemos preguntarnos si el fragmento de prosa rimada de las *Revelaciones* no es acaso la adaptación de una devoción cristocéntrica en «nombre de Jesús», tal y como la encontramos en Richard Rolle[2]: «Jesús, mi alegría y mi amor (...). Jesús, mi Dios, Jesús, mi rey».

Juliana manifiesta así la fe de la Iglesia y la suya en símbolos como el de los tres círculos en la persona de Cristo, el color y la calidad de sus vestidos... Símbolos que vienen en su ayuda para hablar de lo inconcebible.

La percepción de Cristo en su humanidad y en su divinidad aparece, la mayor parte del tiempo, como simultánea en Juliana. Juliana no se deja fascinar por la humanidad hasta el punto de olvidar la divinidad. Y esto confiere fuerza a su piedad, por muy emotiva que pueda ser.

Un Cristo «sometido» a los afectos

La piedad medieval se interesaba por las emociones y los afectos de Cristo, y Juliana no es una excepción. Sin embargo, ella

[1] D. Gray, *Themes and Images in the Medieval English Lyric*, Routledge, Londres 1972, 14-15.

[2] *Ib*, 79.

no se detiene únicamente en su humanidad, sino que, de acuerdo con la costumbre bíblica, se ocupa también de sus afectos en cuanto Dios, afectos como el amor, la ternura, la compasión, la piedad, el sufrimiento, el placer, la alegría, pero también la aflicción, puesto que cargó con todos nuestros sufrimientos y todas nuestras angustias, y también en la medida en que nos espera[3].

La función de estos afectos es evidente: se trata de suscitar una respuesta en el hombre, de hacer que el hombre responda a esta petición: «Procurad tener los mismos sentimientos que tuvo Cristo Jesús» (Flp 2,5), abandonándose a la voluntad del Padre.

Los tres rostros de Cristo

Detengámonos en primer lugar en tres expresiones del rostro de Cristo (o en sus tres rostros) y en lo que manifiestan. Porque para Juliana, Cristo tiene un rostro, tiene una mirada que dirige hacia ella y, a través de ella, hacia toda la humanidad. La primera expresión es la de la Pasión; la segunda es la de la piedad, la ternura y la compasión; la tercera es la de la dicha. La enseñanza espiritual que se desprende de ello es la siguiente: en función de las circunstancias, hemos de centrarnos más en uno u otro de los rostros de Cristo que se nos ofrecen: rostro del tiempo de la Pasión cuando sufrimos; rostro de misericordia cuando nos sentimos sumidos en el pecado o en la tentación[4]. Juliana especifica que son estos dos rostros los que corresponden a nuestra

---

[3] LT, 80.
[4] Cf LT, 7.

peregrinación terrenal. En cuanto al último, si se nos concede verlo en esta vida, hemos de considerarlo como un anticipo de nuestra presencia ante él.

Juliana subraya, además, que, incluso en la agonía, el rostro de Jesús expresaba al mismo tiempo la tristeza y la angustia del hombre, así como el estallido de gozo «porque él es Dios»[5]. Juliana nos hace ver lo que el concilio de Calcedonia expresó en términos conceptuales, más «precisos» teológicamente: la coexistencia de estos dos tipos de sentimientos en el mismo rostro, que manifiesta realmente la unidad entre las dos naturalezas de Cristo y el motivo de la Encarnación, es decir, «estar con nosotros». Que equivale a decir su amor por la humanidad.

Encontramos la coexistencia de sentimientos similares, entre otros, en Balduino de Ford[6]. Recordemos también al «Cristo sonriente» de la iconografía monástica medieval, tal como puede verse todavía hoy en la abadía de Lérins, o en el castillo de Javier, en Navarra, o incluso, por analogía, las palabras de san Agustín, que indican que hay que ir a Cristo por Cristo: «Por Cristo hombre a Cristo Dios; por la Palabra hecha carne a la Palabra que en el principio era Dios en Dios»[7].

---

[5] LT, 71.

[6] En *El sacramento del altar,* Balduino de Ford escribe hablando de Cristo: «Acogió con alegría los sufrimientos que le venían de nuestro pecado. ¿Debería decir con alegría o con tristeza? Sería más justo decir que con una y con otra (...). En su alma sintió una verdadera tristeza, pero estaba contento de llevarla consigo», citado por J. LECLERCQ, *Consideraciones monásticas sobre Cristo en la Edad media,* Desclée de Brouwer, Bilbao 1999.

[7] Cf *Homilías sobre el evangelio de Juan* 13, 4, en *Obras de san Agustín* XIII, BAC, Madrid 1955, 361.

El deseo

Otro afecto es el deseo. El deseo de Cristo aparece, entre otras, con la metáfora de la sed, siendo la Cruz el lugar por excelencia donde se manifiesta[8]. Aquí reconocemos el versículo no citado de Juan 19,28: «Tengo sed». Se trata de un deseo de unión que lleva a Jesús a atraer hacia él a los seres humanos por su bien[9]. Jesús desea también verlos unidos entre ellos. Estos temas muestran hasta qué punto había interiorizado Juliana el evangelio de Juan, que revela ese mismo deseo que tiene Dios de ver a sus criaturas unidas a Él y entre ellas. La sed está llamada a acabar, pero no cesará hasta el juicio final, es decir, cuando lleguemos a la visión clara, cuando la humanidad sea salvada y participe en la felicidad de Dios[10].

Juliana hace de este deseo y esta sed un atributo de Dios, tal como lo son también la misericordia y la piedad. En este sentido constatamos una cierta incoherencia, porque esta sed debe terminar algún día, mientras que lo propio de los atributos de Dios es que permanecen. Pero, por una parte, Juliana no profesa su teología y, por otra parte, el deseo era, según los Padres –Gregorio de Nisa entre otros–, parte integrante del eros divino.

En el texto de la versión larga, Juliana dice haber visto, finalmente, «tres tipos de deseos en Dios»: nos enseña a reconocerlos y, a partir de ahí, a amarlos más de lo que lo hacemos, a vernos compartir su dicha y a llenarnos de alegría[11].

---

[8] Cf LT, 17.
[9] Cf LT, 31.
[10] *Ib.*
[11] Cf LT, 75.

LA ALEGRÍA

Por último, la alegría es uno de los afectos que caracteriza la divinidad de Cristo[12]. Con ello, Juliana se inscribe en la línea de las Escrituras que menciona la alegría que siente Dios respecto a su pueblo, Jerusalén (Is 62,4; Sof 3,17, etc.), o la complacencia que la Sabiduría obtiene al «jugar» con los hijos de los hombres (Prov 8,31). A partir de imágenes tradicionales, que podemos suponer que meditó y reflexionó, Juliana saca conclusiones que pueden interpelar en el contexto de su época. Porque, para la criatura, se trata de acoger la alegría que Dios siente por su salvación, pues ese es el deseo divino[13].

El lector está, así, invitado a un desprendimiento de sí, a un abandono contemplativo. Juliana llega incluso a ponerlo en guardia contra una excesiva tristeza frente a su pecado, causante de los sufrimientos infligidos a Cristo. La tristeza y la alegría son, por lo tanto, criterios de discernimiento, lo que recuerda, entre otros, a Pablo y los frutos del Espíritu (Gál 5,22), así como a la literatura patrística y monástica antigua, cuyos herederos son los cistercienses. Todo lo que es contrario a la alegría procede de «nuestro Enemigo». Por eso no debemos desesperarnos por nuestras caídas, que no impiden que Dios nos ame. Por supuesto, Juliana se dirige aquí a los cristianos deseosos de convertirse y a aquellos a quienes, a veces, les cuesta «dejarse llevar» y creerse de verdad perdonados.

Señalemos que Juliana se acerca aquí a un autor que es su compatriota y coetáneo, el escritor anónimo de *La nube del*

[12] ST, XV.
[13] LT, 63.

no-saber, que también desaconseja el regreso indefinido al pecado con el pretexto de la contrición. E ilustra sus palabras con el ejemplo de María Magdalena que, en un determinado momento de su vida, acogió su impulso amoroso en lugar de «descender a los abismos de su vida pecadora» y «escarbar en la podredumbre de sus pecados»[14].

Juliana, como buena maestra de vida espiritual, recuerda que aunque «nuestro Señor» desea que recibamos con sencillez el don de la salvación, tenemos que permanecer vigilantes y no carecer de «cortesía», es decir, no debemos dar por hecho el perdón, ni debemos olvidar el miedo reverencial y la humildad.

Dos rasgos específicos de la cristología de Juliana

La cristología de Juliana presenta dos particularidades. La primera se refiere al tema de la satisfacción, de la ira de Dios y, por tanto, de la naturaleza de la misericordia. En cuanto a la segunda, se refiere a la maternidad de Cristo.

Ira y misericordia de Dios vistas con ojos nuevos

Hasta ahora hemos permanecido en el ámbito de la experiencia, de lo que Juliana recibió, pero ella se dedicó luego a escribir

[14] Cf *La Nube del no-saber y El libro de la orientación particular*, San Pablo, Madrid 2013.

sobre la persona de Cristo, porque le atormentaba el tema de la salvación en un entorno en el que la predicación aludía a la ira de Dios para conseguir que la gente se convirtiera, o quizá más bien para que fueran dóciles.

El tema de la reparación estaba muy presente en la Edad media. El de la ira de Dios también, sobre todo después de los episodios de peste negra, que se atribuían a esta ira. Uno de los rasgos originales de la soteriología[15] de Juliana reside en su «negación» de la ira de Dios y, por tanto, de una misericordia vista como «apaciguamiento» de esta ira. Ella misma lo explica. La ira, la cólera, es contraria a la naturaleza misma de Dios, que es perfecto, porque la ira procede de una carencia, carencia de bondad, de sabiduría, etc. Sin embargo, la ira es una fabricación de la criatura. Hablar de la ira de Dios revelaría su proyección, podríamos decir. Por otro lado, Juliana presenta otro argumento, el de la amistad de Dios con los humanos, que hace imposible la idea de su ira hacia ellos[16].

Teniendo en cuenta estas premisas, Juliana se replantea el concepto de misericordia tal como lo entendía su entorno y tal como ella misma lo había entendido hasta entonces. Descubrió que la misericordia de Dios era «todo amor en el amor»[17]. Y esto la enfrentó a la doctrina de la Iglesia de su época. La Iglesia enseña algo y las revelaciones contradicen esa doctrina, al menos a primera vista, y esto lleva a Juliana a investigar sin descanso hasta alcanzar una especie de equilibrio. No se deja llevar. Con sus meditaciones y sus deducciones, descubre que la misericordia tiene como «fundamento el amor», que su labor

[15] La soteriología es la parte de la teología que trata de la salvación.
[16] LT, 48-49.
[17] LT, 48.

es «guardarnos en el amor» y no apaciguar la ira de Dios. Juliana considera, por último, que la misericordia es «un rasgo de compasión» que se arraiga en la ternura «maternal» de Dios, cuya razón de ser responde a la duración de nuestro peregrinaje terrenal.

En cuanto a la problemática de la satisfacción/reparación o el apaciguamiento de la ira divina, esta se trata, entre otras, bajo la forma de una parábola que constituye uno de los textos más originales de Juliana. El contenido de lo que ha visto/recibido/comprendido la ha desconcertado tanto que no menciona esta visión en la versión breve de las *Revelaciones*. Esta parábola presenta a un señor y su servidor[18]. Es una parábola que ya había utilizado san Anselmo, el cual ejerció una influencia considerable en la teología de su tiempo. Esta imagen es muy comprensible en el contexto feudal[19], pero Juliana la transforma de manera profunda. En ella ya no nos encontramos en el ámbito de lo jurídico, de la reglamentación de las relaciones sociales, sino en el de las relaciones interpersonales, caracterizadas no por los afectos de la ira o el honor mancillado de Dios, sino por su amor

---

[18] LT, 51.

[19] Cf Anselmo de Canterbury, *Pourquoi Dieu s'est fait homme*, Cerf, SC 91, París 2011, 119 (trad. esp.: *Cur Deus homo. ¿Por qué Dios se hizo hombre?*, Ivory Falls Books, 2016, 49). René Roques destaca varias cosas que nos ha parecido interesante mencionar. La relación señor-servidor, en realidad amo-esclavo, es «un estado de hecho admitido por todos» en la época de Anselmo de Canterbury, pero ya no es así en la época de Juliana. Baste con recordar la revuelta de campesinos de la que se habla en el capítulo 1, así como la obra de William Langland titulada *Piers Plowman*, que probablemente se redactó entre 1360 y 1387. René Roques especifica también que la relación amo-esclavo procede del registro de la propiedad, siendo el esclavo una posesión legítima de su señor. Esta metáfora connota, pues, «el derecho de libre disposición del señor sobre su servidor y el deber que tiene este último de adaptarse perfectamente a la voluntad del primero».

y su compasión[20]. Por otro lado, parece que, en Juliana, la brecha entre el señor y su servidor representa tanto la brecha entre Dios y el hombre pecador como la que existe entre Dios y la criatura exenta de pecado, porque este servidor remite siempre a la vez a Adán y a Cristo, nuevo Adán.

La relación entre el Adán-nuevo Adán en esta parábola tiene una base paulina en Romanos 5. En Pablo, aparece en un texto sobre la «sobreabundancia de la gracia», por la obediencia de uno solo (Cristo, nuevo Adán), como respuesta a la «abundancia de pecado» provocada por la desobediencia de uno solo (Adán). Es el mensaje que ha conservado Juliana, pero sin integrar el tema de la obediencia-desobediencia. Se trata de un mensaje que ella modifica a su manera, pues se sirve de esa metáfora para hacer comprender la ausencia total de ira en Dios: el hombre, el «Adán», que no se ha considerado más que como el nuevo Adán, la segunda persona de la Trinidad, a imagen del cual ha sido creado y a cuya semejanza va a ser restaurado. Cristo ha tomado consigo toda nuestra miseria, y el Padre, por tanto, no puede ni quiere culparnos... ni quiere culpar a su Hijo Jesucristo.

En este contexto, la Encarnación se presenta como la consecuencia del vínculo entre Cristo y el hombre en virtud de, por una parte, la creación de este último a imagen del Hijo y, por otra, como consecuencia de la caída de este último: «Cuando Adán cayó, él [el Hijo] cayó con él»[21]. En este sentido, Juliana

[20] Recordemos que, para san Anselmo, es «esencial para el honor de Dios que la humanidad que Él ha destinado a disfrutar de un estado de bienaventuranza no muera». Cf ANSELMO DE CANTERBURY, *Cur Deus homo. ¿Por qué Dios se hizo hombre?, o.c.*, 30.

[21] LT, 51.

se diferencia de Juan Duns Escoto (siglos XIII-XIV), que creía que la Encarnación habría tenido lugar aunque el hombre no hubiera pecado.

En el plano de una teología de la salvación, encontramos en Juliana un equilibrio muy particular, que volveremos a encontrar a nivel de la antropología. Es cierto que la salvación es consecuencia del pecado, pero en nombre de la unión indisoluble de la segunda persona de la Trinidad con el hombre. Así, la Encarnación, misterio pascual incluido, se enfoca desde el horizonte de la creación. Observemos que la «caída», en esta parábola, no está expresamente vinculada a una transgresión, sino más bien a una debilidad. De modo que estaríamos en presencia de una concepción «amplia» de la salvación, que abarca no solo la condición pecadora del hombre, sino también su condición de debilidad, inherente a su naturaleza sensible[22].

Observamos que el texto de Juliana está salpicado de reminiscencias, de préstamos, conscientes o no, de las Escrituras, la tradición y sus contemporáneos. Quizá nosotros, en el siglo XXI, estemos tan habituados a un discurso sobre la misericordia de Dios que nos cueste advertir el punto de inflexión que establece Juliana en este tema.

Cristo madre

Paradójicamente, la maternidad de Cristo, que es algo que nos va a parecer muy original, realmente no lo era tanto en la Edad media, al menos en algunos entornos cristianos.

---

[22] Cf capítulo 11.

Esta idea se fundamenta en el Antiguo Testamento, donde se trataba –muy ocasionalmente– de la «maternidad» de Dios (Is 49,15[23]; 66,13[24]). El profeta compara la actitud de Dios con la de una madre para hablar de lo insuperable del amor divino. Recordemos que las metáforas de tipo afectivo –padre, madre, esposo/esposa– para expresar los diferentes aspectos de la relación de la criatura con Dios son una elaboración de los escritos proféticos y no se excluyen unas a otras. Otra fuente es la literatura sapiencial. En realidad, la Sabiduría es presentada o «se presenta» con los rasgos de una figura femenina, mediadora entre Dios y los hombres, y que existía antes de la creación. La interpretación cristiana ha visto en ella una representación de Cristo o del Espíritu Santo. Al participar en la creación como maestro de obras, «principio de su acción» (Prov 8,22), tiene una función maternal en algunos manuscritos de Sirácida, donde se la define como «Madre del amor hermoso» (Si 24,18). Se la percibe también con los rasgos de la esposa en algunos pasajes (Prov 31; Sab 8).

A esto podemos añadir que Juliana, como lectora atenta y creativa que era, no pudo evitar vislumbrar lo «femenino» de Dios en Génesis 1,27, que habla de la creación de las criaturas, macho y hembra, a imagen de Dios. Sabemos que este versículo ha sido amplia y diversamente comentado por los padres de la Iglesia, y un gran número de ellos negaba la naturaleza teomorfa[25] de lo femenino. En su opinión, las mujeres no se convierten

[23] «¿Puede una madre olvidar al niño que amamanta, no tener compasión del hijo de sus entrañas? Pues, aunque ella se olvidara, yo no te olvidaré».

[24] «Como a un niño a quien su madre consuela, así os consolaré yo, y en Jerusalén seréis consolados».

[25] «Teomorfo», que tiene rasgos divinos, de Dios.

en «teomorfas más que por su incorporación a Cristo en el ámbito de la salvación», lo que implica la superación de la debilidad debida a su sexo por la ascesis o el martirio[26]. San Agustín[27] también se interesó por este versículo del Génesis, entre otros, en su *Tratado de la Trinidad*. En su opinión, es la naturaleza humana la que ha sido hecha «a imagen de Dios, donde no existe diferencia de sexo»[28]. ¿Pero cómo conciliar este versículo con 1Cor 11,7, según el cual «el hombre es imagen y gloria de Dios» y la mujer es «gloria del hombre»? San Agustín consigue superar la contradicción ofreciendo una acepción específica del término imagen: así, «el hombre fue creado a imagen de Dios, no según su forma corpórea, sino por su alma racional»[29]. A continuación explica los versículos de Génesis y de 1Cor a través de Gálatas 3,27-28: «Los que habéis sido bautizados en Cristo os habéis revestido de Cristo. No hay judío ni griego, no hay esclavo ni libre, no hay hombre ni mujer, pues todos vosotros sois uno en Cristo Jesús». De ahí que «al vestirnos del hombre nuevo», la mujer también puede decir que es imagen de Dios[30]. Tal como resalta Kari Elisabeth Børresen, «la separación fundamental entre divinidad y feminidad permanece»[31]. Y aquí también constatamos que Juliana traza su propio camino.

---

[26] Cf K. E. Børresen, *Discours sur Dieu: patristique et matristique*, en *Charisteria Augustiniana Iosepho Oroz Reta dicata*, I, *Teologica*, ed. a cargo de P. Merino y J. M. Torrecilla, Editorial Augustinus, Madrid 1993 (cf revista Augustinus 38/149-151 [enero-diciembre de 1993] 121-135).

[27] Agustín de Hipona, *La Trinidad*, en *Obras de san Agustín* V, BAC, Madrid 1956.

[28] *Ib*, XII, 7, 12, en *Obras de san Agustín* V, *o.c.*, 671.

[29] *Ib*.

[30] Cf *ib*: «Al vestirnos del hombre nuevo, nos vestimos de Cristo por la fe. ¿Quién hay que excluya a las mujeres de este benéfico concierto?».

[31] Cf K. E. Børresen, *Discours sur Dieu: patristique et matristique*, *a.c.*, 129.

¿Dónde encontramos, en el Nuevo Testamento, lo «femenino» de Dios? Podemos identificar algunas fuentes potenciales: el «seno» del Padre en Juan 1 o la comparación de Jesús con una gallina que reúne a sus polluelos en Mateo 23,37. En cuanto a los padres de la Iglesia, tal como indica Caroline Walker Bynum[32], siguiendo a André Cabassut[33], Clemente de Alejandría[34], Ireneo[35], Agustín[36] y Juan Crisóstomo[37], por citar solo a algunos, han hablado de Jesús como madre, pero muy ocasionalmente. La Iglesia no ha mantenido esta denominación, vista su frecuencia y su importancia en las corrientes de la literatura gnóstica, en su insistencia sobre la figura de la sabiduría[38].

En la Edad media, la figura de Cristo madre «volvió» con san Anselmo, los cistercienses Bernardo de Claraval, Elredo de Rieval, Guerrico de Igny, Isaac de l'Étoile, Adam de Perseigne, Guillermo de Saint-Thierry, así como muchas mujeres místicas, como Margarita de Oingt o Matilde de Hackeborn. Esta vuelta está vinculada al surgimiento de una devoción afectiva, pero no se redujo a ella. Porque esta temática no está, como observa André Cabassut, desprovista de fundamento teológico: «La teología nos enseña que toda perfección creada se encuentra en Dios

---

[32] C. W. Bynum, *Jesus as Mother. Studies in the Spirituality of the High Middle Ages*, Publications of the Center for Medieval and Renaissance Studies, University of California Press, Berkeley-Los Angeles-Londres 1984, 110-169.

[33] A. Cabassut, *Une dévotion peu connue à «Jésus notre mère»*, en Mélanges Marcel Viller (1880, 1899, 1949), Revue d'ascétique et de mystique 98-100 (Toulouse 1946) 234-245.

[34] Clemente de Alejandría, *El pedagogo*, Gredos, Madrid 1988, 60 y 80.

[35] Ireneo de Lyon, *Contra las herejías* II: *Denuncia y refutación de su doctrina*.

[36] *Tratado sobre el evangelio de Juan*, CXXIV, 15, 7. Referencias ofrecidas por C. W. Bynum, *Jesus as Mother, o.c.*, 110-119.

[37] *In Matt*, Homilía 76, PG 58, 700. Referencias ofrecidas por C. W. Bynum, *Jesus as Mother, o.c.*, 110-119.

[38] *Odas de Salomón, Hechos de Pedro*, etc. En los *Hechos de Pedro*, este, cuando iba a morir, se dirige así a Cristo: «Eres para mí un padre, eres para mí una madre».

en un grado muy eminente: tiene su origen en Él (...). Decimos que no hay ningún amor humano más que el amor maternal que pueda dar una idea más exacta y más completa del amor de Dios por nosotros»[39], y el amor maternal encuentra su ejemplo en él.

Este enfoque se basa tanto en realidades como en estereotipos: la madre es quien da la vida con el riesgo de perder la suya; el sacrificio está, pues, presente; la madre es tierna y amorosa; es la que nutre con su propia sustancia; el pelícano que alimenta a sus crías con su propia sangre es un símbolo de Cristo muy arraigado en el ámbito medieval. Añadamos que, en la literatura de la época, como ya también en Clemente de Alejandría, la leche y la sangre eran intercambiables como fluidos alimenticios.

Kari Elisabeth Børresen destaca otro aspecto sin ofrecer referencias concretas: «Durante la Edad media se produjo una decisiva renovación de la cristología. Se describe a Cristo encarnado y crucificado como *ginecomórfico*, precisamente por su *kénosis* salvífica. Sometimiento, corporeidad y maternidad sufriente simbolizan, desde entonces, la naturaleza humana de Cristo»[40].

De acuerdo con los autores que hemos mencionado antes, se hará más énfasis en un aspecto u otro: don de la vida o aspecto nutricio (el preferido por san Bernardo, por ejemplo cuando habla de la predicación). Observemos que, ciertamente, entre los cistercienses la maternidad se aplica también a las figuras de autoridad: abades, obispos[41]. El estudio bien documentado de

[39] A. Cabassut, *Une dévotion peu connue à «Jésus notre mère», a.c.*

[40] K. E. Børresen, *Discours sur Dieu: patristique et matristique, a.c.*, 131.

[41] Puede verse, por ejemplo, el prólogo de *De Consideratione ad Eugenium papam*, en *Sancti Bernardi Opera*, vol. III, *Tractatus et Opuscula*, Édition cisterciennes, Roma 1963, 393-395. Puede verse también el *Sermón 23, 2 sobre el Cantar*. Ya encontramos esta temática en la *Regula magistri* o *Regla del maestro*, que recomienda al abad que

Caroline Walker Bynum en la obra citada en nota ofrece múltiples referencias que no nos compete cotejar aquí.

Juliana situó enseguida la maternidad de Cristo en un horizonte trinitario. Y somos testigos de su esfuerzo para mantener la unidad de poder y de actuación de la Trinidad, así como la propia de cada Persona. Pero eso no explica su enfoque, lo que hace que su discurso sea a veces difícil de seguir para una mente contemporánea. Ella considera que la maternidad es una propiedad de la Trinidad *ad extra* (relativa a su obra en la historia) junto a la de paternidad y de gobierno[42]. También habla de tres tipos de maternidad que pueden corresponder o a Cristo o a la Trinidad, y que remiten respectivamente a nuestra creación, a nuestra recreación en Cristo, que es la «maternidad de gracias», y a nuestra santificación.

Sin embargo, también resulta enseguida bastante evidente que Juliana asocia la maternidad más específicamente con Cristo. Porque, en realidad, es la voluntad del Padre, «que es el Ser», que así sea. Ha querido que la segunda Persona de la Trinidad se convierta en nuestra madre, nuestro amigo, nuestro salvador. Y Juliana justifica esta denominación de madre por el hecho de que Cristo ha participado en nuestra creación; porque nos ha recreado por su Encarnación y por la obra realizada en su Pasión y Resurrección. Por eso distingue en Cristo una maternidad de naturaleza y una maternidad de gracia. Esta última la define también como «maternidad de misericordia»[43], en el sentido de que nos restaura.

---

sea, para sus monjes, no solo un padre, sino también una madre. Cf *La règle du Maître*, Cerf, SC 105-107, París 1964-1965.

[42] LT, 58.

[43] LT, 60.

Esta cuestión de la maternidad permite a Juliana ahondar en la obra específica de Cristo, en sus acciones, en particular en el misterio pascual, por el que nos engendra para la vida eterna[44]. Tal como ya hemos visto, la dimensión del «engendramiento» tiende a modificar la cuestión tradicional de la satisfacción, o incluso a dar un tono especial a la dimensión sacrificial que, así, se encuentra situada en la perspectiva de don de la vida. Y este engendramiento se persigue, porque Juliana percibe que Cristo sigue llevando consigo dolorosamente la humanidad y que así será hasta el fin de los tiempos. Observamos que este enfoque del tema de la maternidad de Cristo es muy diferente del enfoque que hace de él el autor de *Ancrene wisse*, muy leído y meditado en la Inglaterra medieval. Porque este presenta a Cristo como una madre compasiva que se interpone entre su hijo y el padre de su hijo, que está furioso y se dispone a castigarle con toda su severidad[45].

Este enfoque de la Pasión como labor de parto –una labor dolorosa y al mismo tiempo dichosa– parece haber influido en la idea que Juliana tenía sobre la vida espiritual. Por eso invita a ver toda prueba como la preparación para un renacimiento, en la lógica de los textos escriturísticos que, sin embargo, no cita, como Miqueas 4,10 y Juan 16,21, que hablan de los dolores de la comunidad mesiánica vinculados a la llegada del reino de Dios.

Pero Juliana no se detiene ahí, sino que trasciende la metáfora de la maternidad desarrollando otros aspectos suyos. Uno de ellos trata del amamantamiento o alimentación. Esto per-

[44] LT, 6.

[45] N. Watson, *Anchoritic Spirituality. Ancrene Wisse and Associated Works*, Paulist Press, Nueva York 1991, 182.

mite a la autora de las *Revelaciones* introducir algunas consideraciones sobre la Iglesia y los sacramentos, en especial sobre la Eucaristía[46].

Hay otro elemento que brota de esta imagen de la maternidad. Se trata de la educación amorosa y constante de Cristo para con nosotros[47]. En este contexto, Juliana subraya una actitud de infancia espiritual que consiste, para quien ha caído, en arrojarse a los brazos de su madre o pedirle ayuda[48]. Cuando trata de definir lo que caracteriza a este atributo de maternidad, Juliana añade, a esta cualidad específica del amor que es la misericordia, la ternura, la premura, la dulzura, la intimidad. El sentimiento de sus palabras es lo que hace que Benedicta Ward se incline a pensar que nuestra autora vivió personalmente la maternidad.

Sin duda, Juliana conocía los límites de esta metáfora[49], y se ocupó, consciente o inconscientemente, de no conferirle jamás un carácter dogmático o absoluto. Esto lo hace incluyéndola casi siempre en una trilogía en la que Cristo se define al mismo tiempo como «hermano» y como «salvador», sugiriendo así que la intimidad que se establece es salvífica. O también, cuando se trata de la Trinidad, la autora de las *Revelaciones* incluye este atributo entre la paternidad y la soberanía o la bondad. En

---

[46] Cf LT, 60.

[47] Encontramos la dimensión educativa de la maternidad de Cristo en *Ancrene Wisse*, texto del siglo XIII que ya hemos citado y que hemos de recordar que estaba dirigido a una reclusa. El autor, en un capítulo referente a las tentaciones, enumera una serie de datos para reconfortar a la destinataria de su texto. Dice que «Dios juega con nosotros como una madre que se esconde para que su hijo la llame» (N. WATSON, *Anchoritic Spirituality, o.c.*, 132-133).

[48] LT, 61.

[49] También el autor de *Ancrene Wisse*, que, después de haber enumerado los cuatro tipos de amor presentes en el mundo, y entre ellos el amor de la madre por su hijo, se dedica a demostrar que el amor de Dios los trasciende todos. Cf N. WATSON, *Anchoritic Spirituality, o.c.*, 192-193.

ella, toda analogía permanece abierta a otras analogías. Pero sabe sacar provecho de cada una jugando con los contrastes. También asocia la «maternidad celestial» y la «maternidad terrenal». Esta última transmite una vida dedicada al sufrimiento y a la muerte, mientras que la primera desemboca en la vida eterna y la felicidad.

En este contexto de comparación, Juliana introduce la alusión a la «llaga del costado» de Cristo, que había sido objeto de una revelación en la que Cristo miraba con alegría «su bendito costado» y lo presentaba como señal de su amor[50]: esa llaga, ese «seno» en el que puede introducirnos. Observemos que Juliana no cae en las trampas de una espiritualidad afectiva que podría derivar en sensiblería. En realidad hace de este seno un lugar de revelación, que une siempre afecto y conocimiento. Porque, a partir de la humanidad herida que suscita nuestra compasión, somos conducidos al umbral de la divinidad que deriva de lo inefable. Recordemos que la devoción a la llaga del «corazón» o del «costado» de Cristo encuentra sus raíces en las Escrituras, más en particular en Juan 19,34. Pero fue la escuela franciscana la que la puso de relieve, con san Francisco y san Buenaventura, por no citar más que dos autores de esta corriente, y por la literatura cisterciense. Sin olvidar a Gertrudis de Helfta en *Heraldo del amor divino*.

Esto indica que Cristo solo puede conducir a Juliana a abandonarse en él con confianza y a desprenderse de ella misma.

---

[50] LT, 24.

Cuando el horizonte se amplía al Dios uno y trino

«Vi tres cielos, y todos estaban en la
santa humanidad de Cristo. Y ninguno es mayor,
ninguno es menor, ninguno es más elevado,
ninguno es más bajo, sino que todos son iguales en su dicha».
ST, XII

Cristo, el bendito Amigo, verdadero Dios y verdadero hombre, conduce a Juliana hacia el misterio trinitario, lo que se pone de manifiesto en la versión larga, escrita veinte años después de las revelaciones recibidas, aunque no está ausente de la versión breve, como atestigua la cita que abre este capítulo. Juliana mantiene relaciones personales con la Trinidad, y ha integrado asimismo la doctrina objetiva de la Iglesia, que trata de asimilar cada vez más, sin olvidar las teologías emergentes: de todo ello se deriva su trabajo de redacción. En cualquier caso, el lector se asombra ante la dificultad de sintetizar el pensamiento de Juliana. Porque la autora de las *Revelaciones* no se ciñe a un enfoque teológico especulativo que proponga un conjunto doctrinal ordenado con el fin de ofrecer «motivos» para creer. Y, sin embargo, tampoco busca una coherencia a nivel de pensamiento y de exposición, para narrar la experiencia vivida y las convicciones que se derivaron de ella. ¿No se trata de eliminar las aparentes contradicciones entre un Dios todopoderoso, omnisciente y todo amor y la presencia del mal? Nos da la impresión de que esto se hace desde un enfoque más inductivo que deductivo.

Este diálogo con el misterio trinitario se impone, lógicamente, por el esquema del *exitus* (salida) y *reditus* (regreso), por tomar los términos tradicionales basados en el evangelio de Juan, donde se trata del Verbo «salido» de Dios que «regresa» a Dios. Pero en Juliana este argumento basado en la razón parece quedar un poco oculto por la experiencia de la revelación del amor divino en la pasión de Cristo. Porque, para ella, se comprueban plenamente estas palabras de san Agustín: «Ves la Trinidad si ves el amor»[1].

Una lógica de expansión

La experiencia que vivió Juliana no dejó de ampliar su espacio interior. La relación deseada entre Cristo y ella se abrió a todos sus semejantes, y de ahí que pusiera por escrito su experiencia. Asimismo, centrada en Cristo en la Cruz en su petición inicial, la autora de las *Revelaciones* se abrió al misterio trinitario, sobrepasando así el horizonte que se había marcado. Es verdad que Juliana conocía la doctrina de la Iglesia sobre este tema, pero su experiencia personal y su giro reflexivo, meditativo y contem-

[1] Agustín de Hipona, *La Trinidad* VIII, 8, 12, en *Obras de san Agustín* V, BAC, Madrid 1956, 529.

plativo la llevaron a asimilar como propio este saber común. Juliana vio en el Crucificado la manifestación suprema del amor. Y quien dice amor dice relación. Como nos hace observar acertadamente Alexandre Ganoczy en un texto dedicado a la teología trinitaria de san Agustín:

> «Cuando comprendemos a Dios como amor, o más concretamente como *caritas* que se ofrece y se transmite, no podemos ya olvidar el hecho experiencial de que un amor así implica la relación entre varios sujetos amantes. Porque, ¿a quién podría entregarse una persona totalmente solitaria, con quién podría comunicarse un Narciso divino? Si Dios es eternamente *caritas*, es también posible que sea tripersonal desde toda la eternidad. De esto se deduce que debe ser más que una esencia autosuficiente indiferente al mundo de las relaciones, y diferente a ella»[2].

El amor manifestado por Cristo es recibido como la epifanía del Dios uno y trino, cuyos atributos tradicionales y originales Juliana rechaza.

Hablar de Dios uno y trino, un desafío que afrontar

La historia de la elaboración del dogma trinitario y las diversas herejías dan testimonio de ello: hablar de la unidad y de

[2] A. Ganoczy, *La Trinité créatrice. Synergie en théologie*, Cerf, París 2003, 69 (ed. esp.: *La Trinidad creadora. Teología de la Trinidad y sinergia*, Secretariado Trinitario, Salamanca 2005).

la pluralidad en Dios se presenta como una «cruz» para la razón. Como observa acertadamente Bertrand de Margerie en *La Trinidad cristiana*[3], se pasó de las «tres designaciones» del Nuevo Testamento (el Padre, el Hijo y el Espíritu Santo) a las «tres enumeraciones» de la tradición posterior. Y esto no estuvo exento de riesgo, como se desprende de estas palabras con las que san Agustín señala los riesgos de triteísmo y del modalismo:

> «Pero algunos se turban cuando oyen decir que el Padre es Dios, que el Hijo es Dios y que el Espíritu Santo es Dios y, sin embargo, no hay tres dioses en la Trinidad, sino un solo Dios; y tratan de entender cómo puede ser esto; especialmente cuando se dice que la Trinidad actúa inseparablemente en todas las operaciones de Dios; con todo, no fue la voz del Hijo, sino la voz del Padre la que resonó; solo el Hijo se apareció en carne mortal, padeció, resucitó y subió al cielo»[4].

Y conocemos las reticencias de este ilustre padre de la Iglesia a la hora de hablar de «Personas» en el seno de la Trinidad. Llega incluso a escribir: «Cuando se nos pregunta qué son estos tres, tenemos que reconocer la indigencia extremada de nuestro lenguaje. Decimos tres Personas para no guardar silencio, no para decir lo que es la Trinidad»[5]. En este contexto intelectual es donde san Agustín plantea en primer lugar la esencia divina única para después ocuparse de las tres Personas.

---

[3] B. de Margerie, *La Trinité chrétienne dans l'histoire,* Beauchesne, París 1975, 179.

[4] Agustín de Hipona, *La Trinidad* I, 5, 8, en *o.c.*, 141.

[5] Id, *La Trinidad* V, 9, 10, en *o.c.*, 413.

En la teología occidental se produce un giro gracias a Guillermo de Saint-Thierry (siglos XI y XII) y a Ricardo de San Víctor (siglo XII). Este último destaca de manera acertada el hecho de que la esencia de Dios es amor y el amor supone la alteridad y, por tanto, la existencia de «Personas», cada una con su especificidad:

> «Sabemos ya que en Dios, bien supremo y absolutamente perfecto, se encuentra la bondad total en su plenitud y en su perfección. Pero donde hay plenitud de la bondad total hay, necesariamente, auténtico y supremo amor. Luego (...), para que haya precisamente amor, el amor ha de tender hacia el otro. Por tanto, donde no hay pluralidad de Personas, es imposible que haya amor»[6].

Un siglo más tarde, santo Tomás de Aquino proseguirá en el sentido de un redescubrimiento de las Personas. Pero la teología occidental, preocupada por afirmar la unicidad divina, sigue danto prioridad a la esencia (divina) sobre las Personas. Esto lleva siempre, más o menos, a «hacer» de Dios una entidad más que un sujeto, por muy trascendente que sea esa entidad.

En este contexto de la teología occidental es donde la autora de las *Revelaciones* elabora su propia descripción, que pertenece más a lo exultante que a lo discursivo. De ahí algunas afirmaciones que parecen carecer de rigor cuando se trata de mantener al mismo tiempo la unidad y la pluralidad de las Personas en Dios. En realidad, Juliana no parece desconcertada ante el problema

---

[6] Ricardo de San Víctor, *La Trinité*, Cerf, SC 63 bis, París 1959, 169 (ed. esp.: *La Trinidad*, Sígueme, Salamanca 2015).

teológico de lo uno y lo múltiple aplicado a Dios: ella aborda principalmente a Dios desde la perspectiva de la Trinidad lógica (tal como se manifiesta en la historia de la salvación) y no de la Trinidad en su esencia (en sí misma). Sin embargo, su profunda convicción y su fe sustancial están enunciadas de manera sintética en esta caótica formulación: «Porque la Trinidad es Dios y Dios es la Trinidad»[7]. Esto aparece enseguida en el texto de las *Revelaciones* y ofrece un fundamento sólido a lo que desarrollará después en un estilo de escritura muy personal, y refleja una experiencia que supera las categorías del lenguaje.

«Porque la Trinidad es Dios y Dios es la Trinidad»[8]

Cuando habla de este misterio trinitario, Juliana incluye, sobre todo en la versión larga, algunos conceptos de metafísica[9]. Pero da prioridad a las categorías que pertenecen a lo relacional, lo que no sorprende, pues ella se sitúa en el marco de la lógica y de la experiencia de un encuentro.

Juliana utiliza el concepto de Persona, pero sin abusar de él. Este concepto aparece pocas veces, y cuando lo hace se refiere a la segunda y a la tercera Persona. Considera la especificidad de cada una en su relación con lo creado. En realidad, Juliana adopta principalmente otra forma de expresarse, y se sitúa en conformidad con san Agustín, dando prioridad a un enfoque basado en las tríadas más que en las Personas, para decir lo que

---

[7] LT, 4.
[8] *Ib.*
[9] Que pertenece a las propiedades del ser en sí.

la Divinidad o la Trinidad «es» o «tiene». ¿Lo hace por sensibilidad teológica personal, por permeabilidad al entorno (en el que la teología de Agustín sigue muy viva), o es una decisión retórica propia? De hecho, las tríadas se insertan perfectamente en una forma de escribir que incluye prosa rimada y un enfoque que no deriva de lo conceptual, sino más bien de lo simbólico. Lo cierto es que parece que, como ocurre a menudo en Juliana, nos encontramos ante un proceso de amalgamas y cruces de corrientes teológicas diferentes.

¿Pero qué es una tríada? Tres categorías de la realidad que envían por analogía al Padre, al Hijo y al Espíritu Santo, sugiriendo su unidad. San Agustín, que empleó ampliamente esta forma analógica de hablar, en particular en los libros IX a XV de *La Trinidad,* ofrece ejemplos claros. Declina las tríadas psicológicas: al haber sido creados a imagen y semejanza de Dios, somos portadores de los vestigios de la Trinidad. Nuestra capacidad de conocer, de amar, de querer, e incluso nuestra memoria, nuestra inteligencia y nuestra voluntad nos dicen algo de Dios uno y trino. Si las tríadas derivan de la analogía, también manifiestan una semejanza. Pero Juliana solo se remite a una tríada estrictamente psicológica de tipo agustiniano. Suele fundarse más en otras realidades para hablar de la pluralidad en el interior de la unidad divina. Algunas de estas tríadas son clásicas, otras son más originales. Aquí nos detendremos solo en las más significativas.

La tríada de referencia se formula así: «La bienaventurada divinidad ha sido, es y será para siempre todopoderosa, toda sabiduría, toda amor». Juliana habla aquí en primer lugar de la «divinidad», utilizando un término inglés que podría también traducirse por «deidad» o «esencia divina». Y luego menciona tres atributos: todopoderosa, toda sabiduría, toda amor. Los tres son tradicionales[10]. Se basan en las Escrituras y están muy ampliados por la tradición patrística y luego por la tradición medieval. Pero si Juliana los remite a la divinidad o a la Trinidad por completo, también los remite a Cristo, como en un capítulo de la versión larga[11] en el que trata de su santo poder, de su santa sabiduría y de su santo amor. En este último caso estamos en presencia de un proceso de comunicación idiomática (de las particularidades de cada Persona) que resalta la igual divinidad del Padre y del Hijo. Pero, por lo general, Juliana atribuye respectivamente la omnipotencia al Padre, la suma de toda sabiduría al Hijo y el todo amor al Espíritu Santo, especificando, así, las propiedades de cada una de las Personas. De este modo, la omnipotencia señala al Padre, que es origen de sí mismo y que tiene la facultad de engendrar y crear. La sabiduría está vinculada a Cristo, al Verbo o Logos, revelador de Dios y, en una concepción más neoplatónica, depositario de la Idea del mundo[12]. En cuanto al amor, asociado al Espíritu Santo, podemos reconocer aquí un legado bíblico y agustiniano[13].

Hay otras tríadas que se intercalan en el relato de Juliana, pero que utiliza menos. La primera es una serie de sustantivos que aluden a Dios. Así, se le define como «creador», «protec-

---

[10] Cf, por ejemplo, Agustín de Hipona, *La Trinidad* VI, 6, 8, en *o.c.*, 445-447, y VI, 8, 1, en *o.c.*, 449; Tomás de Aquino, *Suma Teológica* Ia, c.39, a.8, en *Suma de Teología* I, BAC, Madrid 2001, 388-391.

[11] Cf LT, 62.

[12] Cf 1Cor 1,24, que presenta a Cristo como «sabiduría de Dios». Cf también Agustín de Hipona, *La Trinidad* VII, I, 1.

[13] Cf Agustín de Hipona, *La Trinidad* XV, 17, 27-XV, 18, 32.

tor» y, por último, «amante»[14], lo que a su vez remite a Dios Padre todopoderoso y creador, dador del ser sustancial; al Hijo recreador por su obra de misericordia y, por último, al Espíritu Santo, que es el amor mismo de Dios y conduce a todos los seres a su plenitud, es decir, a la unión con Dios. Pero estas particularidades pasan a veces de una Persona a otra.

Menos clásica es la tríada paternidad, maternidad, majestad que, a través de la contemplación de la santísima Trinidad, quiere representar las relaciones de la Trinidad con la humanidad por medio de las obras de naturaleza, misericordia y gracia.

> «Yo contemplaba la obra de toda la santísima Trinidad, y en dicha contemplación vi y comprendí estas tres propiedades: la paternidad, la maternidad y la majestad en un solo Dios (...). Comprendí que la omnipotencia de la Trinidad es nuestro padre; que la profunda sabiduría de la Trinidad es nuestra madre; que el gran amor de la Trinidad es nuestro señor»[15].

Esta tríada pretendía poner de manifiesto diferentes aspectos del amor en Dios e introducir también lo «femenino», algo que está lejos de ser neutro, tanto a nivel teológico como a nivel espiritual.

Finalmente, al igual que hay diferentes modalidades de amor, también las hay de alegría. Sabemos que la Trinidad se deleita con nuestra salvación, pero descubrimos también que cada una de las Personas lo hace de una manera que le es propia[16]. Si es azaroso buscar cuáles fueron los matices que aportó Juliana al

[14] LT, 5.
[15] LT, 58.
[16] LT, 55.

escoger los tres vocablos correspondientes a las diferentes formas de alegría, hay una observación que de todos modos se impone: el hecho de que emplee el mismo término cuando se refiere a la Trinidad y al Padre. Esto podría acercarla a una concepción trinitaria propia de los teólogos de la Iglesia de Oriente, que hacían del Padre el principio de unidad de la Trinidad allí donde la teología latina insistía en la esencia única. ¿Pero habría que atribuir a esta diferenciación referente a la alegría un carácter que no sea retórico, cuando sabemos que no se trata de la única vez que aparece al tratar de este tema, y que la finalidad de la obra es hacer que el lector se incline hacia una comprensión diferente de Dios y de la historia de la salvación, tal como solía comprenderse en las predicaciones de su época, es decir, como una comprensión decididamente positiva?

¿Qué sucede con el Espíritu Santo?

Ya hemos constatado que Juliana se había ocupado de poner de manifiesto la obra propia del Hijo y del Padre que lo envía, con miras a la re-creación de la humanidad. Y por el momento no hemos identificado ningún subordinacionismo, pues la preeminencia del Padre no evita la igualdad. ¿Y en lo que respecta al Espíritu Santo? ¿Cuál es su lugar, cuál es su estatus respecto al Padre y al Hijo, qué papel desempeña en la redención?

Juliana habla del Espíritu como de una Persona. Indica su plena igualdad con el Padre y el Hijo, su consustancialidad con ellos, pues las propiedades se comunican de una Persona a otra. En cualquier caso, el cumplimiento y la santificación o divinización de las criaturas humanas se atribuyen más en concreto al Espíritu Santo que, por su tacto, suscita el deseo de Dios[17], el odio al pecado y la compunción[18]. Más aún, el Espíritu hace que pasen por nosotros todas las virtudes que Cristo tuvo por nosotros. Sin duda, la obra del Espíritu Santo tiene también una dimensión noética. Es él quien permite acceder tanto al conocimiento de Dios como al conocimiento de uno mismo[19].

El enfoque de Juliana respecto al Espíritu se caracteriza por la teología occidental, arraigada en la obra de san Agustín, pero enriquecida por las contribuciones de victorianos y cistercienses, en particular por Guillermo de Saint Thierry, para quien la labor del Espíritu Santo es llevar a la plenitud la obra del Hijo.

Aperturas

Juliana accede al Dios uno y trino por medio de la contemplación de Cristo sobre la Cruz, pero en los capítulos siguientes veremos que también se dirige hacia Él por el camino de la creación y por el de la interioridad. Algunos autores han puesto de manifiesto los elementos comunes entre su enfoque de Dios y el enfoque de la mística renana, o incluso de místicos no cristianos. Y esto nos invita a plantearnos un interrogante: ¿estamos ante una desaparición relativa de la mediación de Cristo en la versión larga, veinte años después del acontecimiento que narra Juliana? ¿O la experiencia cristocéntrica inicial tuvo un impacto indeleble sobre su proceso y su reflexión, a pesar del tono de algunos de sus escritos? Dicho de otro modo, ¿la teología de

---

[17] LT, 5.
[18] LT, 39 y 40.
[19] LT, 40-43.

Juliana mantiene su carácter «personalista» propio del judeocristianismo, o se inclina hacia un enfoque abstracto centrado en la esencia divina, o hacia una idea más amplia de lo «divino»? Es un interrogante que tiene implicaciones prácticas y claves actuales. La oración, la unión con Dios, ¿tiene como horizonte la absorción de uno mismo en un gran todo? ¿Tiene todavía sentido la escucha de la palabra de Dios, que implica una relación interpersonal? ¿Nuestra especificidad cristiana puede adaptarse a una reducción del lugar de Cristo con la excusa de la tolerancia o la apertura?

De la creación al Dios increado

«Dios es todo lo que es bueno. Dios ha creado todo lo que ha sido creado, y ama todo lo que ha creado».

ST, VI

Juliana está bien encarnada. Vive el mundo que la rodea con una mirada contemplativa, pero sin dejar que la distraiga de su interioridad, de la presencia de Dios en ella. Al igual que sus contemporáneos, percibe en el mundo las huellas del Creador, y esto le invita a volverse y a inclinarse hacia Él, a remontarse desde este «efecto» que es la creación hasta su Causa. En realidad, la Edad media está impregnada del pensamiento de san Agustín sobre este tema. Vincent Giraud, en un artículo titulado «*Signum* y *vestigium* en el pensamiento de san Agustín»[1], observa que el vestigio desvela, porque deja «que se transparente una similitud con lo que lo engendra»[2]. En las *Confesiones*, Agustín afirma que «la creación lleva la marca de su Creador». Pero no se debe «sacralizar» este mundo, como si fuera nuestra morada permanente.

---

[1] V. Giraud, *Signum et vestigium dans la pensée de saint Augustin*, en Revue des sciences philosophiques et théologiques 2011/2 (tomo 95) 251-274.

[2] Cf AA.VV., *Lire le monde au Moyen Âge. Signe, symbole et corporéité*, Vrin, París 2011.

Las dos visiones de las que vamos a tratar están presentes en las dos versiones –breve y larga– de la obra de Juliana. Se sitúan al comienzo de la narración. Tanto una como otra se expresan en un lenguaje ilustrado con verdades teológicas fundamentales que subyacen a un interrogante existencial: ¿cómo entender el mal, cómo lo creado puede subsistir en su vulnerabilidad, y cómo usarlo? Estas visiones son, por eso mismo, ocasión de transmitir un mensaje sobre la trascendencia e inmanencia de Dios, sobre su omnipotencia, sobre la Providencia, sobre la perfección de las obras divinas.

En ambos casos observamos que la versión larga lleva la huella de nuevos aportes, que son, al parecer, fruto de una profundización personal de la autora, de lecturas o de conversaciones. Quizá sean también testimonio de un contexto eclesial en transformación. Algo extremadamente difícil de determinar con precisión.

LA VISIÓN LLAMADA DE LA AVELLANA

En las dos versiones, la visión de la avellana se presenta como una visión espiritual, por medio de la cual Dios muestra a Juliana «su amor íntimo». La clave de lectura se ofrece así desde el principio y desemboca en una enseñanza espiritual práctica: «Vaciarse de lo creado» para «encontrar su descanso en Dios», pues esto es lo que busca la criatura humana, y esto implica haberse anclado antes a la humildad y a la confianza, porque Dios es «nuestro vestido de amor», que «nos abraza», «nos envuelve» y «nos abriga»[3].

[3] ST, IV; LT, 5.

Tras estas consideraciones viene la alusión a «algo pequeño, del tamaño de una avellana, según me pareció, y redondo como una bolita» que estaba «en la palma de la mano de Dios»[4]. Y esto suscita preguntas por parte de Juliana y respuestas por parte de Dios.

La representación del mundo en forma esférica es clásica. También lo es la forma de lo infinitamente pequeño. Se trata de arquetipos universales que encontramos tanto en autores paganos como en autores judeocristianos. Baste con citar aquí a Cicerón y su *Sueño de Escipión*[5], un texto ampliamente conocido y comentado en el mundo cristiano gracias a Macrobio (siglo IV): «La misma Tierra me pareció tan pequeña, que me avergoncé de este imperio nuestro que ocupa casi solo un punto de ella»[6].

San Gregorio Magno recupera una imagen similar que conserva, como en sus predecesores, el contraste entre la inmensidad del universo o la infinita grandeza de Dios y la pequeñez del mundo. Sus palabras se recogen en el libro II de los *Diálogos*, en un relato de la vida de san Benito que dirige a Pedro el Diácono[7]. Mientras estaba en oración, Benito vio «el mundo entero, como recogido en un rayo de sol». Y para responder a la pregunta de Pedro, que se asombra de ello, Gregorio precisa que «para el alma que ve al Creador, toda criatura es pequeña. Aunque haya visto tan solo una pequeña partícula de la luz del Creador, todo lo creado se le hace insignificante»[8].

---

[4] *Ib.*

[5] Cicerón, *La República* VI, Gredos, Madrid 1984.

[6] *Ib.*

[7] Capítulo XXXV.

[8] *Ib*, XXXV, 6, Ecuam, Buenos Aires 2009.

En el texto de Juliana, la imagen de la avellana está al servicio de ese contraste entre lo infinitamente grande de Dios, lo Increado, y lo infinitamente pequeño del mundo, lo creado, entre lo Inmutable y lo mutable, contraste que puede ocasionar cierto «vértigo». La trascendencia de Dios está claramente afirmada en el momento en que la autora de las *Revelaciones* da cuenta de su inmanencia, es decir, de su presencia y de su dominio sobre el mundo, dicho de otro modo, de su providencia. Conviene aclarar que todo panteísmo queda, de entrada, descalificado. Este mundo, que es «huella» de Dios para quien sabe contemplarlo y ver en él, desde la fe, la epifanía de su bondad, lleva hasta el Creador. Juliana recurre a este concepto de amor para explicar que las criaturas amenazadas por la nada se mantienen en el ser. Amor que es amor de Dios, pero también el amor que da a sus criaturas para que estas puedan responder al suyo gracias al Espíritu Santo. Este les concede el aspirar a Dios, en quien tienen su finalidad, su plenitud, su descanso. La mención del Espíritu Santo que, recordémoslo, no se encuentra en la versión breve, da testimonio de un perfeccionamiento teológico en la autora de las *Revelaciones*.

El Dios del que habla Juliana aquí es el Dios uno y trino, tal como sugiere la tríada «crear», «amar», «guardar», tres modalidades según las cuales el amor de Dios afecta a la humanidad. Esta tríada se hace eco en las dos versiones al mencionar a Dios «todopoderoso», «toda-sabiduría», «todo-bondad».

Volvamos a la escena de la «avellana» en la palma de la mano de Dios, así como a la insistencia en la naturaleza «incluida» de lo creado en su vulnerabilidad y su pequeñez: aquí encontramos similitudes no solo con las Escrituras, sino también con un autor como Hilario de Poitiers. «Dios tiene el cielo en la palma de su mano y la tierra en su puño»[9], escribe este último después de citar a Isaías 40,12: «Ha medido las aguas con el cuenco de sus manos y ha determinado con el palmo la medida del cielo». San Hilario explica su descubrimiento de Éxodo 3,14: «Yo soy el que soy», versículo que, en su opinión, indica «la infinidad» de quien se revela de ese modo. En este contexto, la imagen del cosmos encerrado en la mano de Dios ayuda, según él, a ser conscientes de «la obra de su poder y de su magnificencia». Obra que se sitúa al lado del amor.

En la versión larga, Juliana retoma esta relación trascendencia-inmanencia-providencia. Dice que Dios no olvida nada, por pequeño que sea. Y se encierra también en su criatura, porque habita en nosotros. En las dos versiones, Juliana alude a la humildad que nos hace ver a Dios infinitamente grande. En la versión breve, da un ejemplo de esta humildad: Nuestra Señora, joven «que supera en grandeza todo lo que Dios ha creado, porque todo es inferior a ella». La Virgen aparece como una imagen perfecta de la actitud espiritual que Juliana quiere transmitir, es decir, el conocimiento de la grandeza de Dios y de la pequeñez de las criaturas y de lo creado, que fundamenta la exhortación a vaciarse de esto último, porque no hay nada que pueda colmar a la criatura. Esta temática, que no tiene nada de original, se encuentra, entre otros autores, en un contemporáneo y compatriota de Juliana, Walter Hilton, en *La escala de la perfección*[10], y en un místico renano como el Maestro Eckhart, que predica el desapego y la pobreza de espíritu[11]; y, por supuesto, antes de

---

[9] Hilario de Poitiers, *La Trinidad* I, 6, BAC, Madrid 1993, 179.

[10] W. Hilton, *The Scale [or Ladder] of Perfection.*

[11] Cf A. de Libera, *La mystique rhénane*, Seuil, París 1994, 246.

ellos, en san Agustín, en *Del Génesis a la letra*[12]. Esta visión de la Virgen transmite también la convicción del Pseudo-Dionisio Areopagita de que hay una jerarquía entre las criaturas, dado que «nada de lo que se ha creado está por encima de ella [María], aparte de la santa humanidad de Cristo». Este paréntesis sobre María se caracteriza por su cristocentrismo devocional. En cualquier caso, las dos versiones se encuentran en la exigencia del despojamiento y en el tema agustiniano del descanso, que el hombre no puede hallar más que en Dios. Descanso que parece corresponder a la plenitud de la criatura.

Tal vez convenga preguntarse qué representan estas referencias a Dios increado e infinito, qué aportan específicamente respecto a Juliana que nos permita precisar la naturaleza de su teología. ¿Nos orientan hacia un enfoque similar al de los Padres griegos, cuya «irrupción» en Occidente se debe a la literatura cisterciense? La infinitud, como ya sabemos, es un concepto clave en Gregorio de Nisa. En cualquier caso, constatamos una similitud de temáticas entre Juliana y la sexta *Homilía sobre el Cantar de los Cantares*: infinitud de Dios, necesidad de que la «amada» supere lo creado, es decir, tanto las realidades inteligibles como las sensibles, para encontrar, por la fe, a aquel a quien «su corazón ama». También podemos remitirnos al Pseudo-Dionisio, que admite que Dios se da a conocer por la creación, pero que invita al destinatario de su obra a entrar paso a paso en las tinieblas para enajenarse de sí mismo, morir y abandonarse a Dios, que es misterio, y unirse a Él «dejando su entender»[13].

---

[12] Agustín de Hipona, *Del Génesis a la letra* IV, 25, 16-IV, 26, 29, en *Obras de san Agustín* XV, BAC, Madrid 1957, 749-755.

[13] Pseudo-Dionisio Areopagita, *Obras completas*, BAC, Madrid 2007, 245.

En lo que respecta a Occidente, Agustín es un testigo de este reconocimiento de la incapacidad humana de concebir lo incorpóreo y, por eso mismo, de concebir la divinidad. Pero, a pesar de estos elementos comunes, parece que el cristocentrismo de Juliana, fuertemente arraigado en la piedad afectiva medieval, la diferencia de otros autores aquí citados, cuyo camino, no solo especulativo sino también espiritual, está más orientado hacia el Dios uno. Además, en ella, las anotaciones sobre la naturaleza infinita, increada de Dios están al servicio de una enseñanza destinada, en primer lugar, a suscitar la humildad, en el sentido etimológico del término, el asombro y la conciencia del amor que Dios nos tiene a pesar de nuestra pequeñez.

La visión llamada del «punto»

La visión llamada del «punto» se caracteriza por su riqueza teológica[14]. La imagen del punto reúne una serie de conceptos, algunos de los cuales ya estaban presentes en la visión de la avellana. Además se ofrecen dos enseñanzas: la futilidad del mal y la perfección de las obras de Dios.

Citaremos bajo estas líneas unos fragmentos de la versión breve y señalaremos los añadidos de la versión larga:

> «Después de esto vi a Dios en un punto, es decir, le vi en mi entendimiento: por esta visión, vi que Dios está presente en todas las cosas. Lo contemplé con gran atención, y vi y comprendí con ello que es Él quien lo hace todo. Me maravillaba con esta

[14] Cf ST, VIII y LT, 11.

visión, con un suave temor, y pensé: "¿Qué es entonces el pecado?". Pues vi realmente que Dios hace todo, por pequeño que sea, y que nada se ha hecho al azar, sino que todo sucede por la sabiduría presciente de Dios»[15].

En este punto, la versión larga introduce un añadido sobre la diferencia de la mirada que Dios y el hombre dirigen, respectivamente, a los acontecimientos: así, la criatura siente la tentación de ver en lo que ocurre el efecto del azar, mientras que lo cierto es que Dios gobierna el mundo según su plan, es decir, que ejerce su providencia/presciencia. De ahí la conclusión de las dos versiones de las *Revelaciones*: «Todo está bien hecho»[16]. La versión larga ofrece, además, unas palabras sobre el hecho de que actuar a la perfección es, para Dios, actuar con misericordia y con gracia.

Esta noción de presciencia/providencia (*pronoia*) se encuentra en los autores paganos, pero con acepciones diferentes, según las corrientes filosóficas. A veces parece confundirse con la fatalidad. En el universo judeocristiano, la convicción de que Dios dirige el mundo se contrarresta con las afirmaciones que defienden la libertad humana, en particular entre los padres de la Iglesia, o en un autor medieval como santo Tomás de Aquino[17]. Sin embargo, la forma en que Juliana presenta el pecado de Adán como la desafortunada caída de un ser imperfecto puede plantear la cuestión de la libertad de este último. Pero, aunque

---

[15] ST, VIII.

[16] *Ib*. Cf también LT, 11.

[17] Cf, entre otros, TOMÁS DE AQUINO, *Suma Teológica* Ia, c.8, a.3, en *Suma de Teología* I, BAC, Madrid 2001, 46-147; Ia, c.22, a.4, en *Suma de Teología* I, *o.c.*, 272-273.

en algunas partes de las *Revelaciones* no haya un equilibrio completo en lo que concierne a la relación entre providencia y libertad, quizá podamos ver el «peso» de la problemática que subyace en las palabras de Juliana: transmitir la certeza del amor de Dios en una sociedad caracterizada por la culpabilidad, el fantasma de la condena eterna, y convencerla de que Dios puede transformarlo todo en bien, pues nunca pierde de vista lo que quiso para su creación. En esto es «el justo por excelencia».

Lo esencial de esta visión del punto, a nuestro parecer, es que responde al interrogante sobre el mal y el sufrimiento. Juliana comprende que Dios es omnipresente. «El término omnipresencia sugiere la ubicuidad divina: la presencia del Creador como causa primera, en toda la creación»[18]. En realidad Juliana nos hace sugerencias e indicaciones, dejándonos vislumbrar algo. Sugerir visualmente la omnipresencia divina es extraer las consecuencias del hecho de que Dios es infinito, que no está limitado por nada, por ningún otro principio, que contiene todas las cosas. El mal, por lo tanto, no tiene ni lugar ni sustancia. Juliana se sitúa en la tradición latina, que especifica que «Dios no es un presente *circunscriptivo* [como un cuerpo circunscrito a un lugar físico] ni *definitivo* [como un espíritu que se manifiesta en un lugar], sino *repletivo* [porque contiene todo en todo lugar]»[19]. Hablar de omnipresencia es también extraer las consecuencias de la relación entre causalidad entre Dios y lo creado (Dios ha creado, y guarda y dirige todas las cosas a su plenitud),

[18] C. Michon, *Omniprésence divine,* en J.-Y. Lacoste (dir.), *Dictionnaire critique de théologie,* PUF, París 1998, 991.

[19] Cf *Carta 187 a Dardanus,* en *Obras completas de san Agustín* XIa, *Cartas (2ª) 124-187,* BAC, Madrid 1953, 701-738.

tema teológico presente en san Agustín[20] y profundizado por autores como san Anselmo[21] o santo Tomás de Aquino[22]. El riesgo de desviación contenido en la afirmación de la omnipresencia divina, como ya hemos observado, es el del panteísmo. Pero Juliana lo supera, porque en Juliana la trascendencia de Dios está fuertemente afirmada, así como su carácter personal. Aquí la omnipresencia de Dios hay que interpretarla más bien en la línea de una extensión de la inmanencia intratrinitaria a toda la creación. Pero, seguramente, Juliana no partió de esta presuposición especulativa para hacer una serie de deducciones. Por el contrario, podemos pensar que el dogma de la Iglesia le ha proporcionado palabras para traducir su experiencia de la omnipresencia del Dios trascendente.

Anna Maria Reynolds[23] relaciona esta idea de que Dios es el origen de todo lo creado con un pasaje de *Los nombres de Dios* del Pseudo-Dionisio. Este último emplea aquí esta misma imagen del punto, que identifica con la Bondad absoluta de la que «proceden» todas las cosas:

> «Gracias a Ella y en Ella existen el Ser de por sí y los principios de los seres, los seres todos y todo cuanto de alguna manera haya de ser (...). El círculo tiene todas las líneas unidas en el centro, están juntas formando una unidad, y el punto tiene en

[20] Cf, entre otros, AGUSTÍN DE HIPONA, *Confesiones* I, 2, 2-3, en *Las Confesiones*, San Pablo, Madrid 1998, 82-83.

[21] ANSELMO DE CANTERBURY, *Monologion* XX-XXIV, en *L'oeuvre de saint Anselme de Cantorbéry* I, Cerf, París 1986, 100-115.

[22] Cf, entre otros, TOMÁS DE AQUINO, *Suma Teológica* Ia, c.8, a.1-2, en *Suma de Teología* I, *o.c.*, 144-146.

[23] A. M. REYNOLDS, *Some Literary Influences in the* Revelations *of Julian of Norwich*, en Leeds Studies in English and Kindred Languages 7-8 (1952) 24.

sí mismo todas las líneas rectas uniformemente unidas entre sí y con el único principio del cual proceden, y se encuentran en el mismo centro perfectamente unidas; si se alejan de él un poco, también se separan ellas un poco, si se alejan más, más se separan. En una palabra, cuanto más cerca están del centro, más unidas están a él y entre sí, y cuanto más alejadas de él, también se separan más entre ellas»[24].

Ya hemos observado asombrosas similitudes entre los temas de Hilario de Poitiers en *La Trinidad,* I, 6 y los de Juliana en la visión de la avellana. Aquí ocurre lo mismo. San Hilario, comentando Isaías 40,12, menciona aquí a Isaías 66,1 («El cielo es mi trono, y la tierra el escabel de mis pies») y afirma:

> «Dios, dentro y fuera, está siempre presente en el origen de las criaturas; Él es a la vez trascendente e inmanente, es decir, derramado alrededor de todas las cosas y en ellas (...). Estos seres exteriores a Él, fuera de los cuales Él reside, a la inversa, exteriores a ellos, este mismo ser los encierra dentro de sí (...). Ningún lugar está privado de Dios; y no hay ninguno que no esté en Él».

Y san Hilario recurre al Salmo 138,7-8[25] –que se cita tradicionalmente para este tema– para concluir: «Dentro Él habita, fuera se derrama. Así, al poseerlo todo, es también poseído;

[24] Pseudo-Dionisio Areopagita, *Los nombres de Dios,* en *Obras completas, o.c.,* 62-63.

[25] «¿Adónde iré lejos de tu aliento, adónde escaparé de tu mirada? Si escalo el cielo, allí estás tú; si me acuesto en el abismo, allí te encuentro» (Salmo 139 [138] en la versión utilizada por san Hilario).

no está encerrado en nada, pero no hay nada donde no esté»[26]. Donde san Hilario argumenta a partir de las Escrituras, Juliana escribe a partir de su experiencia, enriquecida, eso sí, con lecturas escriturísticas, por la liturgia, pero también, probablemente, por representaciones pictóricas que pudieron alimentar su imaginario. Este es, en cualquier caso, el punto de vista de Kerrie Hide, que remite a las ricas ilustraciones del *Libro de horas de Bedford*[27].

Para concluir este capítulo digamos que, por su propia existencia, la creación posibilita el descubrimiento de Dios uno, infinito, increado, bueno; es un camino que conduce al umbral del misterio. Un camino sobre el que avanzar pero sin aferrarse a lo creado, amado, querido, guardado por Dios, que no puede colmar el corazón humano. Otra paradoja de la vida cristiana a la que Juliana sabe atraer a los destinatarios de sus visiones.

---

26 Cf Hilario de Poitiers, *La Trinidad* I, 6, *o.c.*

27 K. Hide, *Gifted Origins to Graced Fulfillment. The Soteriology of Julian of Norwich,* The Liturgical Press, Collegeville 2001, 55. El autor evoca una imagen en la que Cristo y el Padre se abrazan, formando un recinto con el Espíritu Santo en forma de paloma que anida entre ellos. *Hours of the Trinity (for Sunday). The Holy Trinity, with Scenes of Creation,* en J. Bakehouse, *The Bedford Book of Hours,* The British Library, Londres. Cf M. M. Manion-B. J. Muir (eds.), *Medieval Texts and Images. Studies of Manuscripts from the Middle Ages,* Harwood Academic Publisher, Sidney 1991, 41.

La senda de la interioridad

«Él me mostrará mi alma en medio de mi corazón (...). En su centro se sienta nuestro Señor Jesús, verdadero Dios y verdadero hombre».
LT, 68

La senda de la interioridad conduce a Juliana hasta el Increado, hasta Dios uno y trino, por medio de las huellas de Dios en el alma y por mediación de la presencia del Espíritu, o de Cristo glorificado, o de la Trinidad. La Trinidad nos envuelve, pero también está envuelta en nosotros. Al igual que el tema de la omnipresencia, el de Dios «envuelto» o «albergado», el de Dios que mora en el alma aparece como una extensión del mundo de la dimensión de inmanencia mutua o de la *pericóresis* o circumincesión[1] en el seno de la Trinidad. Porque Dios se difunde a sí mismo. Corresponde, por tanto, a quien busca a Dios, retomando la expresión de san Gregorio Magno, vivir consigo mismo para encontrar a Dios. La terminología puede desanimar, pero expresa con palabras y ayuda a comunicar la experiencia de Dios en nosotros.

[1] Relación de don mutuo entre las Personas de la Trinidad, fundamentada en la unidad de esencia.

Este don de la inhabitación está presente en las dos versiones de las *Revelaciones*:

> «Entonces nuestro Señor abrió mis ojos espirituales. Me mostró mi alma en el centro de mi corazón. La vi tan grande como si fuera un Reino. Y me pareció que era una Ciudad gloriosa. Y en su centro habita nuestro Señor Jesús, verdadero Dios y verdadero hombre, hermoso y de gran estatura: el Altísimo Señor glorioso. Le vi solemnemente vestido de gloria. Se sienta en el centro mismo del alma, en la paz y el reposo. Gobierna y sostiene el cielo y la tierra y todo lo que existe. Su humanidad y su divinidad se sientan juntas en reposo. Su divinidad gobierna y protege, sin el menor instrumento, sin la menor precipitación. Mi alma está felizmente habitada por la Divinidad, que es soberano poder, soberana sabiduría, soberana bondad. Jesús no abandonará nunca el lugar que ocupa en mi alma, por los siglos de los siglos, pues en nosotros tiene su más íntima morada, la morada en la que más se complace en residir»[2].

Las diferencias entre la versión breve y la versión larga son mínimas. Parece que, en la segunda, Juliana prestó una mayor atención a la objetividad: habla del «alma» en general o de «nuestra alma», y no de «mi alma». También observamos añadidos cristológicos, porque se llama a Jesús «sumo pontífice» y «rey sagrado», lo que acentúa el cristocentrismo del pasaje.

Pero donde la versión breve finaliza en el consentimiento de Jesús de morar en el alma humana, la versión larga afirma

---

[2] ST, XXII. Cf también LT, 68.

que las «delicias de Dios» tienen como objetivo la creación del alma humana. Y aquí podemos decir, sin demasiado temor a equivocarnos, que la creación de la que se trata trasciende el tiempo y conserva toda su actualidad. Por tanto, la inhabitación no es algo estático, sino dinámico, es transformadora, creadora y re-creadora, y no transluce un sentimiento intimista, sino que se sitúa en una historia de «regreso», de «salvación».

Matices agustinianos

Al lector atento no se le escapará la cercanía a dos textos de san Agustín. Conducen al camino que va de lo creado hasta Dios. Se trata de las *Confesiones*, X, 6, 9, que no citaremos aquí, y de una parte del *Discurso sobre el Salmo 41*[3]. El interés de esta comparación es hacer que surja el juego de distancia y proximidad entre el texto de san Agustín y el de Juliana, para identificar mejor las particularidades de esta última.

El padre de la Iglesia observa que el salmo comienza con la manifestación de un santo deseo, que es el deseo de Dios. Busca en él el conocimiento, y esto le lleva a citar un texto muy conocido del Nuevo Testamento, que atribuye a lo creado la condición de huella, de manifestación y, por consiguiente, de primera etapa para llegar a Dios: «Lo invisible de Dios desde la creación del mundo resulta comprensible a través de sus criaturas (Rom 1,20)». A esto le sigue un proceso de interiorización y un movimiento ascendente. San Agustín entra en sí mismo e introduce

[3] «Como el ciervo desea las fuentes de agua», en Agustín de Hipona, *Enarraciones sobre los Salmos (2ª)*, en *Obras completas* XX, BAC, Madrid 1965[2], 3-26.

la noción de visión interior, por la cual el espíritu humano se ve a sí mismo: «Se ve a sí misma por sí misma, el alma, para conocerse, se ve a sí misma (...). Pero, ¿acaso su Dios es algo parecido al alma?». Al final de un largo texto, resume diciendo:

> «Busco a mi Dios en las cosas visibles y corporales y no lo encuentro. Busco su esencia en mí, como si fuese algo semejante a mí mismo, y tampoco lo encuentro. Me doy cuenta de que mi Dios es algo superior a mi alma (...). Por encima de mi alma está la morada de mi Dios; allí habita, desde allí me observa».

Encontramos este mismo impulso en Juliana, que primero se percata de lo creado para luego entrar en sí misma, un paso del exterior al interior y de abajo arriba. Pero donde san Agustín alude a «por encima» del alma, la autora de las *Revelaciones* pone de relieve la inhabitación de Dios en el alma y, por tanto, en su inmanencia. Además, allí donde el padre de la Iglesia se centra en Dios uno (aunque es verdad que comenta un texto del Antiguo Testamento), la autora de las *Revelaciones* permanece innegablemente cristocéntrica, pues es Cristo a quien Juliana encuentra dentro de sí misma, es él donde la Trinidad –a la que ella alude– está presente. Cristo desempeña el papel de mediador en esta senda de interioridad.

No podemos saber si se trata de un préstamo consciente o no por parte de Juliana de san Agustín. En cualquier caso, Juliana está claramente impregnada de toda una tradición, pero sin ser prisionera de ella, y da prueba de una especial creatividad. No se sitúa en el ámbito de la filosofía, aunque fuera creyente, ni en el de la metafísica, como su predecesor, sino en la esfera de una experiencia unitiva que le hace percibir la presencia interior de Dios en la persona de Cristo. Una presencia amorosa y activa que quiere reconfortar a sus lectores, una presencia llena de un rostro largamente contemplado. Juliana seguramente sabía, como Agustín, que la luz que le permite hacer este recorrido procede de Dios.

El encuentro de un «yo» y un «tú»

El carácter personal de Dios no plantea ninguna duda en los textos mencionados antes. Las categorías y el vocabulario empleados derivan principalmente del ámbito bíblico y simbólico. Por el contrario, en Juliana hay términos que pertenecen a un registro más técnico, que pueden llevarnos a plantearnos la cuestión del estatus de ese «yo» divino, así como la de un contacto o una relación de acercamiento de Juliana con la mística renana. Para avanzar en este interrogante, nos detendremos en los términos de «fondo» y «fundamento», y por último en la locución: «Yo soy El que soy».

Dios como Ser

Al igual que los teólogos de su época (y que los autores de los *lyrics*[4]), Juliana se refiere a la revelación de Dios en la zarza ardiente en Éxodo 3,14. Ya hemos abordado, desde la perspectiva cristológica, una de las frases que se hace eco de ella, posible-

[4] Los *Middle English Lyrics*, o lírica medieval inglesa, género literario inglés muy popular en el siglo XIV. (*N. de la T.*).

mente a través del evangelio de Juan. Ahora hemos de considerar este versículo bíblico por su relación con la teología trinitaria. Dios se presenta aquí como «Yo soy», algo que ha alimentado todo un debate sobre el Ser, más cercano a la filosofía que a los datos bíblicos. En Juliana encontramos la huella de esta exégesis que identifica a Dios con el Ser.

Los capítulos que tratan de la oración en la versión larga[5] proporcionan unos valiosos datos para examinar esta cuestión. Juliana insiste en la importancia de saber que nuestra oración tiene su origen en Dios; a continuación aborda el tema de la oración no inmediatamente escuchada y, por último, evoca nuestra debilidad. Y en este contexto es donde emplea un vocabulario muy sugerente: habla de Dios como «fondo» o «fundamento» y como «Ser»[6]. Pero habla también de «nuestro Señor», lo que podría orientar hacia Cristo y, sobre todo, hacia la noción de alianza, que hace referencia a dos integrantes destinados a permanecer en su alteridad, no llamados a fusionarse. Más adelante, en su texto, identifica a la santísima Trinidad como «el Ser eterno que jamás tuvo principio», y lo hace en un capítulo en el que trata de la paternidad, la maternidad y la soberanía de Dios.

«Ser», «fondo» y «fundamento» son términos muy presentes en el Maestro Eckhart. Pero no hay nada que nos indique cómo lo entiende Juliana. El «fondo», cuando se aplica al ser humano, puede entenderse en el sentido agustiniano de fondo secreto del alma, y no en el sentido eckhartiano, como lo que hay de «increado» en el alma. De hecho, Juliana afirma que no ha visto «diferencia entre Dios y nuestra sustancia» y que,

---

[5] LT, 41-43.
[6] LT, 42.

en cierto modo, podríamos creer que «todo es Dios»[7]. Ella recapacita sobre esto precisando que nuestra sustancia, aunque esté en Dios, pertenece al orden de lo creado. Esta corrección puede interpretarse de diversas maneras: manifestación de un pensamiento que trata de acercarse lo más posible a lo vivido y que trata de expresar, con el lenguaje disponible, lo paradójico, lo inexpresable de una experiencia de Dios, pero sin dominar todos los matices; deseo de permanecer fiel al pensamiento de la Iglesia, que condenaba ese tipo de discurso; interés por permanecer dentro de lo «aceptable» para sus lectores.

Es verdad que nos encontramos, en un inciso, esta convicción eckhartiana de la unión entre el alma y Dios, en lo que Alain de Libera denomina una «absorción de identidad». Pero parece que, aunque la autora de las *Revelaciones* afirma con fuerza la unidad ontológica entre el alma y Dios, permanece en la dinámica de un «yo» y de un «tú» y no parece aventurarse en una mística de la esencia.

Además, el hecho de identificar expresamente el Ser con la Trinidad, o con el Padre todopoderoso, lleva al lector a considerar ese «fondo» en un sentido que no es el del Maestro Eckhart. Este último lo entendía como más allá de las distinciones trinitarias. Alain de Libera cita este ejemplo:

> «Este destello [del alma] no ve a Dios más que en su desnudez, tal como es en sí mismo. No le basta ni el Padre, ni el Hijo, ni el Espíritu Santo, ni las tres personas siempre y cuando cada una de ellas permanezca en su particularidad (...); ella quiere penetrar en el Fondo simple, en el desierto silen-

[7] LT, 54.

cioso donde nunca se ha considerado ninguna distinción, ni Padre, ni Hijo, ni Espíritu Santo»[8].

En Juliana no es nunca cuestión de una deidad que «eclipsaría en sí misma al conjunto de Personas», por repetir los términos de Alain de Libera[9]. Y aunque parece que Juliana oscila entre el esencialismo y el personalismo (en sentido bíblico), este último sigue siendo, no obstante, el predominante en su enfoque.

Quizá podríamos examinar esta cuestión recurriendo a otros textos de Juliana sobre la oración y la contemplación que hacen surgir la clave espiritual de las consideraciones teológicas expuestas anteriormente. El trasfondo es un pasaje en el que Juliana establece una diferencia entre la oración en su acepción común, que presupone un sujeto consciente de sí mismo, y la contemplación más completa, que deriva del entendimiento, con su inclinación más allá de lo imaginario, de lo voluntario y de lo discursivo. Esto recuerda, entre otros, al Pseudo-Dionisio. Sin embargo, en Juliana, la conciencia del sujeto, aun cautivada por Dios, permanece: se percibe claramente como «alguien distinto a Dios», dado que hay contemplación y, por tanto, consideración y presencia del deseo[10].

Refiriéndose a la oración, Juliana introduce los temas de la muerte, de desaparecer en Dios, que recuerdan al Maestro Eckhart. Pero las palabras de Juliana parecen apuntar a la es-

---

[8] A. DE LIBERA, *La mystique rhénane*, Seuil, París 1994, 252. El autor cita al Maestro Eckhart en la edición alemana de *Deutsche Werke*, W. Kohlhammer, Stuttgart 1936. El texto citado aquí es: *Sermón 48*, Jeanne Ancelet-Hustache (trad.), Seuil, París 1978, tomo II.

[9] *Ib*, 240.

[10] LT, 43.

catología y a un «todo en Dios» de todos, con matices muy paulinos. La mención de Éxodo 33,20-23, donde Dios le dice a Moisés que el hombre no puede verle y seguir con vida, desvía la lectura hacia ese sentido. Pero Juliana reconoce que ciertas experiencias de este mundo pueden acercar a un estado de «plena posesión de Dios», de plena unión. Así, en un pasaje de ese mismo capítulo, evoca la finalización de la oración cuando Dios se «descubre» ante nosotros, con la consecuencia de que «toda nuestra voluntad, todas nuestras facultades, se quedan totalmente fijas en Él para contemplarle». Pero ahí también habla de contemplación y, por tanto, de un enfoque que implica a las «Personas», a la alteridad. A pesar de algunas afirmaciones, esto indica que Juliana contempla un «cara a cara» que implica a dos personas, y no una «pérdida total» de la conciencia de sí misma de la criatura humana.

La impresión que se desprende de este conjunto de datos es al mismo tiempo de cercanía y de lejanía respecto a un místico como el Maestro Eckhart, así como una cierta «incertidumbre» en materia de terminología. Esto lleva a una cierta prudencia metodológica a la hora de buscar o establecer afinidades entre diferentes textos místicos.

El «Yo» divino

Trataremos de ahondar una vez más en la frase «Yo soy/Soy yo», que se ha puesto explícitamente en relación con la Trinidad[11]. Nos preguntaremos de qué «Yo» se trata aquí: un «Yo»

[11] LT, 59.

psicológico o un «Yo» esencialista, retomando una distinción de Alain de Libera en *La mística renana*[12]. Juliana escribe lo siguiente:

> «Yo soy el que; es decir, yo soy el poder y la bondad de la paternidad, yo soy la sabiduría y la bondad de la maternidad, yo soy la luz y la gracia que es todo amor y bendición, yo soy la Trinidad, yo soy la Unidad, yo soy la alta y soberana bondad de todas las cosas. Yo soy el que te hace amar. Yo soy el que te hace suspirar, yo soy la plenitud infinita de todos los verdaderos deseos»[13].

La comparación de este fragmento (y de otros del mismo estilo) con la exégesis eckhartiana de Éxodo 3,14 nos permite observar la originalidad de Juliana. Aquí nos basamos en el análisis que hace Alain de Libera de este versículo del Éxodo. Muestra que, en el Maestro Eckhart, «la palabra "Yo" no pertenece propiamente a una Persona, sino a Dios solo en su unidad». Y prosigue: «No hay más ser que Él, que de Él, que en Él. Dicho con otras palabras: Dios está solo, fuera de Él no hay nada. La soledad de Dios es una soledad ontológica, una soledad primera, originaria, impensada y radicalmente impensable»[14]. Y más adelante: «El verdadero sentido de Éxodo 3,14 se adquiere, por tanto, en el pasado, antes de la creación. No se descubre más que a quien se esfuerza por ser "en el tiempo en el que aún no estaba" y le habla de un Ser que quiere estar en el tiempo en que aún no era "Dios"».

---

[12] A. de Libera, *La mystique rhénane*, *o.c.*, 240.
[13] LT, 59.
[14] A. de Libera, *o.c.*, 239.

Juliana no aborda el «Yo» divino desde esta perspectiva, sino que más bien nos parece que lo hace desde la perspectiva de un «Yo» que interpela a un «tú» a través de su obra de creación y re-creación. Además, este «Yo» divino se considera como el Dios uno y trino, nunca en «su soledad primera». En ella, la soledad de Dios sería más bien una consecuencia de la no-respuesta de la criatura, que se le pide incesantemente.

En cuanto al proceso espiritual, se caracteriza, ciertamente, por un movimiento de kénosis por parte de la criatura –se trata de ir «despojado» a Dios– y por una dimensión de padecer, porque está llamada a adoptar por completo la unión ontológica que la fundamenta en Dios, a comprender que Él obra en ella, a dejarse hacer. Pero parece que el «Yo» divino y el «yo» humano no se pierden nunca de vista.

La cuestión que se plantea ahora es saber si esa cercanía-diferencia con el Maestro Eckhart deriva deliberadamente de él, lo que supondría que Juliana tuvo acceso al texto del dominico alemán directamente o por medio de otra persona. Pero también pudo adoptar su lenguaje, su obra, como materiales disponibles de la tradición viva de su época, y sin identificar necesariamente su fuente, para expresar su propia experiencia. Las declaraciones de Juliana pueden indicar también una afinidad de mentalidad, y ser, simplemente, el fruto de la meditación de los mismos textos escriturísticos y litúrgicos, en un entorno atravesado por corrientes espirituales y teológicas cercanas.

Dios es amor

«Y así aprendí que la intención
de Dios es el amor».
LT, 86

Independientemente de que Juliana se vuelva hacia Dios Padre, Hijo y Espíritu Santo o hacia Dios providencia, infinito, inefable, no hay duda de que, para ella, Dios es amor y el amor resume todo lo que ella puede decir sobre Él. Quizá nos resulte difícil esta afirmación del amor divino, que a menudo parece utilizarse en exceso y ser fruto de nuestros fantasmas humanos, de nuestras historias más o menos felices desde este punto de vista. Pero Juliana tiene una manera más bien justa de hablar de ella y, vista su importancia en las *Revelaciones,* conviene volver sobre esta noción que está al principio de otros atributos de Dios y poner de manifiesto que no es ni una abstracción, ni un fantasma nacido de la imaginación humana.

De la bondad y sus efectos

Junto con el Ser, la bondad define a Dios. Está arraigada en su amor. Juliana habla con parquedad de Dios como «Ser», pero habla pormenorizadamente de todo lo que deriva del campo semántico de la bondad. Esto puede explicarse por el contenido de su mensaje, que necesita afirmar la bondad de la creación y comprender lo negativo: el mal se sitúa del lado del no-ser, que la bondad puede convertir en bien. De modo que lo negativo está integrado y los contrarios, superados.

El término «bondad» o «bien» fue resaltado por el Pseudo-Dionisio, autor de *Los nombres de Dios,* obra difundida en la Edad media, entre otros, por san Buenaventura[1]. En las *Revelaciones,* Juliana se expresa así: «Dios es bueno en su esencia; es decir, que la bondad por naturaleza es Dios. Quiero decir que esta bondad de naturaleza es Dios. Él es su fundamento, su esencia, Él es la bondad...»[2].

En inglés, estas afirmaciones se saborean mejor que en francés: en este sentido, *kynd* significa tanto naturaleza como bondad, con connotaciones de benevolencia y de suavidad; en este sentido también, *God* (Dios) y *goodnesse* (bondad) presentan analogías fonéticas que pueden percibirse como portadoras de sentido. En la cita que acabamos de mencionar encontramos la noción de fondo o fundamento y de sustancia, que Juliana no se detiene a explicar más de lo que lo hace en otros pasajes en los que emplea estos términos técnicos. En cualquier caso, Dios aparece como un sujeto del que es propia la bondad, atributo por el que el mundo ha sido creado, «se mantiene» y lleva la marca de su origen.

---

[1] Cf Pseudo-Dionisio Areopagita, *Obras completas,* BAC, Madrid 2007, 30-58; San Buenaventura, *Itinerario,* en *Obras completas* I, BAC, Madrid 1955[2]. Véase también Tomás de Aquino, *Suma Teológica* Ia, c.5, en *Suma de Teología* I, BAC, Madrid 2001, 127-134.

[2] LT, 62.

Según Juliana, los demás atributos de Dios son efectos de esta bondad. La naturaleza de ciertos atributos contribuye a eliminar, en nuestra opinión, toda ambigüedad sobre el carácter personal del «Yo» divino mencionado antes. La bondad de Dios no tiene aquí nada que ver con el Bien supremo del neoplatonismo.

Entre los atributos de Dios fundados en esta bondad hay que mencionar la «cortesía» y la «intimidad», que implican una relación, un juego de lejanía y cercanía entre, al menos, dos individuos. En el primero de estos atributos podemos reconocer la influencia de la literatura del amor cortés. Aplicado a Dios, la «cortesía» se encuentra con frecuencia entre las beguinas del siglo XIII, algo que no sorprende cuando vemos la importancia de la mística esponsal en sus escritos. En los *lyrics*, si a Dios se le califica de cortés es porque tiende a ayudar a los humanos, a responder a sus peticiones, y ahí encuentra su alegría. Así que hemos de lidiar con otro matiz de significado, porque aquí «cortesía» significa más en concreto «benevolencia», «bondad»[3]. Y Juliana parece situarse en esta línea.

Observemos que, en Juliana, la cortesía se aplica tanto a «Dios» como al «Padre», al «Espíritu Santo» y al «Señor», es decir, a Cristo[4]. Cada Persona de la Trinidad se da, pues, a la humanidad en esta modalidad[5]. Citando un artículo de W. O. Evans[6], Joan Nuth afirma que el concepto de cortesía tiene algo que ver con las virtudes cristianas, en particular con esa

---

[3] Cf H. Kurath-S. M. Kuhn-J. Reidy (eds.), *Middle English Dictionary*, University of Michigan Press, Ann Arbor 1954-2001.

[4] E. Colledge-J. Walsh, *A Book of Showings*, Paulist Press, Nueva York 1978.

[5] Cf LT, 7.

[6] W. O. Evans, *«Cortaysye» in Middle English*, Mediaeval Studies 29, Pontifical Institute of Mediaeval Studies, Toronto 1967, 143-157.

generosidad que se deleita en la alegría que procura al beneficiario de su don. Este término, que connota amor, respeto mutuo, fidelidad, felicidad al entregarse, se inscribe en un movimiento de reciprocidad[7]. Señalemos, por último, que el concepto de cortesía está vinculado en varias ocasiones al acto de revelar, de desvelar: el Señor se revela al alma o le hace comprender que está equivocándose. Y sabemos que cuando Dios se revela, se entrega.

La intimidad, por su parte, significa que Dios, por así decir, se siente en nosotros como «en casa», al igual que nosotros en Él. La traducción no hace justicia a la imagen del término inglés *homeliness*, que hace referencia a la «casa» y al hecho de ser «anfitrión», en su doble acepción de persona que recibe o que es recibida.

Entre los otros atributos de Dios, hay que mencionar la justicia, que Juliana considera en su vínculo con la bondad. Ella le da un tono muy relacional que la sitúa del lado de la benevolencia, porque Dios no juzga según las apariencias, sino según nuestro ser substancial, es decir, en Cristo[8]. La parábola que ya hemos mencionado del señor y el sirviente[9] nos habla del juicio de Dios. El Padre ve claramente a sus criaturas en su caída, pero, sobre todo, las ve ya redimidas[10], a la luz de la escatología[11]. En esto, la justicia de Dios no se confunde con la de los hombres, incluida la de la Iglesia institucional.

---

7 LT, 51.
8 Cf LT, 27 y 45.
9 LT, 51.
10 Cf también LT, 86, donde se dice que Dios nos ve como su «tesoro».
11 LT, 51.

Amor increado, amor creado y amor donado

Juliana habla mucho del amor. La tríada que figura en el título de este apartado puede hacer que nos planteemos interrogantes y nos invita a ahondar una vez más en el contenido del amor en las *Revelaciones*.

¿El amor es una simple abstracción, o una realidad fundada en Cristo?

Juliana finaliza la versión larga con consideraciones sobre el amor. Menciona el deseo que tiene de comprender qué significan esas revelaciones y hace alusión a una respuesta que recibió en forma de locución:

> «Más de quince años después me fue respondido en mi entendimiento: "Entonces, ¿deseas saber lo que nuestro Señor ha querido decirte con todo esto? Has de saberlo bien, lo que quería darte a conocer era el amor. ¿Quién te lo ha revelado? Amor. ¿Qué te ha revelado? Amor. ¿Por qué te lo ha revelado? Por amor. Conserva bien esta enseñanza"»[12].

Y Juliana, tras concluir que ha comprendido que no tenemos otro fin más que el amor, regresa a la obra de la creación como a nuestro comienzo en el amor, en el cual está «nuestra vida para toda la eternidad». El tiempo intermedio queda, por tanto, como abolido para concentrarse en el comienzo y en todo aquello de lo que es portador desde el origen. ¿Habría que in-

[12] LT, 86.

terpretar esta declaración en el sentido de una relativa cancelación cristológica en beneficio de una relación vivida con un Absoluto, causa de todo lo que existe? En nuestra opinión no, dado que Juliana ha insistido suficientemente en el hecho de que el revelador por excelencia del amor de Dios es Cristo, que lo ha revelado a costa de su vida, de su carne, de su sangre, en un momento concreto de la historia humana. El amor, por tanto, no tiene una simple categoría teológica, destinada a manifestar de forma abstracta la posición respectiva de las Personas divinas unas respecto a otras y respecto a la creación.

El papel del amor

Del texto citado anteriormente se deriva otro dato: el papel revelador del amor, el amor como condición de posibilidad de conocer al Incognoscible que se revela en Cristo, el amor como horizonte del conocimiento, que no se confunde con el saber. Para aclarar más esta dimensión del amor, podríamos detenernos tal vez en un texto de elevado contenido teológico, que no tiene equivalente en la versión breve, en el que Juliana habla de tres modalidades del amor: la caridad increada, la caridad creada y la caridad donada. Juliana explicita esta afirmación lapidaria identificando la caridad increada con Dios; la caridad creada con nuestra «alma en Dios», y la caridad donada con la virtud en el sentido fundamental del término, esa caridad por la que amamos a Dios, a nosotros mismos y a todo lo creado que Él ama por ninguna otra razón más que por Él[13].

[13] LT, 84.

Puede ser interesante comparar estas ideas con un texto de Walter Hilton, contemporáneo y compatriota de Juliana, que habla también de caridad increada y creada. Identifica claramente la primera con el Espíritu Santo basándose en 1Jn 4 (Dios es amor): «Los autores sagrados dicen, y es cierto, que hay dos tipos de amor espiritual: uno se llama creado, y el otro increado. El amor increado es el propio Dios, la tercera Persona de la Trinidad, que es el Espíritu Santo (...). Como dice san Juan: "Dios es amor"»[14]. Walter Hilton es más preciso, pero su explicación no tiene la intensidad ni la belleza que la de Juliana, que deja finalmente a su lector un espacio de interpretación. El amor puede ser Dios uno y trino, el Espíritu y, por qué no, Cristo, si nos remitimos al texto de san Buenaventura sobre el Verbo increado, creado, donado. Para Walter Hilton, «la caridad creada es el amor del alma, un amor suscitado por el Espíritu Santo pero también por la contemplación y el conocimiento de la verdad (...). Este amor se denomina creado porque es dado por el Espíritu (...), es el amor que el alma siente al ver a Jesús (...). El amor creado es el que hace que un alma llegue a ver espiritualmente a Jesús». Walter Hilton continúa afirmando que el hombre se equivoca si cree poder acceder a este amor por sus propias fuerzas. La formulación de Juliana es más enigmática: «Es el alma en Dios». Esto podría señalar la unidad del alma sustancial con Dios, que subsiste a pesar del pecado. En cuanto al amor dado, sería el don de la gracia que actúa en cada uno.

Pero el interés de esta revelación recibida por Juliana ha de buscarse, quizá, en el hecho de que se trata de la luz del amor, como en otro pasaje se trataba de esa luz de la fe que hace salir

[14] W. Hilton, *The Scale [or Ladder] of Perfection*, 208. Traducción propia.

de las tinieblas de la ignorancia. El amor desempeña, por tanto, un «papel epistemológico irreemplazable», retomando una expresión de Luigi Gioia[15] a propósito de *La Trinidad* (VIII) de san Agustín. De manera que, en Juliana, como en su ilustre predecesor, es el amor el que hace posible el conocimiento de Dios, que, a su vez, hace crecer el amor. Es imposible no pensar en el «fondo luminoso» del Maestro Eckhart, pero con la diferencia de que, para Juliana, el amor parece mirar un rostro, digámoslo de nuevo, el de Cristo en la Cruz.

Juliana no se inclina, pues, hacia la abstracción. Parece que el impulso afectivo que la atrae hacia Dios la conduce a morar en la esfera del personalismo bíblico, de la relación interpersonal. Esto no significa, en ningún caso, que se deje «cautivar» por representaciones y conceptos para encerrar en ellos lo divino. Sus frecuentes cambios de registro a nivel de lenguaje indican, a este respecto, que es consciente de la inefabilidad de Dios que, a pesar de ser inefable, se ha acercado a nosotros hasta el punto de encarnarse y adoptar nuestro lenguaje humano.

---

[15] L. Gioia, *La connaissance du Dieu Trinité chez saint Augustin, par-delà les embarras de l'analogie et de l'anagogie*, en *Les sources du renouveau de la théologie trinitaire au XXe siècle*, Cerf, colección «Cogitatio Fidei» 266, París 2008, 120.

Conocerse a uno mismo

«Cuando Dios nos creó, nos amaba,
y su amor nunca ha desfallecido ni desfallecerá jamás».
ST, 86

Las exhortaciones a conocerse a uno mismo son omnipresentes en la literatura espiritual, para así responder a la llamada de Dios con la mayor adecuación posible. El conocimiento de uno mismo no tiene, pues, un fin en sí mismo. Y tampoco está orientado principalmente hacia un bienestar, como en el desarrollo personal. Cada época dispone de herramientas particulares y, por tanto, participa al mismo tiempo de la «cultura» en el sentido amplio y de la experiencia. Para Juliana y sus contemporáneos, el conocimiento de Dios se efectúa a la luz de la Revelación, tal como figura en la Biblia e interpreta la tradición de la Iglesia. San Gregorio Magno, muy leído en la Edad media, afirmaba que la Escritura era el «espejo del alma». Porque permite que sus lectores descubran su potencialidad y su oposición a la obra que Dios quiere realizar en ellos. Juliana y sus semejantes en Cristo saben que es importante «vivir con uno mismo» desde una perspectiva complementaria a la que ya hemos mencionado, es decir, estar atentos a los movimientos interiores que nos recorren para hacer frente a nuestros propios conflictos, discernir el camino a seguir y hacer balance del don de Dios. Una práctica que conduce a nuestra autora a hablar de la alternancia de consuelos y desesperanzas, de alegría y de duda, así como de diferentes tentaciones.

Juliana ha sabido integrar que Dios dirige una mirada eminentemente positiva a la creación y en particular a los seres humanos que somos, porque nos ve en su Hijo, a imagen del cual hemos sido creados y por el que hemos sido rescatados. También es interesante descifrar más en concreto la antropología de Juliana, pues ella emplea términos que ya no son los nuestros y se mueve en un marco conceptual que nos resulta ajeno. Además, entrelaza elementos dispersos tomados de diferentes corrientes teológicas y espirituales sin explicarlos.

Cuando Juliana habla del hombre, lo ve al mismo tiempo de una forma colectiva (el género humano) e individual. Pero, en este último caso, lo considera siempre como miembro de un cuerpo, el Cuerpo de Cristo, o como parte del «Hombre total» del que ella se sabe «miembro»[1]. En este sentido, Juliana es representativa de su época. Citemos aquí a Arón J. Gurévich que, en su libro titulado *El nacimiento del individuo en la Europa medieval,* incluye un texto de Jacques Le Goff especialmente interesante. De acuerdo con Le Goff, «la historia ha conocido pocas épocas que hayan tomado conciencia más intensamente que la Edad media del cristianismo occidental de la existencia universal y eterna de un "modelo humano", percibido bajo una forma religiosa y que encontraba su expresión y su generalización más elevadas en la teología»[2].

---

[1] LT, 79.

[2] A. J. GURÉVICH, *La naissance de l'individu dans l'Europe médiévale,* Seuil, París 1997, 21.

Reconocerse criatura «en proceso» según un planteamiento plotiniano

Antes de nada es importante precisar que la antropología de Juliana se elaboró a partir de un planteamiento plotiniano o dionisiano[3] de *exitus-reditus* (salida-regreso) especialmente presente en la Edad media –entre otros en Guillermo de Saint-Thierry[4]–, gracias a la obra de traducción de Juan Escoto Erígena (siglo IX). Por tanto, es dentro de este marco de comprensión donde se despliegan las declaraciones de la autora de las *Revelaciones*. Nuestra naturaleza, que ella define como «toda buena y hermosa» procede de Dios y está llamada a regresar a Él. Y sabe que la gracia de Dios está ahí para retirar lo que pueda obstaculizar este regreso[5].

Es el amor el que asegura la cohesión entre las diferentes etapas de este *exitus-reditus*. Es su principio unificador.

> «Comprendí así que la intención de Dios es el amor. Y lo vi con gran seguridad en todo esto: cuando Dios nos creó, nos amaba, y su amor nunca ha desfallecido ni desfallecerá jamás. Y es en este amor donde lleva a cabo todas sus obras. Es en este amor donde ha hecho todas las cosas que nos hacen bien. Es en este mismo amor donde nuestra vida perdurará para siempre. Nuestra creación es para nosotros un comienzo, pero el amor en el que nos ha creado estaba ya en Él desde toda la eternidad»[6].

---

[3] Pseudo-Dionisio Areopagita, *Los nombres de Dios*, en *Obras completas*, BAC, Madrid 2007, VI, 17.

[4] Cf, entre otros, Guillermo de Saint-Thierry, *La contemplación de Dios*, en *Naturaleza del cuerpo y del alma. Naturaleza y dignidad del amor. La contemplación de Dios. Oración*, Monte Carmelo, Burgos 2011.

[5] LT, 63.

[6] LT, 86; cf también LT, 85.

Creados en el amor, protegidos en el amor, queridos por Dios: esta es la convicción que Juliana quiere transmitir, como ya hemos dicho. Podríamos decir que el amor de Dios es «inmutable», aunque esta expresión paulina no se encuentre en las *Revelaciones*[7]. Lo que es cierto respecto a los orígenes es cierto hoy y lo será siempre. Esto tranquilizaba a los contemporáneos de Juliana, que se enfrentaban a los miedos inspirados por las predicaciones sobre el juicio final.

El interrogante que podemos plantearnos a partir de un esquema como este es, por supuesto, el siguiente: ¿el fin de la historia es tan solo un regreso al origen? En cualquier caso, y aunque sea imposible responder a esta cuestión de manera definitiva, la antropología de Juliana tiene, manifiestamente, un carácter dinámico que los términos «crecimiento» y «plenitud»[8] resaltan de manera acertada. Así, el «fin» no aparece como una réplica del origen. Además, el regreso no se presenta como el retorno a un estado ideal, sino más bien como el retorno a una Persona, Dios, del que nos habríamos alejado.

Nuestra creación, obra de la Trinidad, y sus consecuencias

Juliana se sitúa en la línea de la tradición patrística, que ve en la creación la obra de la Trinidad[9]. Ella menciona esta revelación en varias ocasiones. No deja de afirmar un vínculo específico con el Hijo, pues la Encarnación nos sitúa en una relación única

---

[7] ST, IV; LT, 5.
[8] Cf LT, 56.
[9] Cf LT, 58.

con la segunda Persona de la Trinidad, y esto es lo que confiere un matiz cristológico a su antropología: «Porque nuestra naturaleza, en su parte superior, está unida a Dios en su creación. Y Dios está unido a nuestra naturaleza, en su parte inferior, porque ha adoptado nuestra carne [por la Encarnación]. Así, en Cristo, nuestras dos naturalezas están unidas»[10].

El Verbo es el modelo divino, el arquetipo. Él es «la Imagen» y nosotros somos «a imagen». De este modo, Juliana afirma que nuestra «hermosa» naturaleza tiene que estar en primer lugar preparada para el Hijo de Dios, que nos predispone a amarle[11].

Las palabras de Juliana se sustentan en dos nociones que no explicita, pero que forman parte integrante de su cultura. Estos datos se enraízan al mismo tiempo en un sustrato platónico, en ciertos textos de las Escrituras y del corpus agustiniano (entre otros), donde son familiares los conceptos de arquetipo, preexistencia y predestinación[12]. Muchos autores de esta época «consideraban, como san Agustín, que el Verbo, imagen del Padre y lugar de las Ideas, era el arquetipo de la creación»[13], resultado de una personalización del *nous* platónico. También ocurre así en las *Revelaciones*, donde el Hijo, la segunda Persona, aparece como el arquetipo según el cual el hombre ha sido

[10] LT, 57.

[11] LT, 58.

[12] *Ib.*

[13] Cf R. Javelet, *Image et ressemblance au XIIe siècle, de saint Anselme à Alain de Lille*, Letouzey et Ané, París 1967, 102: «Antes de descifrar la creación para descubrir en ella vestigios o imágenes de Dios, debemos analizar lo que pensaban los preescolásticos de la creación divina y su "pro-yecto" hacia las criaturas. Había tres problemas que se presentaban en sus reflexiones: tres problemas nacidos de fragmentos platónicos y de textos escriturísticos: el arquetipo, la preexistencia y la predestinación».

creado, lo que no excluye una distinción del Creador y de la criatura. Además, Juliana asimiló perfectamente, sin explicitarlo, un dato que solía utilizarse en la teología medieval: el hecho de que «todo ser tiende a realizar el arquetipo en el que está incluida su esencia. Causalidad ejemplar y finalidad se sostienen estrechamente»[14].

La predestinación

La afirmación según la cual la creación no tiene más razón que el amor no es, en sí, original. Lo que resulta más original, teniendo en cuenta las enseñanzas de la Iglesia medieval, es la conclusión que Juliana extrae de los fines últimos y de la mirada que Dios dirige al pecado.

Es en esta perspectiva donde hay que comprender la temática de la predestinación que utilizan las Escrituras para significar el amor atento y totalmente gratuito de Dios y, por tanto, anterior a toda respuesta de la criatura humana. El Occidente latino amplió esta temática a partir de san Agustín, cuyas declaraciones sobre ella no carecen de ambigüedades. Juliana parece retener únicamente el lado positivo, es decir, la «eterna gratuidad de la gracia divina» (Gustave Martelet) y el arraigo de toda vida en este amor de Dios. Sin embargo, Juliana habla en diferentes ocasiones de «quienes serán salvados», expresión también equívoca. Aun así, nunca habla de la *massa damnata* de un cierto agustinismo, dentro de la cual se distinguirían los predestinados a la salvación y los predestinados a la condena.

[14] *Ib*, 103.

En la obra de Juliana parece que el tema de la predestinación es el lugar donde se entrecruzan los dos motivos del amor de Dios y de la ejemplaridad divina, para afirmar que «todo saldrá bien». Pero no sostiene la responsabilidad que tiene el ser humano en la obra de la salvación.

Imagen y semejanza

Juliana se remite al tema tradicional de la imagen y la semejanza, pero sin desarrollarlo tanto como hicieron algunos de sus contemporáneos[15]. Un tema que introduce, sin duda, la cuestión de la desemejanza como consecuencia del pecado[16] y la cuestión de la restauración de la semejanza, porque «nuestro Creador quiso que fuéramos semejantes a Jesucristo, nuestro salvador, en el cielo»[17]. Por tanto, podemos deducir de aquí que la autora de las *Revelaciones* distingue entre imagen inadmisible y semejanza perdida que hay que recuperar, como la mayor parte de los teólogos medievales, pero sin adoptar el rigor conceptual de esos últimos.

¿Dónde reside en el hombre esta imagen? Según Juliana, reside en el alma[18], así que podemos pensar que corresponde a la *mens*

[15] Cf LT, 6 y 10.
[16] Cf LT, 27.
[17] LT, 10.
[18] A diferencia de san Ireneo, que no sitúa la imagen únicamente en el alma, como se desprende, por ejemplo, de este fragmento de *Contra las herejías:* «Pues el hombre, y no solo una parte del hombre, se hace semejante a Dios, por medio de las manos de Dios, esto es, por el Hijo y el Espíritu. Pues el alma y el Espíritu pueden ser partes del hombre, pero no todo el hombre; sino que el hombre perfecto es la mezcla y unión del alma que recibe al Espíritu del Padre, y mezclada con ella la carne, que ha sido creada según la imagen de Dios» (*Adversus haereses* V, 6, 1).

(pensamiento) agustiniana, es decir, a la «parte superior» del hombre. Pero podemos observar en ella tres tipos de aserciones, que representan corrientes y matices diferentes, como si Juliana buscara, en los lenguajes que tenía a su disposición, lo que necesitaba para decir lo que había recibido, pero no encontrara nada del todo adecuado. En cualquier caso, este tema de la imagen y semejanza manifiesta la afinidad entre Dios y su criatura, la unión ontológica entre Dios y el hombre, pero sin confundir las sustancias o esencias, que permanecen distintas. El acto creador sitúa a Dios y al hombre en su diferencia esencial y al mismo tiempo en su capacidad para conocerse, para entrar en relación. Esta temática no tiene nada de estático, sino que es eminentemente dinámica, pues se trata de que la criatura crezca en el conocimiento y en la unión, pero, por supuesto, con ayuda de Dios.

La herencia agustiniana

En relación con los diferentes enfoques sobre esta cuestión, observemos en primer lugar la herencia agustiniana. Así, Juliana recibe, en un sobrecogimiento de su entendimiento en Dios, la comprensión de que «nuestra alma es una Trinidad creada, a imagen de la santísima Trinidad increada»[19].

La autora de las *Revelaciones* no recupera de manera sistemática las categorías de san Agustín, que, entre otros textos, en *La Trinidad*[20], especifica que el alma es *vestigium* por sus tres

[19] LT, 55.

[20] San Agustín parte del principio de que la búsqueda en general y, más en particular, la búsqueda de Dios presupone un amor, que no carece de conocimiento, porque no puede haber un amor a lo que no se conoce. Esto le lleva a «buscar

facultades, que son la memoria, la inteligencia y la voluntad[21]. Pero Juliana alude, al igual que él, al recuerdo de Dios presente en nosotros desde la creación, que está al principio de todo conocimiento de Dios. Lo menciona explícitamente en el capítulo 55 de la versión larga, donde nuestra fe se atribuye al amor «natural de nuestra alma, de la clara luz de nuestra razón y del recuerdo constante que tenemos de Dios en nuestra creación original».

Juliana especifica que el alma tiene las mismas propiedades *creadas* que su Creador[22] y, con este adjetivo, «creadas», pone de manifiesto que la imagen no es de la misma naturaleza que el Creador. Aquí entramos en el ámbito de la analogía. El alma ve a Dios, lo que corresponde al atributo de verdad característico del Padre; contempla a Dios, que corresponde al atributo de sabiduría característico del Hijo; y, por último, ama a Dios, que corresponde al atributo del amor característico del Espíritu Santo. El alma tiene en sí misma aquello para lo que fue creada, es decir, para conocer y amar a Dios.

La cuestión que puede plantearse aquí es la siguiente: ¿permanece Juliana en lo que Luigi Gioia denomina imagen-analogía en el marco de un estudio consagrado a san Agustín?[23]. Se-

---

alguna huella de la Trinidad» en el hombre. Y, por tanto, en un marco global de una teoría del conocimiento, se interesa por el alma racional, que identifica con la *mens*, el pensamiento. Se dedica a mostrar que hay una «analogía estructural entre el pensamiento humano y del Dios Trinidad». Cf S. DUPUY-TRUDELLE, en L. JERPHAGNON (dir.), *Oeuvres* III. *Philosophie, catéchèse, polémique*, Gallimard, colección «Bibliothèque de la Pléiade» 483, París 2002, 1138. Cf también *Obras completas de san Agustín* V, BAC, Madrid 1955.

[21] *La Trinidad* X, en *Obras completas de san Agustín* V, *o.c.*

[22] LT, 44.

[23] L. GIOIA, *La connaissance du Dieu Trinité chez saint Augustin, par-delà les embarras de l'analogie et de l'anagogie*, Cerf, colección «Cogitatio Fidei» 266, París 2008, 146.

gún Luigi Gioia, en san Agustín «la imagen de Dios no es tanto aquello que, en nosotros, se asemeja a Dios (imagen-analogía), como aquello por lo cual nos encontramos en una situación de total dependencia respecto a Dios y, en última instancia, capacitados para disfrutar (*frui*) de Dios por el conocimiento y el amor o, mejor aún, por la sabiduría (*sapientia*) y la *dilectio* (imagen-relación)». Aunque en algunos casos Juliana se sitúa del lado de esta analogía, parece haber integrado bien esta dimensión de la «imagen-relación» en el conjunto de sus declaraciones. Porque está convencida de que, desde nuestra creación, estamos situados en una relación de amor y de conocimiento con Dios.

Agustín no es el único que proporciona a Juliana las palabras y los modos de acercarse a la realidad, permitiéndole conocerse mejor. Juliana también es heredera de otras corrientes, de otros matices, como la insistencia en la voluntad, en la línea de san Anselmo[24] o de san Bernardo[25]; o la comprensión de la temática de la imagen en términos de bondad, tal como reflexionó Guillermo de Saint Thierry[26]. Son influencias que dan a su es-

[24] Anselmo de Canterbury, *De concordia de la presciencia, de la predestinación y gracia divina con el libre albedrío*, en *Obras completas de san Anselmo* II, BAC, Madrid 1953.

[25] San Bernardo distingue tres tipos de libertad y, en su enfoque, tiene en cuenta la situación de la criatura humana, antes o después de la «caída» original. La primera, que se corresponde con lo que Juliana denomina voluntad buena o natural, es la *libertas a necessitate* o *a miseria* o *a peccato*, que es inadmisible. Es la capacidad de determinarse fuera de toda necesidad exterior (*De libero arbitrio* III, 7). Según él, esta libertad está vinculada a la razón, y de ahí que los animales no la compartan. La caída hizo que el hombre, desde entonces *sub peccato*, contemple el *velle*, pero no el *posse*. Conserva su capacidad de querer el bien, pero no puede cumplirlo (cf Romanos 7). Cf Bernardo de Claraval, *Sobre la gracia y el libre albedrío*, en *Obras completas* I, BAC, Madrid 2016. Cf también Id, *Sobre el amor a Dios*, en *Obras completas* I, *o.c.*

[26] Para Guillermo, lo que caracteriza el ser de Dios «es que es bueno». Y, al amar a Dios, la criatura está reformada a su imagen. Cf, por ejemplo, Guillermo

piritualidad un tono más afectivo que el de san Agustín. Pero la distinción entre Dios y la criatura sigue siendo como la distinción entre la caridad increada y la caridad creada, que se encuentra también en Tomás de Aquino y Bernardo de Claraval[27], entre otros. Retomando una expresión de Étienne Gilson sobre san Bernardo[28], Juliana mantiene una «separación metafísica» entre amor increado y amor creado. Esta presencia del amor es objeto de dogma, pero se experimenta igualmente en el hecho de que expulsa el temor malo, hace nacer la alegría y suscita el horror del pecado, lo que es un criterio de discernimiento tradicional.

Antes de acabar es importante señalar que, en la autora de las *Revelaciones*, el tema de la inhabitación de Dios en el alma se antepone al de la imagen y semejanza, algo que distingue a Juliana de un buen número de sus contemporáneos. Saberse y sentirse «morada» de Dios forma parte integrante del conocimiento de uno mismo, pero como ya hemos abordado este tema en el capítulo consagrado a la interioridad, hemos optado por no volver de nuevo sobre él.

---

de Saint-Thierry, *La contemplación de Dios*, en *Naturaleza del cuerpo y del alma. Naturaleza y dignidad del amor. La contemplación de Dios. Oración*, o.c.

[27] Bernardo de Claraval, *Sobre la gracia y el libre albedrío*, en *Obras completas* I, o.c.

[28] É. Gilson, *La teología mística de san Bernardo*, Athanasius, Córdoba 2019.

La experiencia de la dualidad

«En su infinita sabiduría,
Dios quiso que tuviéramos esta dualidad».
LT, 56

Si hay una experiencia que todos conocemos es la de la dualidad, la de una tensión o un sentimiento de disociación a la que alude Jesús en el huerto de Getsemaní –«el espíritu está dispuesto, pero la carne es débil» (Mt 26,41)–, o incluso Pablo cuando afirma que no hace el bien que quiere sino el mal que no quiere (cf Rom 7,15-23). Un estado que todo discípulo de Cristo vive con auténtico dolor. Sin embargo, Juliana ofrece una mirada lúcida pero positiva sobre esta dualidad o duplicidad que manifiesta la fragilidad de lo humano. Por eso mismo su declaración en el capítulo anterior nos ayuda a expresar con palabras esta experiencia, indica una reconciliación con nosotros mismos y un trabajo de unificación posible de nuestras fuerzas dispersas.

En los capítulos de la versión larga que tratan del individuo, Juliana vuelve sobre el hecho de que la naturaleza humana es buena, lo que resulta coherente con su visión de un Dios bueno y amoroso. Más aún, esta bondad es intolerable a pesar de la caída y de una historia atormentada.

La dualidad o duplicidad de la naturaleza humana

Tanto para Juliana como para san Agustín, la diferencia fundamental en el hombre no es, principalmente, la que existe entre el espíritu y la materia, a pesar del contenido de algunas declaraciones. Pasa al interior mismo del alma, que es «espíritu». Juliana, anclada en la doctrina de la Iglesia pero también en su propia experiencia, habla de una dualidad en el ser humano. La considera desde la perspectiva de la ontología[1] y al mismo tiempo desde la condición histórica de esta última, de la metafísica y de lo existencial. De modo que especifica que esta dualidad es querida por Dios[2] y que es una condición que Cristo, en su humanidad, también comparte:

> «Y estas dos partes estaban en Cristo –la parte superior y la parte inferior–, aunque no tenía más que una sola alma. La parte superior siempre estaba en paz con Dios, en plenitud de alegría y de dicha. La parte inferior, que es nuestra parte sensible, sufrió por la salvación del género humano»[3].

Juliana da a conocer esta dualidad en un juego de contrarios y en términos que no tienen nada de originales en su época: «elemento o alma substancial» *versus* «elemento o alma sensible/sensitiva»; «ser interior» *versus* «ser exterior»; «parte superior» *versus* «parte inferior»; «buena voluntad» *versus* «voluntad animal».

---

[1] Es decir, el ser en sí.
[2] LT, 56.
[3] LT, 55.

Lo que deriva de la primera parte de la contraposición está unido a Dios, nunca se separará de Él y trabaja para su gloria, mientras que lo que deriva de la segunda parte de la contraposición se revela como vulnerable, inestable y tendente a la rebelión y al pecado: «Así, en nuestra sustancia estamos en plenitud; en nuestra sensitividad, carecemos de algo, pero Dios reparará y colmará esta carencia por obra de misericordia y de gracia, que se derramarán en nosotros gracias a su bondad»[4].

Estas contraposiciones tienen su origen en la unión del alma con el cuerpo. Se inscriben en la visión que tiene Juliana de la creación:

> «Así, comprendí que el alma humana es creada de nada, es decir, que no ha sido hecha de nada creado, y de la siguiente manera: cuando Dios creó el cuerpo humano, tomó barro de la tierra, que es materia en la que se mezclan y unen todas las cosas físicas, e hizo con él el cuerpo humano. Pero para hacer el alma no tomó absolutamente nada, sino que simplemente la hizo. Así, la naturaleza creada está en toda justicia unida al Creador, que es naturaleza sustancial increada, es decir, Dios»[5].

Las palabras de Juliana se nutren claramente del segundo relato de la creación y, más en concreto, de Génesis 2,7, que Beda el Venerable[6] ya había comentado antes que ella, poniendo de

[4] LT, 57.

[5] LT, 53.

[6] En su edición crítica *A Book of Showings*, Paulist Press, Nueva York 1978, 559, Edmund Colledge y James Walsh ofrecen, en nota al pie, el texto y la referencia del texto de Beda: «*In corporis et animae substantiam factus sit, e quibus corpus de limo terrae formatum, anima vero de nihilo sit, deo inspirente, creata*» (*Hexameron*, Liber I, PL 91, 42).

relieve los modos de creación diferentes entre el alma creada *ex nihilo* y el cuerpo salido del barro de la tierra. Beda conserva la forma de expresión bíblica al hablar primero del cuerpo y luego del alma, pero Juliana la revierte hablando primero del alma. Esta «preexistencia del alma» podría aludir a la metafísica platónica y plotiniana. Pero también podríamos entender el orden de las palabras de Juliana a la luz de santo Tomás de Aquino, para quien «el alma [*anima*] es el primer principio vital»[7]. En realidad, el relato de Juliana no transmite desprecio por el cuerpo o por lo creado, tal como se desprende de la visión de la avellana, en la que estipula que todas las cosas obtienen su ser del amor de Dios, y que Dios no desprecia en absoluto lo que ha creado, por débil que la criatura pueda ser. Además, cuando se trata de seres humanos, el hecho de que la segunda Persona de la Trinidad se revista de su naturaleza confiere a estos últimos una dignidad indiscutible. Juliana llega incluso a hablar del cuerpo como de una «escarcela bien hecha» que se abre para las necesidades naturales, y ve en ello «la obra de Dios». Una declaración tan asombrosa en el ámbito medieval que no aparece en todos los manuscritos, sino tan solo en los de París y Westminster. En realidad, los teólogos y religiosos de esa época tenían una visión del cuerpo muy negativa, que además desembocaba en conclusiones que, como «modernos», calificaríamos de sexistas, pues la mujer estaba asociada al cuerpo y su fragilidad, y el hombre a la razón y al conocimiento[8].

[7] TOMÁS DE AQUINO, *Suma Teológica* Ia, c.75, a.1, en *Suma de Teología* I, BAC, Madrid 2001, 672.

[8] Cf *A Book of Showings*, *o.c.*, 558, donde Edmund Colledge y James Walsh llaman la atención sobre las repeticiones de «*made*» en el pasaje citado de LT, 53. En ello ven una alusión a los versículos del prólogo del evangelio de Juan con sus repeticiones del verbo *facerę* (*factus*, *factum*). Esto apoya su hipótesis de que Juliana conocía bien la Vulgata.

Si esta dualidad que acabamos de mencionar es fuente de «dolor, vergüenza y aflicción» y si es responsable de estos altibajos, de esas alternancias entre avances y retrocesos que la criatura humana experimenta, los «contrarios» que están en el hombre no dejan de estar menos unidos. Y también lo están en Cristo, debido a la creación.

Las categorías que se utilizan aquí no son bíblicas, sino que amalgaman elementos derivados de la ontología y de otros que resultan difíciles de clasificar, pero que permiten a la autora hablar de la convicción según la cual la parte sensible del alma, y no solo la parte inteligible, está también en Dios. Siempre y cuando Cristo sea el arquetipo, la declaración es coherente y podría tener importantes implicaciones cristológicas: ¿la Encarnación es consecuencia de la caída o no? No parece que este último caso esté presente en el pensamiento de la autora, tal como hemos mencionado ya.

Del alma y sus potencias

Si centramos más nuestro discurso sobre la dualidad a nivel del alma y sus potencias, hay que constatar una cierta «imprecisión» en la terminología. Porque se descubre que Juliana habla indistintamente del alma, del espíritu, de la voluntad y de la razón. Pero si aplicamos a Juliana el comentario de Alain de Libera sobre Hugues Ripelin de Estrasburgo[9], podemos suponer que está designando el alma en sus diferentes funciones: «La polisemia del alma no alude a su esencia, sino a sus funciones». Y Alain de Li-

[9] A. de Libera, *La mystique rhénane*, Seuil, París 1994, 84.

bera cita a Hugues Ripelin: «La llamamos "alma" porque anima a un cuerpo. *Mens* (espíritu) porque examina *(recolit)*. *Animus* porque desea. "Razón" cuando juzga acertadamente, etc.». Aunque Juliana no se remite al latín y no tiene el rigor de Hugues Ripelin, la clave de lectura propuesta por Alain de Libera parece adecuada y evita perderse en un cuestionamiento estéril.

El alma

Principio vital, el alma «está plenamente en Dios». Es espiritual, lo que le permite estar unida a Dios, que es Espíritu. Y lo está no solo en su parte superior, sino también en su parte inferior. Pero si la primera –el alma sustancial– tiene garantizado no separarse jamás de Dios, no ocurre lo mismo con la segunda –el alma sensible–. De modo que el alma sustancial correspondería a la imagen, y la parte sensible a la parte del ser humano deteriorada por el pecado. Estas dos partes del alma están igualmente calificadas como interior y exterior, superior e inferior. En esta terminología reconocemos corrientes tradicionales –las de san Agustín y Orígenes–, así como la concepción del Maestro Eckhart[10], más cercana a nuestra autora. El alma sensible, que forma una unidad con el alma sustancial, es también nuestra alma. Pero en esta vida, y después de la caída, está sometida a la rebelión. Juliana lo subraya después del asalto de tentacio-

[10] *Être Dieu en Dieu,* textos escogidos y editados por Benoît Beyer de Ryke, Seuil, París 2008. En el texto titulado *El desapego,* Eckhart se expresa así: «Aquí has de saber lo que dicen los maestros: en cada ser humano hay dos seres diferentes; uno se llama hombre exterior, y es el ser sensible; los cinco sentidos le son de utilidad, pero el hombre exterior actúa por el poder del alma. El otro hombre se denomina interior, y es la interioridad del hombre» (p. 28).

nes que sufrió al prolongarse sus dudas sobre la naturaleza de lo que acababa de vivir, que calificó de delirio. El alma sensible trata también de huir del sufrimiento, tal como constata nuestra autora, siempre atenta a sí misma, después de haber orado para obtener una gracia de compasión y haberse arrepentido de ello:

> «Si hubiera conocido el dolor que había pedido, me habría sentido reacia a orar para obtenerlo (...). Pues hay en nosotros dos partes: una exterior, otra interior [que ella llama también parte sensible y parte sustancial]. La parte exterior es nuestra carne mortal, que ahora sufre tristeza y dolor. Esta era la parte de mí que se revolvía»[11].

Juliana califica esta revuelta como rebelión e influencia de la carne, aunque no haya habido un consentimiento del alma sustancial o de la parte interior o superior de esta. Observemos aquí el paso de una reflexión que se sitúa en el plano ontológico a una reflexión basada en su propia experiencia. Lo que le falta a la parte sensible es ser elevada al ser sustancial, que conserva su supremacía a pesar de la caída[12]. El planteamiento propuesto es anagógico, lo que sitúa a Juliana en la línea agustiniana[13]: «La parte interior

[11] LT, 19.

[12] Esto lo encontramos en un texto de Eckhart: «Has de saber que un hombre espiritual que ama a Dios no acude a las potencias del alma en el hombre exterior más que cuando los cinco sentidos tienen absoluta necesidad de ello, y la interioridad no acude a los cinco sentidos más que porque es jefe y guía de los cinco sentidos y vela sobre ellos para que no se entreguen a su objeto según la naturaleza animal (...). Y todas las potencias que posee el alma más allá de los cinco sentidos, estas potencias, el alma las entrega completamente al hombre interior, y cuando este hombre se vuelve hacia algo elevado y noble, atrae hacia sí todas las potencias que ha prestado a los cinco sentidos» (B. BEYER DE RYKE [ed.], *Être Dieu en Dieu, o.c.*).

[13] AGUSTÍN DE HIPONA, *Confesiones* X, 6, 9. Es también el planteamiento del itinerario del espíritu hacia Dios, según san Buenaventura, en *Itinerario*, en *Obras completas* I, BAC, Madrid 1955[2].

es una vida elevada y dichosa que está completamente en la paz y en el amor, y es algo que se percibe muy íntimamente».

Cristo actúa en nuestra alma sensible a través de la parte superior de nuestra alma: «Gracias a este fundamento sustancial nuestra parte sensible recibe todas nuestras virtudes, por don de naturaleza y con la ayuda y el auxilio de la misericordia y de la gracia. Sin ello no podríamos hacer ningún progreso»[14].

Esta parte superior es, por tanto, el marco en el que se lleva a cabo nuestra restauración.

Las contraposiciones señaladas antes remitirían, pues, a la imagen inadmisible y a la desemejanza. Por lo que respecta a esta última, pertenece al mismo tiempo al hombre el dejarla restaurar y conquistarla o reconquistarla.

Analicemos ahora lo que Juliana dice, y con bastante seriedad si la comparamos con sus contemporáneos, acerca de estas potencias del alma que son la inteligencia (o el intelecto) y la voluntad.

La inteligencia y la voluntad

En lo que respecta a la inteligencia, Juliana habla indistintamente de inteligencia, de entendimiento (que usa como un equivalente de intelecto[15]), de razón, de mente. Nuestra «razón está basada en Dios, que es la sustancia de la "naturaleza"»[16]. Pone de manifiesto que «no podemos adquirir nada solo por la razón, sino que también necesitamos inteligencia y

[14] LT, 59.
[15] Cf E. Colledge-J. Walsh, *A Book of Showings*, *o.c.*, II, 346, nota 4.
[16] LT, 56.

amor»[17]. Esto implica que reconocía dos tipos de inteligencia: una ilustrada y otra no. En cualquier caso, la inteligencia, llamada también entendimiento, mente o razón, es el lugar donde Dios se da a conocer a su criatura, el lugar donde le enseña, donde le hace comprender sus designios[18]. Es también el lugar donde se suscita el deseo[19] cuando Dios «abraza nuestro entendimiento». Esto se sitúa en la línea agustiniana que hemos mencionado antes, donde el conocimiento suscita el deseo y el amor. La razón es lo que permite que el hombre descifre el mundo que le rodea. Juliana llegará incluso a describir «nuestra razón», que «está en Dios» como el más eminente de sus dones[20].

Aunque el campo léxico relativo a lo inteligible ocupa un considerable volumen en su obra, Juliana no se molesta en escribir sobre esta potencia del alma. Por el contrario, sí escribe sobre la voluntad, insistiendo, una vez más, en la dualidad que caracteriza la naturaleza humana. Así, distingue dos tipos de voluntad, como ya hemos mencionado anteriormente:

> «Pues en cada alma que será salvada hay una voluntad buena que nunca ha cedido al pecado y nunca lo hará. Al igual que hay una voluntad animal en la parte inferior incapaz de querer el bien, hay una voluntad tan buena en la parte superior que no puede jamás desear el mal, sino solamente el bien»[21].

---

[17] *Ib.*

[18] LT, 11, 24, 65, 70 y 82. O también LT, 51, donde Juliana explica que «su inteligencia penetra en el interior del Señor, gracias al toque divino». Esto le permite comprender la visión recibida en forma de parábola.

[19] Cf LT, 83.

[20] *Ib.*

[21] LT, 73.

Encontramos una afirmación similar en el capítulo 53 de la versión larga en una perspectiva dinámica, que inscribe este deseo en la temporalidad porque se trata de una «voluntad tan buena que no podría jamás desear el mal, sino cada vez *más* el bien»[22]. Aunque este dato se le ha revelado a Juliana durante la experiencia que ha puesto por escrito, y aunque haya sentido algo de esta voluntad, se trata también de un «saber» que sigue perteneciendo al orden de una verdad de fe: si tenemos esta voluntad «santa y que se mantiene sana y salva en nuestro Señor Jesucristo» es porque estamos destinados a compartir el cielo con él[23].

Por el contrario, la voluntad animal se presenta como inestable. En las dificultades, los sufrimientos y las tentaciones, tiende a rebelarse, a desesperar... Y si esto es así, se debe a que sufre de una ceguera que le impide ver a Dios[24]. Esta voluntad inferior depende también del buen funcionamiento del ojo interior. En Juliana la voluntad es, por tanto, como en san Agustín, una voluntad razonable.

ALCANCE DE LA REFLEXIÓN SOBRE LAS POTENCIAS DEL ALMA

Estas reflexiones sobre las potencias del alma tienen un claro alcance teológico, pero también espiritual. Este conocimiento de uno mismo está anclado en la humildad en el sentido etimológico del término, es factor de verdad. Además, el ser humano, aunque vive un combate interior, también está seguro de la vic-

[22] LT, 53. Expresión que «anuncia» uno de los criterios de discernimiento ignaciano en el que lo propio del bien es «ir de lo bueno a lo mejor».

[23] LT, 53.

[24] Cf LT, 47.

toria de Dios, que no deja nunca de actuar, por lo que mora en nosotros sin haber sido deteriorado por el pecado.

¿Y el cuerpo?

Es en la narración del acontecimiento vivido, más que en su posterior elaboración teológica, donde Juliana habla del cuerpo o más bien lo hace entrar en escena, ya se trate de su cuerpo o del cuerpo de Jesús. Las descripciones del cuerpo sufriente de Cristo van más allá de los datos bíblicos. Ocupan varios capítulos en las dos versiones. El cuerpo de Cristo es palabra. Es el lugar donde se expresa el amor de Jesús a través del sufrimiento que padece, y también su alegría a través de las emociones que se vislumbran en su rostro. Su corporeidad marca la autenticidad del mensaje que transmite referente al amor con que ama a la humanidad, a su deseo de salvarla. Y confiere también toda su dignidad a la corporeidad humana.

Para Juliana, el paso por el sufrimiento físico se inscribe en la voluntad de identificarse con Cristo. Para ella es evidente que el cuerpo marca la autenticidad de su búsqueda, que no se queda únicamente en un sentimiento piadoso. Pero sí describe brevemente los sentimientos que experimenta, la desaparición de su cuerpo y de la visión corporal, que deja paso a un tipo de visión diferente, que anticipa el cara a cara.

¿Existe una coherencia antropológica?

La antropología de las *Revelaciones* es coherente en su conjunto, aunque el pensamiento de Juliana es bastante difícil de seguir por varias razones. Estas razones pueden provenir de distintos matices que se le escapan a un lector del siglo XXI o a la forma de expresarse de una mujer que utiliza un «aparato» conceptual pero sin adoptar su rigor. No obstante, la dificultad deriva también del hecho de que estamos ante un pensamiento en constante elaboración y, por consiguiente, no del todo dominado por la autora, que da preferencia al objetivo global de su mensaje –que no se ha roto nada entre Dios y el hombre a pesar del pecado de este último– en detrimento de un análisis concreto de los conceptos. En este sentido, los conceptos han podido aparecer como un elemento cuyo valor no radica más que en esta dinámica, y no en un análisis detenido. Así, Juliana puede emplear como términos equivalentes a «alma» los conceptos de «sustancia» o de «naturaleza», sin explicarlos, o incluso hablar de la razón como la «punta fina del alma» o de la «racionalidad» humana.

El pensamiento teológico de Juliana permanece en suspenso: por ejemplo, omite explicar por qué la presencia de Dios en el alma sensible (el hecho de que esta última esté en Dios, al igual que el alma sustancial) no la protege de caer o de tener carencias, lo que la hace inestable y vulnerable... El lector se queda con la incertidumbre, quizá como queda Juliana frente a la inadecuación del lenguaje. En cualquier caso, Juliana se tomó la libertad de acercarse lo más posible a su experiencia, aunque la jerarquía considerase su antropología un tanto imperfecta.

Pecado y fines últimos

«Todo saldrá bien».
ST, XV

La cuestión del pecado es recurrente en las *Revelaciones*. Estructura el relato y la experiencia de principio a fin. Ancla las revelaciones en un contexto eclesial muy concreto, caracterizado por las terribles representaciones del infierno y por la incertidumbre en cuanto a la salvación. Pero esta cuestión alcanza también interrogantes que trascienden el contexto histórico concreto. Porque, ¿cómo responder del mal (pecado o sufrimiento) y confesar a un Dios bueno? ¿Por qué el demonio sigue teniendo el campo libre si ha sido derrotado por la Cruz de Cristo, como se le demostró a Juliana? Muchos interrogantes que afectan profundamente a la relación del creyente con su Dios.

Aquí nos encontramos con la piedra de toque inherente a todo monoteísmo. Juliana se desmarca claramente de los movimientos heterodoxos de su época, que tratan también de encontrar una respuesta al escándalo que supone el mal. En realidad, Juliana rechaza todo dualismo, que atribuye una realidad sustancial al mal, de acuerdo con la gran tradición de la Iglesia. Aborda estas cuestiones desde el interior de la fe eclesial. Y lo hace a partir de una perspectiva existencial, como atestiguan sus reacciones a la revelación del amor incondicional de Dios y, también, desde la perspectiva de una reflexión metafísica y de una reflexión más fenomenológica, enumerando las manifestaciones visibles del mal que se consideran consecuencia de la caída de Adán. Sin embargo, el vocabulario de Juliana tampoco es aquí riguroso –por ejemplo, parece emplear indistintamente los términos «pecado» y «mal»–; cambia de plano durante su narración, pasando del universo de la teología propiamente dicha al de la experiencia espiritual concreta. En cualquier caso, merece la pena tratar de sintetizar los datos diseminados por el texto recordando que, como san Agustín, Juliana distingue al pecador del pecado; habla del pecado según dos puntos de vista diferentes: el de Dios y el de las criaturas que somos, lo que incluye, en esta última categoría, a la Iglesia de su tiempo. Y este doble enfoque es lo que le permite conciliar las revelaciones recibidas y la doctrina eclesial.

UN DIOS INOCENTE DEL MAL

La visión llamada del punto muestra que todo lo que Dios ha creado es bueno y que no hay lugar para el mal. Esto refleja la enseñanza bíblica, en particular Génesis 1-3, que Juliana no cita. Más bien utiliza la terminología agustiniana y escolástica, haciendo referencia a lo que conoce por la fe y que confirma lo que ha visto (es decir, la no existencia del pecado)[1]: «Pero no vi el pecado. Creo que no tiene sustancia ni ninguna forma de ser»[2].

Esto concuerda bien, sin duda, con las enseñanzas de san Agustín, que escribe:

---

[1] En el paralelo de la versión breve en LT, 11 (manuscrito Amherst) se dice ya que el pecado «es nada».

[2] LT, 27.

«¿Pues qué otra cosa es el mal, sino la privación del bien? Del mismo modo que, en los cuerpos de los animales, el estar enfermos o heridos no es otra cosa que estar privado de la salud (...). Siendo el Creador de todas las substancias sumamente bueno, todas ellas son buenas; mas porque no son absoluta e inalterablemente buenas, como lo es su Creador, en ellas el bien puede admitir aumento y disminución. Mas cualquier menoscabo del bien ya es un mal, si bien, por mucho que disminuya, es necesario que permanezca siempre algo, porque, si dejara de ser substancia, no existiría ya en modo alguno; pues una substancia, cualquiera que sea, no puede perder el bien por el cual es substancia sin que ella misma deje de existir. (...) Por consiguiente, sin el bien no podría existir el mal»[3].

Es una idea que encontramos ya en el Pseudo-Dionisio[4], Orígenes[5], Gregorio Magno[6] y santo Tomás de Aquino[7], por no citar más que a algunos, y sabemos también que de esta cuestión del mal ya se habían ocupado los filósofos de la antigüedad.

---

[3] AGUSTÍN DE HIPONA, *Manual de fe, esperanza y caridad (Enchiridion)* IV, 11-13, en *Obras completas* IV, BAC, Madrid 2011, 479.

[4] PSEUDO-DIONISIO AREOPAGITA, *Los nombres de Dios*, en *Obras completas*, BAC, Madrid 2007, 49 y 54: «El mal es un bien imperfecto» (IV, 20); «El mal, por tanto, ya en las inteligencias, ya en las almas o en los cuerpos, es eso: una debilidad y falta en la constitución» (IV, 27).

[5] Véase, entre otros, *De Principiis* II, 9, 2: «No se puede suponer que Dios es causa de la existencia del mal, ni imaginar que el mal tiene sustancia [*hypostasis*] propia. La perversidad no subsiste como si fuera algo vivo; no pondrá jamás ante nuestros ojos su sustancia [*ousia*] como si verdaderamente existiera» (citado por J.-Y. LACOSTE, *Mal*, en *Dictionnaire critique de théologie*, PUF, París 1998, 831; cf *Sobre los principios*, Ciudad Nueva, Madrid 2015).

[6] Véase, entre otros, *Moralia in Job* XXVI, 37, 68, donde san Gregorio dice que el pecado no tiene «ni fundamento» ni «naturaleza propia» y que está «desprovisto de sustancia» (PL LXXVI).

[7] Véase Ia, c.5, a.2 y Ia, c.5, a.3, en *Suma de Teología*, BAC, Madrid 2001, 128-130.

Observemos que estos interrogantes sobre el mal o el pecado tienen como marco la revelación del amor de Dios. Cuanto más penetra Juliana en esta última realidad, más se desarrolla su reflexión sobre el pecado. Su reflexión no abandona el terreno de lo existencial y ella asume plenamente, pero no sin lucha interior, la parte del no-saber que subsiste. Y este terreno existencial, que es el de la relación con Dios, le lleva a preguntarse sobre la no-conformidad de lo que ha comprendido en sus revelaciones con la doctrina de la Iglesia referente a la ira de Dios. En realidad, la mirada de Dios sobre el pecado del hombre repercute tanto sobre el hoy como sobre los fines últimos. Y, sin duda, condiciona las relaciones de este mundo entre el Creador y la criatura, y la idea que esta última puede tener sobre su sufrimiento (¿es consecuencia de un pecado original o un castigo divino?). Esto repercute en el juicio final, al que sigue la bienaventuranza o el infierno. En este sentido, la parábola del señor y su servidor tiene gran interés. Sobre ella nos detendremos nuevamente, pues es, quizá, uno de los pasajes de las *Revelaciones* que mejor ilustra la originalidad de la autora en estas «aglutinaciones» de las que hablan los teóricos de la intertextualidad.

LA FIGURA DE ADÁN EN LA PARÁBOLA DEL SEÑOR Y SU SERVIDOR

¿Qué aporta esta parábola? El concepto del pecado de Adán, representante de la humanidad, tal como se presenta en ella, contrasta con el de la Iglesia medieval, que se alimentaba de la teología agustiniana y post-agustiniana. Porque mientras san Agustín presenta el pecado de Adán como la transgresión voluntaria de un ser humano en plena posesión de sí mismo, nuestra parábola lo presenta como la caída casi accidental de alguien que, como sugiere la simbología de su vestido[8], no está en plena posesión de sus capacidades o presenta ya señales de debilidad.

> «El servidor estaba ante su Señor, de pie, con respeto, dispuesto a hacer la voluntad de su Señor (...). El servidor no solo se puso en camino, sino que fue corriendo, corrió a gran velocidad, por amor, para hacer la voluntad de su Señor. Y, de pronto, cayó por un pequeño barranco y sintió un gran dolor. Gemía (...), pero no podía levantarse ni valerse por sí mismo de ninguna forma. Y lo peor era que no veía que hubiera ningún tipo de consuelo para él, pues no podía volver el rostro para mirar a su Señor, que le amaba, que estaba muy cerca de él y que era para él la fuente de todo consuelo»[9].

Aquí Juliana participa de una corriente patrística[10] que insistía en el hecho de que el pecado de Adán se debió a su debilidad y a su ignorancia de criatura más que a un deliberado deseo de rebelión. Esto recuerda al planteamiento de san Ireneo, según el cual Adán era un niño cuando cayó. Pero, en cualquier caso, Ireneo le imputa un acto de desobediencia[11].

---

[8] «Una sencilla túnica blanca, vieja, desgastada, manchada toda con el sudor de su cuerpo. Era muy corta, apenas le cubría un palmo por debajo de la rodilla. Estaba raída, a punto de convertirse en harapos» (LT, 51).

[9] *Ib.*

[10] Véanse, entre otros, Gregorio Nacianceno, *Discursos 38-41*, Ciudad Nueva, Madrid 2020; tal como señala en nota L. Sentis, *Péché originel*, en *Dictionnaire critique de théologie, o.c.*, 1055-1057.

[11] *Contra las herejías* V, 16, 3.

El enfoque de Juliana en esta parábola presenta un fuerte contraste con otro argumento sobre el pecado de Adán donde la mística resalta toda la gravedad de su caída. Se trata de unas palabras recibidas en un contexto temático cercano a Romanos 5,20, donde Pablo, recordémoslo de nuevo, dice que «donde abundó el delito, sobreabundó la gracia»: «El pecado de Adán fue el mayor mal que se ha cometido nunca y que se cometerá jamás hasta el fin del mundo»[12]. Pero la diferencia con la parábola es que, quizá al contrario que la parábola, lo que se tiene en cuenta es el pecado, y no el pecador. Sin embargo, aunque Juliana habla o sugiere la gravedad del pecado frente a los sufrimientos redentores de Cristo y, por tanto, a la luz de su amor, mantiene la mirada amorosa de Dios sobre la criatura pecadora. Esta actitud divina se explica no solamente porque la ira es una perversión que Dios no puede padecer, sino también, y sobre todo, por el vínculo que une al hombre y a Cristo por la creación y la redención. Cuestiones de las que ya hemos hablado.

Ahora podemos preguntarnos si es posible otra interpretación. Porque, en esta parábola, la ambivalencia del servidor –primer y segundo Adán– nos invita a ver otro plano de lectura más centrado en la condición actual del hombre rescatado por Cristo, pero siempre dividido entre su voluntad buena y su voluntad animal, y de ahí su disposición a cumplir la voluntad de Dios y su caída. Porque, ¿no es la mirada de Dios sobre esta condición, más que el tema del pecado original, lo que le interesa a Juliana? Podemos preguntárselo a la luz de una declaración insertada en el capítulo posterior a esta parábola, donde Juliana escribe: «Tenemos en nosotros a nuestro Señor Jesucristo

[12] LT, 29.

Resucitado, y tenemos en nosotros la miseria y el mal de Adán caído»[13]. Y luego prosigue afirmando que Cristo, que obra en nosotros, nos protege.

Un enfoque «teleológico» del pecado

A diferencia de sus contemporáneos, Juliana no se polariza en los orígenes del pecado, sino que trata de conciliar la enseñanza recibida en sus *Revelaciones* –según la cual «todo irá bien»– con la doctrina de la Iglesia sobre los fines últimos. De modo que aborda la cuestión del pecado a partir de la escatología, desde la perspectiva de la inadmisibilidad del amor.

Denise Nowakowski Baker, en su excelente obra titulada *Los Showings de Juliana de Norwich: de la visión al libro*[14], destaca, respecto a esta misma parábola del señor y el servidor de la versión larga, que Juliana adopta un enfoque «teleológico» del pecado, a diferencia de san Agustín, cuyo desarrollo es «etiológico»[15]. En opinión de Denise Nowakowski Baker, Agustín se centra en Romanos 5,12-14 y en la entrada del pecado en el mundo por Adán, mientras que Juliana se concentra manifiestamente, aunque implícitamente, en los versículos 15 a 21 de ese mismo capítulo, es decir, «donde abundó el delito, sobreabundó la gracia». Y, en nuestra opinión, aquí podemos percibir una de las características de la espiritualidad de Juliana, que tiende sobre todo hacia delante, vuelta hacia Dios y, por consiguien-

[13] LT, 52.

[14] D. Nowakowski Baker, *Julian of Norwich's Showings. From Vision to Book*, Princeton University Press, Princeton 1994.

[15] *Ib*, 86.

te, descentrada de sí misma. No se niega la realidad del pecado, pero se centra más en la certeza de un fin que Dios hará bueno. No se exime de responsabilidad al pecador, pero se le invita a que no convierta la percepción de su estado de pecador en una ocasión más para alejarse de lo esencial, que es el amor de Dios.

La perspectiva de Juliana, que solo ve el pecado a la luz de la escatología, una escatología inaugurada por la encarnación y la pasión de Cristo, es positiva. El pecado, sin perder su dimensión trágica, se reconsidera en la dinámica de una historia que es una historia de salvación. Así recoge un diálogo con su «buen Señor», Cristo, durante el cual Cristo le afirma que no hay comparación entre el daño del pecado y la gloriosa satisfacción que ofrece Cristo[16]. Cristo llega incluso a decirle que el pecado puede convertirse en un «motivo de gloria» porque es motivo de una transformación y de un conocimiento de la propia debilidad y, al mismo tiempo, del amor de Dios, tal como muestran los ejemplos de María Magdalena, Tomás y tantos otros, y que experimentaremos un gozo que superará al que habríamos tenido si Adán no hubiera caído. Juliana se sitúa en la problemática litúrgica de la *felix culpa* y del *etiam peccata* de san Agustín. Los elementos en común con este último son, además, numerosos en este tema[17].

---

[16] LT, 29.

[17] Cf AGUSTÍN DE HIPONA, *Manual de fe, esperanza y caridad (Enchiridion)* III, 11, en *Obras completas* IV, *o.c.*, 475: «Aun lo que llamamos mal en el mundo, bien ordenado y colocado en su lugar, hace resaltar más eminentemente el bien». Cf también *De la corrección y de la gracia* IX, 24: «A los que aman a Dios de este modo, todo contribuye para su mayor bien; absolutamente todas las cosas las endereza Dios a su provecho, de suerte que aun a los que se desvían y extralimitan les hace progresar en la virtud, porque se vuelven más humildes y experimentados. Aprenden que en el mismo camino de la vida justa deben alborozarse con gozo y temor, sin atribuirse presuntuosamente a sí mismos la seguridad con que caminan ni decirse en tiempo de la prosperidad: "Ya nunca caeremos"» (*Obras completas* VI, BAC, Madrid 1956, 167).

Observemos que tanto para Juliana como para san Agustín, la presencia del mal sigue siendo un misterio. Y esto lleva a Juliana a insistir en la diferencia entre las verdades reveladas y las realidades escondidas en este mundo y, entre estas últimas, en la presencia del mal y en la manera en que Dios hará que el mal se convierta en bien.

Manifestaciones de «la miseria y del mal de la caída de Adán»

En realidad, Juliana no distingue claramente la manifestación del pecado y la manifestación de la debilidad humana. Y tampoco distingue, más en concreto, entre las consecuencias del pecado y un posible castigo divino en lo que se refiere a los problemas actuales. Para ella, todo lo que es «contrario a nuestra bella naturaleza» describe la disimilitud: señala la presencia de esta miseria y de este mal. En sus manifestaciones, miseria y mal se presentan principalmente en el mundo bajo la forma de un «pesar» (a veces descrito como físico) y de una «ceguera espiritual». También los reconoce en esa fragilidad que nos hace vernos abatidos por sufrimientos físicos y morales, abatimiento debido a dos «tipos de enfermedades» que son «la indolencia o la pereza» y «la desesperación o el temor impregnado de duda». Juliana especifica que el pecado se le mostró globalmente y que solo retuvo estas dos «enfermedades».

El tema de la ceguera se repite a menudo y es bastante coherente con la percepción que tiene Juliana sobre las consecuencias de la caída en lo que respecta al conocimiento de Dios, pues el sentido espiritual de la vista está tradicionalmente vinculado al intelecto. De modo que, en este mundo, estamos tan ciegos e insensibilizados que somos incapaces de buscar a Dios por nosotros mismos si Él no se nos revela; estamos tan ciegos e insensibilizados que Dios nos parece ausente. Esta ceguera es la que engaña a nuestro juicio y nos da la impresión de haber sido abandonados por Dios. Es esta ceguera la que hace que razonemos de forma «baja» y «simplista», lo que provoca que nos sea inaccesible conocer la sabiduría, el poder y la bondad de Dios, y nos incita a volvernos equivocadamente hacia nosotros mismos, a un temor paralizante por falta de confianza en Él. Nuestra ceguera implica ignorancia y malinterpretación de los caminos de Dios. Aunque esta ceguera parece ser una consecuencia de la caída, tal como figura en el caso de Adán, está también presente como la causa de nuestras caídas. Porque caemos a causa de nuestra ingenuidad y de nuestra ignorancia, de nuestra debilidad y de nuestra insensatez. Además, estamos ciegos ante todo consuelo, en particular el que brota de la contemplación del «bendito rostro de Dios», fuente de toda paz.

Además de la ceguera que afecta a la razón y al entendimiento, que suele asociarse, como hemos visto ya, al peso y a la debilidad de la carne, Juliana habla de debilitamiento de nuestra voluntad y de nuestro olvido de Dios. De manera que todas las potencias del alma, las exteriores por supuesto, se ven afectadas. La capacidad para conocer, al igual que la capacidad de amar, aparece en espera de una salvación que es reforma, restablecimiento al estado querido por Dios desde toda la eternidad.

Hay algunos puntos relacionados con la temática del pecado que son particularmente interesantes porque contribuyen a confirmar la identidad de los posibles destinatarios de las *Revelaciones*. Porque Juliana habla del lacerante látigo que representa para las «almas que aman a Dios» el pecado, cuyos tormentos son más dolorosos que el infierno o el purgatorio. Además, fustiga en varias ocasiones la tristeza excesiva en la que pueden sumirse quienes han tomado conciencia de su pecado. Una tristeza y una desesperación que conducen a un estado de desolación o a una aversión a las cosas de Dios. Esto recuerda a las descripciones de la acedía en los escritos monásticos antiguos, entre los Padres del desierto o en Evagrio Póntico.

El Enemigo

Está presente en el relato de Juliana. Habla de él en la primera y última de las locuciones recibidas en la versión breve. Interviene en la experiencia de Juliana bajo una imaginería tradicional.

El Enemigo aparece como el tentador, cuyos ataques consisten en alejar al creyente de Dios haciéndole «desesperar de la misericordia de Dios», como dice san Benito en su *Regla*. Es él quien inspira los tres tipos de malos temores que desvían al alma de la contemplación. Desviar al hombre de Dios para hacer que se pliegue sobre sí mismo es, finalmente, su «obra» vencedora. Pero, en este mundo, su acción corresponde a la prueba por medio de la cual el creyente es purificado y vive la experiencia de que, sin la gracia de Dios, no puede nada. Por último, y al contrario que otros autores espirituales, Juliana no habla de una posible conversión y redención del demonio.

LA CUESTIÓN DE LOS FINES ÚLTIMOS

La cuestión de los fines últimos ocupa un lugar importante en la teología medieval, algo que queda de manifiesto en la obra de Juliana. Los fines últimos se sitúan en una dinámica de realización y no de ruptura con la realidad de este mundo. Juliana se coloca en la esfera de la reflexión profética más que en la apocalíptica, e insiste en la radical novedad del más allá.

TODO IRÁ BIEN

La afirmación, mencionada varias veces, que ha hecho popular a Juliana es la de: todo irá bien o todo saldrá bien. Lo que, desde el punto de vista teológico, da credibilidad a estas palabras es, en primer lugar, la obra de la creación: «Pues al igual que la santísima Trinidad ha creado todas las cosas de la nada, así hará buenas todas las cosas que no lo son»[18]. La obra redentora respalda también esta declaración. Si Dios ha actuado, actuará.

El hecho de que estos actos elevados de Dios sean inconcebibles para la mente humana nos permite vislumbrar una obra aún más maravillosa al final de los tiempos, sin olvidar la experiencia actual de la gracia en nuestra propia vida, que trabaja incesantemente para llevar a cada uno a su realización. El *cómo* sigue siendo un misterio. Para Juliana es la ocasión de marcar la línea de división entre lo revelado y lo no revelado. El *eschaton* sigue siendo una realidad oculta:

---

[18] LT, 32.

«Hay una obra que la santísima Trinidad realizará el último día (...). Qué será y cómo será realizada es algo que ninguna criatura inferior a Cristo sabe, y que no sabrá antes de que se realice. La bondad y el amor de nuestro Señor Dios quieren que sepamos que esto sucederá, pero, por ese mismo amor, su poder y su sabiduría quieren velarnos y ocultarnos qué será y cómo se hará»[19].

Juliana no se pierde en especulaciones, alimentadas por imágenes populares muy difundidas en su época, cuando habla del más allá. Además, no ha visto ni el purgatorio (un término relativamente reciente[20]) ni el infierno, que ocupaban un lugar importante en el imaginario medieval.

LA UNIVERSALIDAD DE LA SALVACIÓN

En 1Timoteo 2,4 se afirma que Dios «quiere que todos los hombres se salven». Juan 12,47 pone en labios de Cristo una afirmación similar: «No he venido a condenar al mundo, sino a salvarlo». Sin embargo, muchos pasajes bíblicos hablan de un juicio que puede desembocar en el «castigo eterno» (Mt 25,46). Una forma de decir que la salvación no se hace contra la libertad humana, sino que la respeta. No obstante, ¿podría pensarse que la libertad creada puede ser un obstáculo determinante para el proyecto de Dios? Son muchos los interrogantes que recorren toda soteriología.

---

[19] *Ib.*
[20] Cf J. LE GOFF, *El nacimiento del purgatorio,* Taurus, Madrid 1989.

La soteriología de Juliana no puede hablar del debate sobre la apocatástasis que sostenía Orígenes. Clemente de Alejandría, antes que él, contemplaba el castigo de los pecadores en forma de una terapia temporal que no implicaba la eternidad[21]. En el artículo que Brian E. Daley consagra a este tema en el *Diccionario crítico de teología* destaca, en un enfoque matizado de Orígenes, que el concepto de la apocatástasis le lleva a formular, al menos como posibilidad, la doctrina de la salvación universal que habitualmente se asocia a su nombre; dado que, en su opinión, «el fin siempre se parece al comienzo» en la historia querida por Dios, y la misericordia divina y la libertad humana son indestructibles, es lógico pensar que todas las criaturas dotadas de razón acabarán por llegar un día a una unión permanente con Dios, bajo su guía pero por su propia voluntad[22].

Según Orígenes, el propio Satanás podría salvarse, tal como se desprende de su *Comentario al evangelio de san Juan* (XXII, 3, 29). Algo que Juliana no contempla, aunque sí contempla el surgimiento último de la «voluntad buena» en cada uno. Sobre este tema se desmarca de los movimientos sectarios que tienden a excluir, dado que ella más bien incluye.

Conviene precisar que, para la autora de las *Revelaciones,* la salvación tiene una dimensión cósmica, tal como se desprende, entre otros, del capítulo 32[23] de la versión larga, donde Juliana

---

[21] Cf B. E. DALEY, *Apocatastase,* en *Dictionnaire critique de théologie, o.c.,* 88-89. Las citas de Clemente de Alejandría son las siguientes: *Stromata* IV, 24, 154, 1; VI, 12, 99, 2; VII, 6, 102. Cf CLEMENTE DE ALEJANDRÍA, *Stromata VI-VII,* Ciudad Nueva, Madrid 2005.

[22] *De Principiis* I, 6, 2s.

[23] Cf también LT, 18, donde Juliana afirma que mientras Cristo desfallece sobre la cruz, el cosmos desfallece también, junto con todo el género humano.

explica las dos fórmulas recibidas: «Todas las cosas acabarán bien» y «todo irá bien». Nada ni nadie será olvidado.

Para apreciar la especificidad de esta declaración de la autora de las *Revelaciones*, es importante recordar que dos concilios del siglo XIII –el concilio de Letrán (1215) y el concilio de Lyon (1274)– afirmaban ambos que un castigo eterno esperaba a quienes hubieran cometido el mal en este mundo y no se hubieran arrepentido. En Juliana, la gracia prevalece claramente sobre el mal[24]. Y esta salvación es liberación del pecado y del peligro de muerte en el que coloca a los humanos, así como regreso a la Trinidad.

Naturaleza de los fines últimos

Antes se imponen tres observaciones. La primera hace referencia al estado de bienaventuranza. Juliana habla de la inmortalidad del alma, pero no precisa nada en cuanto al cuerpo. La segunda hace referencia a la visión beatífica que se produce, según ella, tras el juicio individual. Sabemos que sobre esta cuestión la Iglesia de Occidente tenía dos posturas diferentes: Juan XXII pensaba que la visión beatífica solo tenía lugar después de la resurrección final, pero su sucesor, Benedicto XII, no pensaba lo mismo. En su constitución *Benedictus*, del 29 de enero de 1336, afirmaba que la visión beatífica comenzaba tras el juicio individual[25]. Por último, aunque no desarrolla una teología de la retribución propiamente dicha, Juliana permanece

---

[24] LT, 27, 51 y 9.

[25] Cf V. Lossky, *Vision de Dieu*, Delachaux et Niestlé, Neuchâtel-París 1962, 30.

en este planteamiento global, utilizando en varias ocasiones términos procedentes del campo semántico de la recompensa.

La autora de las *Revelaciones* considera que la vida en el más allá es una realización de la vida terrenal, como el florecimiento de las potencias de la criatura en cuestión de unión con Dios, de paz consigo mismo y de comunión con los demás[26]. De ahí la experiencia de una plenitud, de una dicha, cuyas primicias son ya accesibles en esta vida. Asimismo, la visión beatífica, expresión que no encontramos en Juliana, está en profunda continuidad con la contemplación. Juliana se ajusta, aunque no lo cite, a 1Corintios 13,12, donde san Pablo dice: «Ahora vemos como por medio de un espejo, confusamente; entonces veremos cara a cara». Como pone de manifiesto muy acertadamente Kerrie Hide, el cielo no es ajeno a nuestra experiencia actual[27]. Y sin embargo, ¿contempla Juliana la visión de la esencia misma de Dios tal como lo hacen Tomás de Aquino y los teólogos occidentales de su época? Es difícil afirmarlo con seguridad. Lo que sí es seguro es que en ella predomina la dimensión personal y relacional.

¿Con qué quedarnos?

Juliana pasa, por tanto, del simple relato de una experiencia personal a ese «modelo» humano del que habla Arón Gurévich. Modelo que ella ve en su naturaleza y en su devenir, en su sencillez y en su complejidad. El conocimiento de este modelo abre

[26] Cf LT, 14.

[27] K. Hide, *Gifted Origins to Graced Fulfillment. The Soteriology of Julian of Norwich*, The Liturgical Press, Collegeville 2001, 193.

a un conocimiento más personal de uno mismo, con sus propias armonías. Se trata de conocerse como pecador, pero también, y sobre todo, como criatura hecha a imagen de Dios, gracias a la luz del amor y a la misericordia prodigada por Dios[28]. El conocimiento de uno mismo es un don de su clemencia. Porque al hacernos ver lo que nos falta, Dios suscita, al mismo tiempo, la compunción y el deseo de salvación[29], sabiendo que, para Juliana, la salvación es en primer lugar una persona, Cristo, y no un dato teológico. Un programa que cada cual puede hacer suyo a la luz, igualmente, de los descubrimientos contemporáneos: piscología profunda, neurociencia, etc.

---

[28] LT, 52.
[29] LT, 49.

A MODO DE CONCLUSIÓN: «SEÑOR, HAS LLEVADO MI CORAZÓN HASTA EL MAR»

Juliana se presenta como una mujer cuyo corazón ha sido llevado a alta mar por el Señor, presente y operante en ella. Porque ni la estrechez de su reclusorio ni su condición de mujer en una Iglesia extremadamente clerical y en una sociedad dominada por los hombres, ni el estado del mundo en que vivió consiguieron quebrantar su deseo de vivir plenamente en Dios, su alegría y su dinamismo espiritual. Supo «aprovechar el tiempo» (cf Ef 5,16) y recorrer los caminos que se abrían ante ella, entre otras formas, consignando por escrito su testimonio para quienes buscaban a Dios en su época.

Permaneció plenamente encarnada, sin un falso proceso de sublimación, en un sorprendente realismo espiritual y humano que hacía accesible su mensaje de esperanza y su invitación a la alegría. Una locución recibida de Cristo le condujo a abrazar sin evasivas las paradojas de la existencia cristiana: «[Nuestro Señor Jesucristo] no dijo: "No conocerás tempestades", sino: "No serás vencida"»[1].

[1] ST, XXII.

Y lo cierto es que Juliana no fue vencida. En este sentido habla del «vencedor», al que se menciona al final de cada una de las cartas a las Iglesias en el libro del Apocalipsis, a quien se le promete la corona, un nombre nuevo, una ganancia inesperada (Ap 2-3)... Y así fue, porque se trataba de dejarse habitar por Dios, de trabajar por el Espíritu, que «dulcifica», adapta la criatura al Creador, ordena al amor, «unifica», no de cumplir procesos ascéticos o de hacer obras por Dios según sus propias ideas.

Juliana tiene una concepción muy paulina de la respuesta que corresponde a los humanos dar al amor de su Dios. La fe-confianza es la única actitud que deja el campo libre. Una fe que se expresa en el abandono a la voluntad divina, que ella sabe que es una voluntad de salvación, una voluntad de vida. ¿No «escuchó» decir a Cristo que las dos únicas cosas que Dios pedía a sus amigos era que orasen solo para que se cumpliese su voluntad y para obtener lo que se derivaba de su voluntad? Una oración muy simplificada que no preserva en absoluto de las sequías y de la aridez, sino que abre a la gracia del descanso en el Señor.

De ahí la libertad de Juliana, una libertad que no se vale de palabras, porque se toma el tiempo de discernir, de confrontar lo que siente con la tradición viva de la Iglesia, de fundamentar en la razón lo que le ocurre, sabiendo inclinarse más allá de esta misma razón. De ahí su arte consumado de hacer dialogar a los contrarios que suelen desgarrar nuestra vida. Y no porque haya encontrado una solución incontenible o porque haya hecho callar a uno de los contrarios, sino porque ha consentido avanzar con cuestiones abiertas, con tensiones fructíferas en una dinámica de vigilancia y de benevolencia. Juliana está, pues, tan lejos del dogmatismo rígido como del gran «lo que sea» transmitido a los cuatro vientos por doctrinas, por modas, por sentimientos subjetivos. Y en ella, este equilibrio tiene algo que seduce y cuestiona la práctica personal de cada uno.

Juliana no contrapone oración con teología y no se siente obligada a tener que escoger entre una u otra, pues es consciente de que no podemos amar sin conocer ni conocer verdaderamente sin amar. Esto es mucho más notable si tenemos en cuenta que vivió en una época en la que surgió una dicotomía entre la espiritualidad y la teología, entre el intelecto y el «corazón», que perdura todavía hoy, pero que no existía en los tiempos de los padres de la Iglesia. Así, su testimonio no cae ni en el escollo de un afecto pobre en pensamiento, ni en un escrito teológico seco y sin consistencia humana o espiritual. Juliana también nos enseña que, sin mezclar géneros ni disciplinas, toda experiencia espiritual requiere una elaboración, una comprensión renovada de Dios que hay que precisar tanto como sea posible.

Juliana no renuncia a una aventura espiritual personal ni al compromiso con la Iglesia institucional, ni a las intuiciones proféticas ni al deseo de ser fiel a las enseñanzas de la Tradición. Es evidente que interiorizó la Escritura, que escuchaba durante las celebraciones litúrgicas o que se permitía leer personalmente aun sin tener un curso universitario. No dudó en interpretarla no literalmente, sino según el Espíritu, como Palabra viva dirigida a ella en el hoy de su existencia. Sus *Revelaciones* se nutren más en particular del pensamiento joánico y del pensamiento paulino. Impregnada de la teología de san Agustín, está claramente abierta a las corrientes contemporáneas que representaban en su época los escritos procedentes del mundo cisterciense, franciscano y renano.

Su alegría y su esperanza están siempre lastradas por un combate espiritual y por una experiencia del sufrimiento, tanto personal como colectivo. El lento germinar y la paciencia relacionados con el padecimiento de Cristo en la Cruz no le son desconocidos. Un sufrimiento atravesado por la alegría de su Señor con esa humanidad que, coronada de espinas por su pecado, se convierte en corona de gloria cada vez que se acoge su amor y su salvación.

En definitiva, Juliana no deja indiferente al lector. El amor, en sus excesos, que ella supo modular y ajustar con el tiempo no puede sino suscitar nuestro deseo de responder también nosotros a la sobreabundancia del amor divino.

ÍNDICE

SCOUSE GOTHIC

The Pool of Life... and Death

Ian McKinney

YOUCAXTON PUBLICATIONS

OXFORD & SHREWSBURY

ISBN 978-1-909644-35-9
Printed and bound in Great Britain.
Published by Ian Hutchings 2015
YouCaxton Publications

Second edition 2017
First Edition 2015

Contents

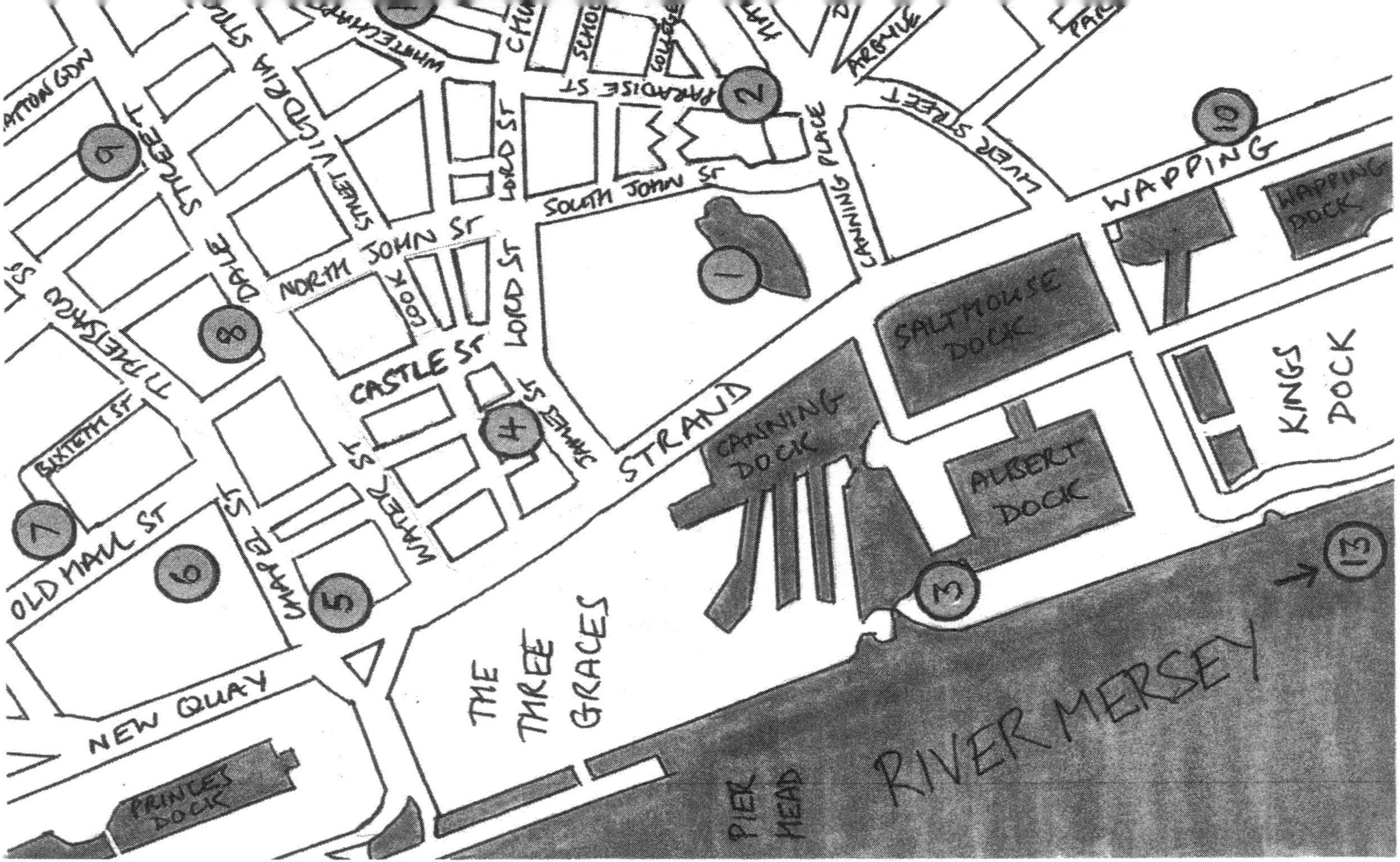
RIVER MERSEY
PIER HEAD
THE THREE GRACES
NEW QUAY
PRINCES DOCK
STRAND
CANNING DOCK
ALBERT DOCK
SALTHOUSE DOCK
KINGS DOCK
WAPPING DOCK
WAPPING
LIVER STREET
CANNING PLACE
SOUTH JOHN ST
PARADISE ST
LORD ST
NORTH JOHN ST
COOK
CASTLE ST
JAMES ST
WATER ST
CHAPEL ST
OLD HALL ST
SIXTETH ST
TITHEBARN ST
DALE STREET
VICTORIA STREET
WHITECHAPEL
ARGYLE
SCHOOL
COLLEGE
1
2
3
4
5
6
7
8
9
10
13

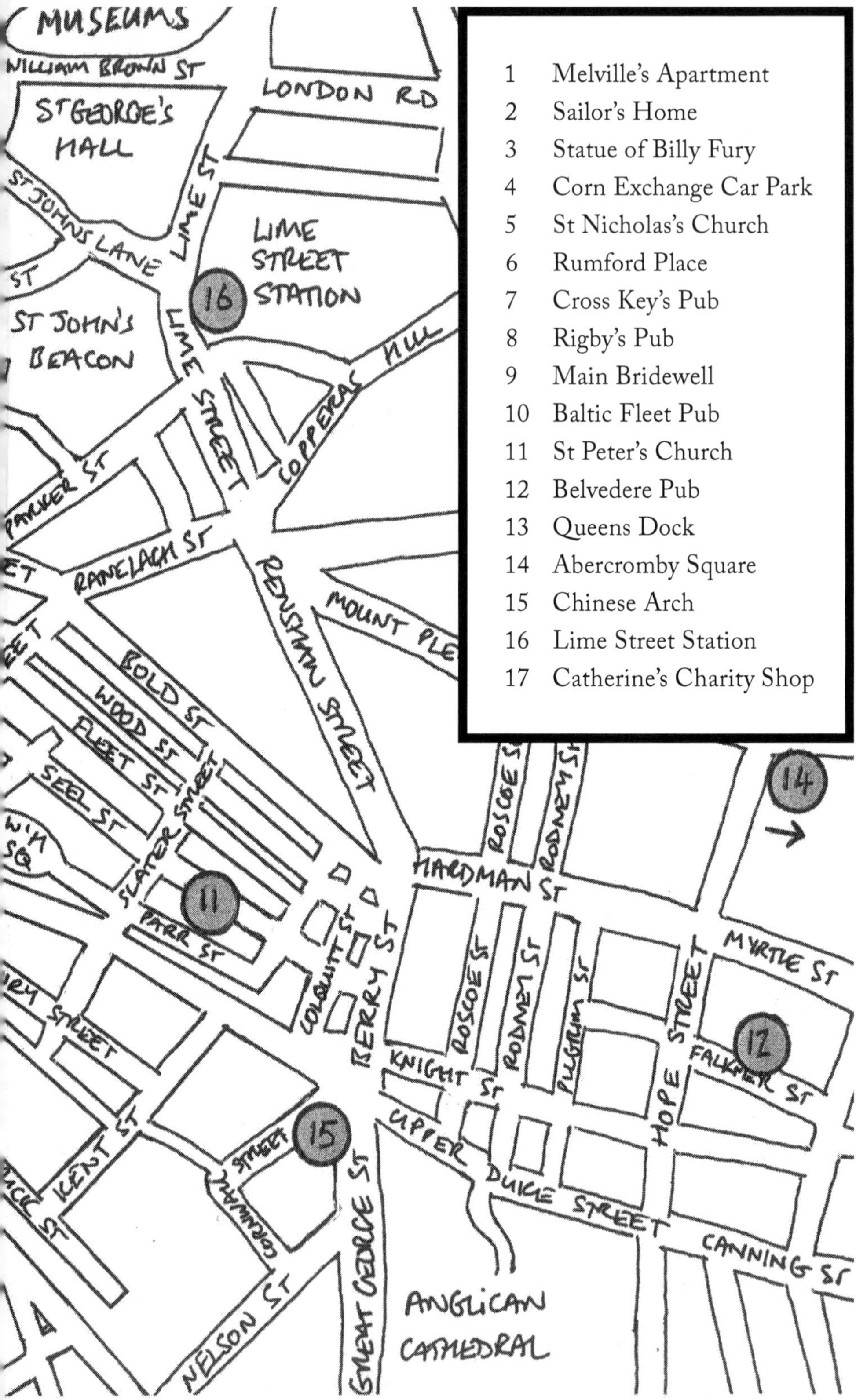

1 Melville's Apartment
2 Sailor's Home
3 Statue of Billy Fury
4 Corn Exchange Car Park
5 St Nicholas's Church
6 Rumford Place
7 Cross Key's Pub
8 Rigby's Pub
9 Main Bridewell
10 Baltic Fleet Pub
11 St Peter's Church
12 Belvedere Pub
13 Queens Dock
14 Abercromby Square
15 Chinese Arch
16 Lime Street Station
17 Catherine's Charity Shop

– 1 –

Chavasse Park

BEEP-BEEP... BEEP-BEEP... BEEP-BEEP... BEEP-BEEP... BEEP-BEEP!

Melville could hear the noise but still couldn't decide what was making it. Gradually his head began to clear and, as consciousness returned... BEEP-BEEP... reached out from under the duvet and switched off his alarm clock.

He lay there trying to remember what happened last night. All he knew was that he felt dreadful, not your everyday dreadful but mind-numbingly, paralysing awful and consumed with self-disgust. Well, he thought, you never get your usual hangover when you 'fall off the wagon'. He should have remembered that by now because this had happened many times before.

Where did he go last night? Brief glimpses of memory kept taunting him. What was her name? Suddenly he panicked and slid an inquisitive hand under the duvet—but found only an empty space. He breathed a sigh of relief, he didn't bring them back anymore because it only made things more complicated afterwards. Where had he left her? He couldn't remember but it didn't matter because he wouldn't be seeing her again.

He tried to move and the pounding in his head started again. Very gradually, he turned over on his back and threw off the duvet. The late afternoon sunlight was streaming

in through the venetian blinds, he'd forgotten to close the heavy 'black-out' curtains last night. Screwing up his eyes, he fumbled on the bedside table for his sunglasses then swung his legs out of the bed and sat patiently on the edge, waiting until his head caught up with his body and the pounding behind his eyes eased. He steadied himself with his right hand, but it touched a damp patch and he looked down and saw blood on his pillow. Melville surveyed the room where a trail of his clothes spread diagonally from the door to his bed—he was wearing only a shirt with a sock on his left foot. Removing his shirt, he balled it up to throw into the laundry basket in the corner but then he found blood on the collar, held it up to his nose and smelled her perfume and sweat. 'Shannon!' That was her name, although it didn't really matter because he thought of them all as 'Emmas'. He threw the shirt half-heartedly into the basket followed by the lone sock which missed and fell on the floor. He'd pick it up later, when he felt better.

Melville stumbled to the bathroom. Supporting himself with both hands on the washbasin, he stared at his reflection and was surprised to see that he looked worse than he felt. And as he felt like death it was quite an achievement. He had dark circles under his eyes and his skin looked pale and bloodless next to his black hair. He was unshaven and a large scratch marked his right cheek. He examined the scratches on his neck. Why did he always end up with the wild ones? That probably went back to Isabella, he thought. Once she'd got her claws into you there was no going back. He wondered where she was now but then disregarded the thought. No point trying to find her after all this time and why would he want to anyway after what she'd done to him.

Suddenly he felt nauseous. He leaned over and spat a large blood clot into the basin, turned on the tap and rinsed it away. He decided not to shave because the scratch would be less obvious that way. He'd try the 'designer stubble' look for a change.

Twenty minutes later he had showered and was sitting at his kitchen table wrapped in a thick white dressing gown and he was still wearing his sunglasses. He'd taken two painkillers, drunk two pints of water and was listening to the coffee machine come to the boil. It seemed particularly loud today. He tried to read yesterday's paper which he had just retrieved from the bin but found it difficult to focus let alone to concentrate on the stories. At least it stopped him feeling sick.

The headline on the back page proclaimed, 'Two hundred not out!'

Because he was still having difficulty focusing, he couldn't decide what the 'two hundred' referred to—was it pounds, weeks, years or lovers? Perhaps subconsciously he was thinking about himself again. His eyes eventually came into focus and he realised it was runs being referred to in some cricket match or other. Even though he'd lived in England off and on for many years he still didn't understand the game. He turned the page, looking for something else to take his mind off his headache then he gave up and poured himself a coffee.

His mind wandered back to his previous thoughts. His wallet was on the table next to his car keys, and a quick examination of its contents revealed what he'd suspected: that he would need to go to the bank-machine if he wanted to go out tonight. Sipping his coffee, Melville tried to remember more of the previous evening, but his memory

only returned in tantalising glimpses. It was always like this when he relapsed and went back to his old ways.

He felt bloated, as though he had eaten too much—although 'drank too much' was nearer the truth—but at least his headache seemed to be easing. In fact, he was beginning to feel better than he had for many years, in fact since the last time he'd weakened. He removed his sunglasses. The pale winter sun had begun to set and it no longer hurt his eyes.

How many 'Emmas' had there been over all the years? A hundred? Two hundred? Probably a lot more. He'd always wanted to settle down and have a family, but that was never ever going to happen once he'd met Isabella. Nothing was ever the same after that.

He supposed that now he'd relapsed he would go on as before and hunt for further 'Emmas'—like a lion hunting gazelles, only real gazelles didn't want the attention of the lions that hunted them whereas his 'Emmas' certainly seemed to want his.

Over the years Melville had learned how to identify them. He could spot them easily in any bar or club. They would be on the fringes of a group and looking bored; perhaps they didn't know the others too well, or they were the friend of a friend at someone else's birthday party; sometimes they were sober while their friends were drunk. They were the ones looking round and hoping for an excuse to leave. And he could provide that excuse; he could be charming, a good listener and interesting. They were always impressed by the number of places he'd visited. Gradually he would separate them from the group in the way a lion divides its prey from the herd.

Then he would whisk them away.

Briefly, he wondered if that was how Isabella had seen him all those years ago in Brussels. Had she seen him as prey? He'd thought of himself a man of the world and she'd seemed so mysterious, but he'd been naïve. She'd seemed to promise so much and, indeed, he'd got much more than he'd bargained for. There must be 'Emmas' out there who would say the same of him—and no doubt there would be more now that he'd broken his vow.

Melville supposed he must have an addictive personality, having been addicted to many things in his life: alcohol, cigarettes, coffee, sex, plus a few others he would prefer to keep to himself. The thing that he'd found with all of them was that, if you tried to remove them completely from your life, then eventually there was a backlash, usually to excess. This was then followed by the familiar self-loathing, triggered by a sense of weakness for having given in to his desires once again.

That was how he felt now. He had tried for so long not to go back to his old ways, but he always weakened in the end. In fact, considering the situation, he was surprised how much better he felt; his hangover had almost gone and his eyes no longer hurt. It was as though he had scratched an invisible itch, one that he'd been trying to avoid for a long time and, as a result, he felt his disgust at his actions begin to ease. Perhaps he should stop feeling guilty and accept himself for what he was? You can't make a lion into a vegetarian without repercussions so why should he fight his instincts? He should embrace them again and forget all this guilt.

It was going dark, the sun had dipped down behind the other buildings, at this time of year the days were short. He'd set his alarm for mid-afternoon, because when he'd

left yesterday he knew he wouldn't be returning until the early hours. He always felt more comfortable at night and, since he was beginning to feel better, he decided to go out again tonight. He finished his mug of coffee but decided not to eat since he still felt uncomfortably full. He went back to the bathroom and looked in the mirror and was surprised how much better he now appeared. The dark circles under his eyes had gone and he had much more colour in his cheeks. Obviously his new regime agreed with him, even the scratch on his face seemed much less prominent. So much so that he decided to shave after all. He began looking forward to the night ahead.

Within the hour he had shaved, dressed and visited the bank-machine in South John Street. Before returning to the flat he took a detour to buy cigarettes and a lighter. Because he'd weakened with one addiction and felt invigorated as a result, then he reasoned that he might as well take up all the others again since they couldn't do him any harm and might even rejuvenate him further.

The street lights had just come on when he stepped into a shop doorway to shelter from the wind and light his cigarette. He'd just taken his first drag and was turning his head to check his watch by the light from the shop window, when he caught sight of the window display. The mannequin was dressed in a Hussar-style jacket rather like that worn by the cavalry at Waterloo but more recently worn by Jimi Hendrix in the 60's, and which Hendrix always seemed to be wearing in photographs of the time.

Melville smiled, nothing was ever new, the same old ideas were recycled over and over again; he'd worn something similar the first time he met Isabella. Such a long time

ago, he'd been young but now he felt old and jaded. Books had been written about people like him, he thought. They romanticised the sex and violence but failed to appreciate the overwhelming *boredom* of being a vampire.

Melville decided to take the long way back to his apartment block, he needed time to think. He walked down Hanover Street, through the bus Station and across the Strand into Albert Dock. It was much darker now and drizzling slightly and, as the shops closed and switched off their lights, the dock took on the appearance of a bygone age. The tourist coaches had left for the day and the end of the dock where he was walking was deserted. He rounded the far end and the wind from the sea caught him by surprise and his feet slipped on the wet cobbles. Melville pulled his coat tightly together and walked into the wind and remembered a time many years ago when he'd waited nearby for a boat to take him to another life. Sheltering from the wind behind the capstan room which had once controlled the dock gates, he lit another cigarette. It tasted strange after so long without, but with each drag the taste became more familiar and memories of the past came flooding back. If he closed his eyes, he could almost hear the sheets flapping in the rigging and the dockers swearing, smell the coal braziers and taste the hot sweet tea. When he opened his eyes once more, he found himself confronted by a small man in a high visibility jacket with a walkie-talkie.

'Sorry pal, but you'll have to move. We've gorra fix the lights down here, there's no lecky this end, and we don't want you falling in the dock.'

Meville took a last drag on his cigarette and flicked it into the Mersey.

So many lives, so many friends and lovers.

All dead.

He walked back towards his apartment, the wind behind him. It was supposed to be exciting being a vampire. He should have a cloak and pointed teeth and be able to turn into a bat, but the reality was so much more mundane: he couldn't fly or change into anything and had no superhuman powers, except much greater strength than someone of his age and build would normally be expected to have, plus, of course, an insatiable craving for fresh human blood and also, of course, he was immortal—but whether that was a good or a bad thing depended very much on his frame of mind at any particular time. If someone had asked him last week he would probably have said it was a curse, but after last night he suddenly felt much more positive.

He supposed that was to be expected because the blood always rejuvenated him. It was as though he'd been infected by something that had changed his cells. Perhaps some sort of virus? He didn't understand the science behind it and frankly didn't care. There was no way he was going to own up to being a vampire and end up in some research lab, with tubes in every orifice.

His new cells gave him strength and immortality but they drained the energy from his body, as if a cancer was sucking the life from him. It didn't matter how much he ate or drank it was never enough. His condition would never actually kill him but it felt like he was being eaten from the inside. And all the time he could feel this thing devouring him, he was tormented by the lust for blood.

This last period of abstinence, he'd managed to last out for two years. He'd lasted five once, many, many years ago,

but each time he always gave in to the craving in the end. He'd tried to suppress the urges with various things in the past—drugs, alcohol, even love—but none of them worked, especially not love.

When he was abstaining he felt listless, depressed and tired all the time, as though the whole world was a soft focus, black and white film, but once he'd had fresh blood, everything was suddenly high-definition 3D with surround sound. And that was how he felt tonight, as if he'd just woken from a coma into a bright new Technicolor world.

He crossed the Strand with a spring in his step and he could feel the melancholy slipping away. The faces of the dead faded from his memory. He waved his key fob across the sensor and the door opened automatically. He stepped into the lobby and shook the rain from his coat and ran a hand through his wet hair. Passing Phil the concierge with only a mumbled acknowledgement, he took the lift to the thirteenth floor.

His apartment had two bedrooms and a large open-plan kitchen and living room. The smaller of the bedrooms he had converted into a study—he had no intention of entertaining any guests, alive or dead. All of the rooms had large panoramic windows that looked out over the city. He hung his coat on the back of a chair to dry and, pulling up the venetian blind, looked out over the city at night. On the sky line ahead of him rose the two cathedrals and, on the extreme left, he could make out St George's Hall, and Lime Street Station. On the right, he could look down the Strand towards Queen's Dock in the distance.

Pouring himself a whisky, he looked down onto Chavasse Park below. People were hurrying home through the drizzle,

small black figures picked out by the flood lights of the shopping centre. Why had he worried so much about their insignificant little lives? Surely nobody would miss one or two of them? The whisky warmed him and, what with the fresh blood coursing through his body, he felt revitalised. A smile played across his lips as he watched a young woman pick her way between the puddles. He imagined himself as a vampire from fiction, able to swoop down from his roof-top eyrie and pluck his victim from the pavements below.

§

He'd only been in Liverpool for a few weeks but he knew the city well—or, it would be more accurate to say, he'd *known* the city well, several times before. Much of the city he'd known previously still remained, even after the bombing of the 1940's and the redevelopment of the 60's. Melville was constantly surprised by chance encounters with old haunts from the past, even when radically changed in form or function, but sometimes he was even more affected by those that seemed unchanged by the centuries, so much so that he half expected old friends or lovers to suddenly appear and call to him.

Yesterday he'd been walking on the hill near the Anglican cathedral in what they now called the 'Georgian Quarter.' He'd been surprised by how many of the grand Georgian terraces and squares had survived the blitz and, as he walked, he'd remembered happier times. Almost by accident, or perhaps by some subconscious homing instinct, he'd found himself in Falkner Street. The houses were almost

unchanged and if it hadn't been for the parking machine and large 4x4's he could easily have imagined himself once again in 1914.

He'd turned and walked up the road, his mouth dry and his heart thumping in his chest. Turning into Bedford Street, at first he'd felt relieved because he'd been able to see only more new houses and thought that the house he'd been looking for had gone too. Then he'd noticed that two old houses remained further down. With growing dread he'd reluctantly crossed the road and looked at the faded façades. The one on the left had boarded up windows and an estate agent's board on the outside. The black front door had peeling paint, and the white stick-on numbers read '128'.

Melville had been feeling weak, depressed and vulnerable due to his long abstinence and had only returned to the city after all these years because he'd thought it would all have changed and that he could make a fresh start.

He'd sat down on the pavement opposite the house and began to cry.

§

He was still sipping his whisky and looking down at the figure in the park below, but his mood had changed as he thought back to last night. What had he done after he'd left '128'? Ah, yes, gone to the 'Philharmonic' and got drunk. Alcohol didn't usually affect him much, but yesterday he'd still been weak and his defences had been down. It was coming back to him now, just snatches of memory not the whole picture. Suddenly he choked on his drink,

'Shit!' he said out loud, 'was I really that stupid?'

He put down his drink and walked down the short corridor to the second bedroom, he opened the door and peered inside.

'Yes... I was.' He closed the door and decided he probably needed a new carpet.

He remembered now. He'd picked her up in the pub and brought her back here, she—Shannon—was an American back-packer trying to trace her family tree. She'd just arrived in the city and was looking for somewhere cheap to stay. He'd told her that he had plenty of books about the history of Liverpool and persuaded her to come back to his apartment. He hadn't intended to kill her, just to show her his books and, hopefully, have an uncomplicated one-night stand to take his mind off things.

Unfortunately he'd left her in the study with his books while he went to get some drinks, and when he came back she was reading his diaries. He'd seen the look on her face and realised, reluctantly, that she had to die.

And afterwards—what a shame to waste all that young blood.

And now he had two—or was it three?—problems. He'd broken his fast, he had a body in his study and—he still felt a little groggy. And, oh yes, the carpet, he needed to sort that out before his cleaner came on Tuesday.

But then he remembered that Michelle wasn't coming this week because she had an appointment to view a care home for her mother, whose Alzheimer's disease was becoming increasingly severe. Apparently things at home were more and more difficult for Michelle as her mother had taken to accosting strangers in the street and claiming they were long-lost relatives. Perhaps immortality wasn't

such a curse after all, there being so many other forms of misery in the world.

What he needed to deal with immediately was the body. It would start smelling soon. The apartment was tastefully furnished but the kitchen designers had opted for elegant minimalism and had neglected to provide a freezer capable of holding a corpse.

Unfortunately the layout of the building made disposal difficult and risky. Security in the block was supplemented by CCTV cameras on every exit, and monitored by the concierge on the front desk. Melville couldn't carry her body down in the lift without being seen and recorded and he certainly couldn't take her past the reception desk. Which left only the rear entrance into Chavasse Park, either that or the multi-story resident's car park, but both these had CCTV too.

He sipped his whisky and smiled. Perhaps he should take the lift down to the recycling room on the second floor and put her in the 'Waste Food' wheelie bin and leave the council to sort it out. Wasn't that what he paid his council tax for?

He took the lift down to the first floor and crossed through the access corridor into the car park and, as he opened the door, the infra-red sensor switched on the lights. He could see his Range-Rover parked over the far side of the floor, too far to carry a body without the risk of some resident surprising him or the concierge seeing him on the monitor. He tried the rear door, but this opened onto the park and was next to the entrance of a busy Italian restaurant.

So he took the lift to the ground floor and strode out past the residents' post boxes and the reception desk. He

needed to think and he thought clearly when he walked. As he passed the desk he gave a cursory nod to Phil, then he hesitated and turned back. It wasn't Phil.

'Haven't seen you before, have I?' He leaned on the top of the partition and looked over the concierge's shoulder at the TV monitor.

'I'm Peter. I started tonight.' The new man was quite young, perhaps late-twenties, and seemed slightly flustered.

'Must be quite confusing at first with all these cameras?' Melville could see the monitor clearly; it was divided into twenty little images, one from each camera.

'Not really… it just looks complicated.' The new concierge spoke without much conviction. As though to prove he was in control of the situation, he touched the computer keyboard and suddenly everything went blank.

'Oh—doesn't usually do that!' The concierge tapped at the keyboard and the pictures suddenly reappeared.

'Sorry, didn't mean to disturb you. Hope you have a quiet night.' Melville smiled to himself and stepping into the cold night air thought that was unlikely.

Twenty minutes later he was back, a roll of gaffer tape in his pocket. The concierge didn't look up. He was too busy reading a large folder and muttering to himself. Taking the lift to his apartment, Melville set about preparing the body. He taped the wrists and ankles together and wrapped it in black bin bags to stop any more blood loss. He took his time to get it done properly; the next part would need to be done quickly.

He went down to his car. He needed to move it to an empty space nearer to the door but was worried that the concierge would see him do it, because it would look strange—all the bays were numbered and assigned to

individual apartments. To avoid this, he started his car, drove out of the car park and then in a loop around the Liver Building and back up the Strand, re-entering the car park to park next to the door. The new concierge would never realise he was in the wrong space. He carefully reversed in so that the rear hatch was closest to the entrance and the car body blocked the camera's view, thus stopping the infra-red sensor being triggered when the door opened. He waited until the lights clicked off left the car unlocked and managed to slip out of the car park without the lights coming back on.

Now he needed to wait until the time was right. He checked his watch; it was just after 10pm and he wouldn't be able to move the body until much later. He had a few hours to fill so, to keep himself occupied, he used the rear entrance and was soon outside in Chavasse Park. The restaurants and bars on the periphery were emptying out and he joined the revellers as they headed to the clubs in the Ropewalks.

Halfway up Seel Street, people were congregating in the road outside a white-washed building that featured a large mural of a woman smoking a cigar on its wall. It appeared to be a bar or some sort of restaurant. Whatever it was, it was busy and he could kill some time there. He smiled. What an appropriate choice of phrase.

Inside, it was more club than restaurant, a large bar stretched the entire length of the right hand side with a busy throng jostling to buy drinks; the other side was divided into small booths where groups sat eating and drinking. A split-level mezzanine floor above held the restaurant, the diners looking down on the bar below through a large opening in the centre. The walls were blood-red and stag skulls hung from them and the chandeliers.

At first he didn't recognise the place, but then he saw a large marble altar against the far wall with the inscription 'TU EST PETRUS' and he was suddenly transported back to another time. Last time he'd been here was for a mass, or was it a christening? And what year? 1861 or 2? Did it really matter? It was long enough ago for no one to be able to contradict him.

Melville found an empty space at the bar and eventually attracted the barman's attention. From his bar stool, he surveyed the room and sipped his whisky, his eyes scanning the tables. Mostly young and out for fun, he decided. He wasn't looking for another victim. He was satiated by his recent kill and he didn't need any other complications tonight.

He admired a group of young women at one of the tables. Typical Liverpool, he thought, immaculately turned out: big hair, make-up, nails, but a little too much flesh on display for his taste and plenty of 'bling'. They were slightly drunk and obviously up for a good time. He sipped his drink and remembered the last time he'd been here—and how it had changed for the better. Then one of the group looked up and caught his eye.

Everything froze, the room went into soft focus, he could no longer hear the music or people talking, only the two of them seemed to exist. She held his gaze with coal black eyes and then she smiled—but her eyes remained cold.

This could be difficult, he thought. There was a set etiquette regarding such encounters and although, it had been some time since he'd last had one, he didn't want a repeat of *that* experience. He took a deep breath, turned and drained his glass and was about leave the bar when he noticed that her seat was empty.

She appeared out of the crowd right next to him. She was smaller and prettier than he had first thought but she still had a cold look about her.

'You gonna buy me a drink, babe?' she asked.

Melville was taken aback by her strong Scouse accent, he mumbled something and tried ineffectually to call the barman. She pushed past him, climbed on the stool he'd just vacated, put two fingers in her mouth and whistled,

'Oy, deaf lugs! Two 'Liver birds—an' a cherry in mine, hun!'

The barman smiled and soon two cocktail glasses appeared.

Meville took his money clip from his pocket and handed over some notes. He left what change there was on the bar, he didn't like coins.

She picked up the change waving it at the barman.

'And a packet of pork scratchings, hun!'

It wasn't supposed to be like this. He was on her territory, he was supposed to apologise and beat a hasty retreat before things got nasty.

She opened the packet and started eating.

'Don't yer hate the ones with hairs on? She held one up. 'Makes me think of a builder's bum.'

'I'm sorry, I thought I was the only one of us in the city.'

'No worries babe,' she waved the scratching around, 'I'm not greedy, an' anyhows I haven't been here long meself.'

She held up her cocktail glass. 'Ahh, God love'm, he's gonna given me two cherries.' She waved at the barman, and blew him a kiss.

Her glass contained a clear liquid, a cocktail stick and two maraschino cherries; his contained the liquid and a single green olive. He sniffed it.

'Get it down your neck babe, it'll put hairs on your chest. Just hope it don't put any on mine.'

He sipped cautiously.

'It's a martini, why's it called a Liver bird?' he asked.

'Coz, you're in Liverpool now, babe, everything's gorra different name here—an' coz it's got 'Liverpool Gin' in it.'

He sipped and smiled. The drink was good and he was beginning to relax. She sipped her drink and ate the scratchings and he studied her. She was small, probably only a bit over five foot, with a good figure. Her hair was full and brunette and her skin lightly tanned. She was much younger than he'd first thought. Her clothes were expensive. She looked rich and sophisticated—that was until she opened her mouth.

'When were you 'made'?' he asked. It was always a difficult question, you never knew how people would react.

'Bout, fifty years ago, give or take a year or two—an' you?'

'Two hundred, give or take a decade or two.'

'That's a lorra time, babe.'

'Long enough.' He shrugged and thought, 'I've met people who were at Agincourt.'

She finished the scratchings while he toyed with his olive. Rubbing her hands together to remove the crumbs, she sat back on the stool.

'Well, babe, are you just window shopping tonight or looking for a take-away?'

He was about to answer when she raised a perfectly plucked eyebrow.

'Perhaps we could share something?' she added.

'What do you suggest?'

'How about the ginger hunk over there?' She nodded to indicate.

'I only do women.'

'Ooow, haven't you been reading too much Bram Stoker?' she teased. 'It's the Twenty First Century now, babe. Why not let your hair down and live a little? Look at him, he's built like a brick shithouse. He's big enough for two with enough left over for sarnies in the mornin'.'

'No thanks, he's probably full of steroids, I prefer my meat organic.'

'OK, then how about the hippy chick staring out the window. She's probably vegan and a virgin. I bet you wouldn't turn your nose up at that?'

She was right, 'hippy chick' was perfect 'Emma' material, on the periphery of a large group and looking ill at ease and bored. He was tempted, he really was, but he still had to deal with the recycling tonight.

'I don't even know your name,' he said.

'Sheryl.'

'Sorry, Sheryl, I've got to be going. Perhaps we can share an 'Emma' some time.'

'An Emma?'

'Sorry, It's what I call my...'

'Hot dates? That's what I call mine—'hot dates'. Funny tho', my hot dates always end up cold.'

He chuckled. She popped the cocktail stick in her mouth and pulled off one of the cherries and ate it. Then she turned to him and held up the stick with the remaining fruit.

'Don't suppose you fancy taking me cherry instead?'

He laughed out loud.

'I do like you.' It wasn't flattery, he meant it.

'Everyone does babe. Everyone likes me until they get to know me, and by then it's usually too late.' She ate the final cherry.

She waved at the barman and two more cocktails arrived. One of them had three cherries. He paid the barman and checked his watch. It was still too early but he'd already had enough to drink.

'Let me read your palm, babe.' She said.

She grabbed his hand by the fingers and pulled it in front of her, palm upwards. Then taking the empty cocktail stick she ran it across the flesh.

'This is your life line.'

He pretended to be interested and played along.

'Funny, but its dead short, an' it stops right here.'

She pressed hard and the stick pierced his skin. He flinched but she held him firmly and, as she withdrew the stick, a small spot of blood oozed from the surface.

'Do you still like me now?'

He didn't answer, he was enjoying the game and wanted to see where it would lead. She bent her face close to his hand, slowly extending her small pink tongue and then, while maintaining eye contact, proceeded to lick the blood from his palm. He felt his body responding. She sat back and licked her lips.

'I'm a connoisseur me. You taste like a dead old port, dark and crusty.' A smile played across her lips. 'Wot d'ya think I taste of, babe?'

'Give me the stick and I'll tell you.'

'Not so fast, babe, that's not how it's done. Get it right

and I might let you taste for yerself.' The inference was clear and his body responded again.

'All right then, something bubbly and fun. Champagne, a premier cru? Perhaps a Krug?'

'Ahh, nice try, babe, but flattery doesn't always get yer everythin'. I think I'm more Tesco's Asti Spumante meself.'

Both laughed.

'Sorry, but I've got to go,' he said.

'Don't worry, babe, I won't take the ump, off 'ome me self soon, gorra get me beauty sleep. I'll grab a take-away an'm off.'

'Perhaps we could meet again?'

'Who knows, babe, it's a small world, bound to... eventually.'

He didn't know what was expected next—a handshake? a nod? a kiss? He half leaned forward in a sort of awkward bow. She planted two theatrical 'air kisses' either side of his face then whispered in his ear,

'I've gorra rule babe, no tongues until a second date.'

He laughed again. He felt alive.

'D'yer mind?' She indicated his untouched cocktail.

'Help yourself, I've had enough.'

He wanted to say more, but before he could, she picked up both glasses and disappeared into the crowd.

Once back in his apartment, he prepared things for phase two. He drank a couple of cups of strong coffee, because he needed a clear head, then ran through a list in his head. It was important to get the timings right.

Body wrapped up... check.

Car unlocked, and in right space... check

All he needed was to get the concierge away from his monitors and for the hallways to be deserted. He sat in his old armchair in the study and waited. He really would

need a new carpet, there was no way 'shake'n vac' would get all the blood out.

Melville sipped his coffee and listened to the city below. He often sat up all night in his study, reading or writing his diary and sometimes, as tonight, just listening. He could hear people making their way back home from the pubs and clubs, loud voices shouting and singing and the occasional siren. He knew from experience that soon it would get much quieter, although only for an hour or two and then he would hear the slumbering city start to awaken. He looked at his watch, then leaned over and picked up a small leather-bound book from the pile that Shannon had been reading. The spine was embossed '1862' in gold leaf. He opened the book, flicked through the pages and began to read.

§

It was March 1862 when Melville landed in Liverpool, and it was fifty years since he'd last been here and he was stunned by the changes. When he'd left it had been a densely-packed, seething mass of humanity clustered around the old slaving port. Now the slaves had gone and the city had grown rich and fat on cotton. The old meandering lanes and cramped passages were rapidly being replaced by neoclassical stone buildings, and the new elite of the city were moving to the grand squares and town houses on the hills above the port.

The port itself was largely unchanged, the beggars, thieves and prostitutes eager to prey on any unsuspecting visitor, but the docks had grown and were now ten miles long, with

over fifteen-hundred sailing ships jostling for berths to load and unload their cargoes. Last time he was here he'd been in British uniform, but now he was dressed as a common sailor—even though he presently held a rank in the Federal Army of the Northern States. The American Civil War was less than a year old but Melville had acquitted himself well and had been selected for this mission because his commanding officer thought he could pass for an Englishman.

He left the ship with his few belongings and made his way through the crowded streets. The dockside was ringed by drinking and gambling dens and brothels. 'Crimps' attempted to lure unsuspecting sailors into the warren of alleys and courtyards to cheat and rob them. Melville pushed his way along Paradise Street, through the mass of people begging, touting and soliciting, to the sanctuary of the Sailor's Home. The Sailor's Home stood like a fortress of civilisation at the end of the Paradise Street, on Canning Place. As he passed through its ornate cast iron gates from the bedlam outside to the silence within, he breathed a sigh of relief.

Once he'd paid for his bed and locked away his valuables, he re-read the instructions which had been glued inside the binding of his Bible, then he lit a pipe and burned the slip of paper.

Melville went back out into the bustling streets and up through the Ropewalks. The streets were filled with handcarts and dray horses. People and animals pushed and squeezed past bales of cotton and crates of every size and shape from the four corners of the Empire. Halfway up Seel Street he tapped out his pipe and, taking off his hat entered St Peter's Church. He bent his knee and genuflected, an automatic action from his childhood. He had no feeling

either way these days. He doubted whether his condition was a curse from God as many believed because he never felt ill at ease in church.

As instructed, he chose the last pew on the right and knelt to pray. After a few minutes a well-dressed man came and knelt beside him.

'Have you come far stranger?' the man asked.

'Too far friend,' Melville replied. Reaching in his pocket, he produced half a silver dollar coin. The other man also held out half a coin and checked that the two halves fitted together

'Come with me,' he said.

Outside a Hansom cab waited. Once inside, the man introduced himself as James Sinclair Pearson, an attaché to the American Consulate in Liverpool. He explained that there was to be no communication with the Consulate under any circumstances. The Consul had become alarmed that Confederate agents in the city appeared to know everything that happened inside the Consulate walls, and so assumed that they had a double agent on the staff.

It was common knowledge, Pearson explained, that Confederate warships were being built in Liverpool, but due to a legal loophole the British government had decided to turn a blind eye to them. The ships were being built without armaments to maintain their apparent neutrality but there were suspicions that the cannons were also being made in the city, for fitment at a later date in a friendly port.

The Federal government was justifiably alarmed by the threat of modern warships preying on its own merchant navy and was also concerned that the Federal navy would be unable to maintain the blockade of Southern ports if these raiders were let loose in the Atlantic. The cab

stopped in a large exclusive square where many of the houses were still under construction. Pearson pointed at a house across the street,

'19, Abercromby Square, residence of Charles Kuhn Prioleau, the financial backer of this enterprise. He's officially taken British nationality, but he has the gall to flaunt his Southern affiliations in the decoration of his house.'

Melville looked at the grand house unaware that he would become reacquainted with it many years later and in much different circumstances.

Pearson seemed ready to launch into a tirade when a small bell chimed in his pocket. He lifted his pocket watch out of his waistcoat and, opening the back, pressed a button muting it.

'I must apologise, I had forgotten to cancel the chime.'

He declared that the watch had the best American movement and was far superior to any Europe had to offer, it had been a gift from his fiancée. Adding that once this war was won, he intended to leave this 'Sodom and Gomorrah' and marry her forthwith. The case was solid gold, engraved with a hunting scene and complete with a dedication from his betrothed on the inside.

Next stop was the offices of Fraser, Trenholm in Rumford Place, which Pearson explained was the base for Confederate agents operating in the city—only a few minutes' walk from his own offices at the Consulate, as he icily observed. Then on to the shipyard that was building the warships, William. C. Miller and Sons, at Queen's Dock. The first of the ships was nearly finished and they would soon be looking for a crew to sail her. What was needed was an insider to find

out when it was sailing and where it was sailing to, then, hopefully, it could be intercepted before it was armed.

The following day Meville took himself to a pub opposite Queen's Dock, the 'Baltic Fleet.' Throughout the day he plied the sailors and dock workers with free drinks, trying to gain their confidence and find out which of the multitude of rumours about the new ship had any substance in truth. That evening, the workers from the shipyard came into the pub and, as the drink flowed, their pledges of secrecy gradually weakened and he began to build up an accurate picture of the situation behind the high dock walls.

The ship was called the *Oreto* in the shipyard and was supposedly being built for a company in Palermo. She was nearly complete and they were working extra shifts to get her completed quickly. The client, an American called Bulloch, had just returned after a few months' absence and was pressing 'old' Miller to get her finished and off to sea as soon as possible.

Next day, as arranged, Melville was waiting in the pew at St Peter's Church. There was a christening in progress and he and Pearson made a conspicuous couple huddled in the end pew, muttering under their breath. It was agreed that he would try to get into the shipyard and get as much information as possible.

Late that evening, Melville slipped over the wall, his 'curse' had not only made him stronger but had given him superior night-time vision. He could see clearly in the pitch black, and in colour too. It was this extra sensitivity that obliged him to wear sunglasses in the daytime although often, on board ship for example, he would make do by pulling the peak of his cap down low over his eyes. Once

over the wall, he moved effortlessly without need of a lamp or torch, he could hear the guard dogs stirring, they could smell a scent but could see nothing. The air was heavy with the smell of new timber and fresh paint and there were many other smells from the Mersey tonight to confuse them.

The dock was silent except for the snoring of the night-watchman; that bottle of gin he'd given him earlier had obviously done its job. Melville crept cautiously through the Gravings Dock and into the shipyard beyond. Before him he could see the 'Oreto', its name clearly painted on the bows. She was a sleek wooden sailing ship with three masts, and two funnels, so she had steam power to complement the sails. He'd seen enough ships in his lives to know that this was no pleasure cruiser but a sophisticated modern warship. There was no need to board her since he knew from the shipyard workers that there were no armaments on board.

He turned his attention to the offices. Melville searched quickly and efficiently, unimpeded by the pitch dark, until he found what he needed in the blueprints piled high in the draftsman's office. The plans clearly showed the reinforcement of the decks to allow for the fitting of armaments, and a separate set of plans from another Liverpool firm, Fawcett, Preston and Co., included details of the cannons that were being manufactured for the vessel, sufficient evidence to force the British government to impound the ship. Carefully folding the plans and tucking them into his jacket, he silently left the dock.

He walked back past Wapping Dock to the Sailor's Home. He had arranged to meet Pearson in St Peter's the following morning and he wanted to get the plans safely locked away for the night. But as he was about to pass through the large cast iron gates, a woman pulled at his sleeve. Thinking she

was begging or soliciting, he shook her off and cursed her, but she persisted. He turned to argue but stopped in his tracks when she held half a silver dollar under his nose.

'Mister Pearson wants to see you, immediate like,' she whispered.

'Did he say anything else?' He would have expected the password.

'No, just come with me, sharpish.'

He followed her through streets heaving with prostitutes and drunk sailors. Although he knew the city quite well, he became disorientated as they cut through numerous small alleys and passages. If they were approaching the American Consulate, it was by a tortuous route, possibly to stop them being followed by Confederate agents.

Then he recognised St Nicholas's, the sailor's church that was close to the Consulate at Tower Buildings and he assumed they were going to meet Pearson nearby.

They were about to enter the churchyard to the rear of the church, which was illuminated by a single gas lamp over an archway, and she was walking slightly ahead. He could clearly see two men standing behind the grave stones and they were obviously waiting. He grabbed her arm to warn her of the ambush when a bell chimed from close by.

'What was that?' he whispered, holding her arm tightly.

'Nothing… quick now, he said immediate.'

But he knew what it was, it was Pearson's treasured watch in her bag. He folded her arm behind her back and pushed her hard against the stone archway.

'Where's Pearson?' he hissed in her ear, 'and why have you got his watch?'

'I ain't got no watch, it's a trinket from the market. Leave me be…'

He rummaged in her bag and pulled out the watch on its gold chain, holding it under her nose.

'A trinket?'

He twisted her around and pushed her forward into the churchyard, her arm still bent behind her back.

'Make a sound and I'll break it.'

As he pushed her forward, he could see the two figures moving restlessly. They must have heard something but couldn't see clearly in the darkness. Slipping his hand into his jacket, he grasped the handle of his knife

'Jack, come quick e's got me,' she screamed and tried to pull free. He held her tight and pressed his knife against her throat.

'Where's Pearson?' he shouted. 'I'll slit her throat if you try anything.'

'Annie! Wer are yer luv? Leave 'err be yer bastard!' shouted Jack.

'Quiet man, or we'll have the Police to deal with,' snapped an American voice.

'Bring me Pearson. Now!' Melville tightened his grip and the woman whimpered.

'That would be… difficult,' replied the American voice.

'Seen as 'es gone for a swim in the Mersey, wiv 'is 'ands tied,' added Jack.

'It's Melville isn't it?' said the American. 'You see, we know everything, even your name. I assume you've purloined something from Miller's? Throw it over here and you can go. We're not interested in small fry like you. You can take the watch if you like—as recompense for your labours.

Pearson's dead and our ship sails tomorrow. It's too late for you to do anything about it now.'

What the American said must be true. There was nothing Melville could do to stop the sailing nor save Pearson, but what they didn't appreciate were his 'talents'—and his anger at being patronised. He pushed the woman forward into the pitch black of the churchyard. She was sobbing and wriggling, and he could see one of the men anxiously brandishing a club and peering into the dark.

'Annie?' said the man, it must be Jack.

Taking his knife, Melville cut her cheek and she screamed and Jack came running. Melville reacted by banging her head against a grave stone to stun her then tripped Jack as he blundered by. Jack sprawled at his feet and he knelt on his back and snapped his neck. Picking up the club Melville crept silently across the churchyard.

The American had heard the commotion. He reached into his coat and withdrew a revolver but, before he had a chance, Melville hit him from behind with the club and he fell to the ground. Returning to the unconscious woman, Melville turned her over and slit her throat. They'd had no qualms about taking Pearson's life—and no doubt his own if they could have—so he had none about taking her blood.

Once he'd finished, he wiped his knife on her dress but some of the blood wouldn't come off, so he spat on the blade and wiped it clean. He was about to leave when he heard the American groan. Melville crossed the yard and turned the American over on his back. The man looked up and tried to say something, but he silenced him with his knife, then cleaned the blade on the man's waistcoat.

Melville took the revolver and retraced his steps out of

the churchyard, then he turned down the steep stone steps onto the Strand. He was walking towards the Consulate when he heard a scream from behind and heard a police whistle. The area would soon be swarming with officers from the Bridewell off Dale Street nearby; he needed to act quickly to get rid of the blueprints that were still in his possession. The guards outside the Consulate were preoccupied with the commotion and, as he passed, he simply tossed the documents into the doorway and carried on along the Strand.

Walking back to the Sailor's Home he wondered if Pearson had purposely set the alarm when they'd taken the watch from him and when he realised that his fate was sealed. Melville had had enough of this war and its treachery, the authorities would no doubt assume that he had been killed as well, it was time for him to leave.

The following morning he took his few belongings and, after pawning the watch and gun, boarded a ship for South Africa. It was the 22nd of March 1862.

Later that same day, the *Oreto* set sail from Liverpool and a new life as CSS. Florida, pride of the Confederate Navy.

§

Melville had lost track of the time, he looked at his own watch and thought about Pearson's. At this time of year it was difficult to guess the time because the nights always seemed very dark. A few months from now, it would be getting light at this time, but now it was pitch dark with only the security lights illuminating the park below. Noel's park, he always thought of it like that, whatever everyone else called it.

Everywhere seemed deserted although, a long way away, he could hear the faint sound of a siren. Putting the diary carefully back in chronological order on his bookcase he left the study and set his plan in motion. He left the apartment, leaving the door unlocked, and called for the lift and went and fetched Shannon's backpack. When the first lift arrived and the doors opened, he pressed the buttons for all of the floors, from twelve to ground, then stopped the door from closing with the backpack.

He then called the other lift; there were only two that served the apartments on this side of the block. He collected the body while he waited for it to arrive and then used it to hold the lift door open. This was what the concierges appropriately called the 'graveyard shift'—they worked twelve-hour shifts, seven to seven—and by now the new man should be tired and easily manipulated. He returned to his flat and pressed the call button on the intercom. It took a while for the concierge to answer, and when he did he sounded groggy.

'Good god man where have you been? This is an emergency! We've water pouring in through the ceiling.'

'Oh, how awful. Who is this please?'

'Charles Grimes 14th floor! Don't you recognise my voice? Get up here immediately and turn it off, or I'll have you sacked!!'

He hung up, and went to the lifts, then he waited. The concierge would have called the lifts, but they were both immobilised for now. He watched the second hand on his watch. He wanted the concierge to begin to panic, so that he didn't stop to check the monitors.

As the second hand reached twelve, he pulled the backpack

out of the first lift, the doors closed and the lift started its slow descent floor by floor. The concierge would see the indicator flashing and know that the lift was on its way but wouldn't realise how long it would take to arrive.

Moving the body Melville stepped into the second lift carrying the backpack and selected the first floor. He thought about the concierge waking up old Grimes on the floor above and smiled. Grimes was an arrogant miserable sod, whose car parking space was opposite to his and who, he was sure, had dented his car bumper the other week then denied all knowledge when challenged.

The lift 'pinged' and the door opened and Melville carried the body and backpack through to the car park and his waiting car without triggering the lights. Then he quickly moved it to its proper parking space while the concierge was otherwise occupied.

Within a few minutes he was back in his apartment and had poured himself a celebratory whisky. He stood in the living room, looking down onto Noel's park. A lone figure sat on a bench under one of the security lights. Melville went into his study and returned with some old military binoculars and, after confirming his first suspicions, grabbed his coat and called the lift.

'Penny for your thoughts?' He tried to sound cheery. When she looked up, he could see she'd been crying.

'Don't worry em not cryin'.' She sniffed and dried her eyes on a tissue smearing her mascara, 'Just gorra job testin' mascara for Harvey Nick's.' She looked at the black marks on the tissue. 'This one's shite, it's supposed to be waterproof.'

'Why do you do that?'

'Wot?'

'Make a joke of everything?' He sat down next to her but wasn't sure if he should put his arm around her. Ineffectually he rested it gently on her knee instead.

'It's wot we do.'

'We?'

'Scousers, it's in the job description, in between, luv football and will rob yer car.'

She'd stopped crying and, after a loud blow of her nose and a final wipe of her eyes, she looked up at him and smiled a weak smile.

'Would you like to come back to my flat?' He was usually so in control and self-assured but somehow she made him feel like a nervous teenager.

'Dunno, how far is it to Transylvania?'

He pointed at the apartment block that towered over the park.

'It's up there.'

'What happened to Castle Dracula?'

'Had to sell it, couldn't afford the heating bills,' both smiled. 'Come on—I need some company and you can help with my alibi.'

'You shud of said, soft lad—need an alibi, I'm yer girl.'

They entered by the front door. By now it was just after seven in the morning and the new concierge and Phil were deep in conversation,

'I know, he's a stroppy git im. Don't let it get to yer. It's not yer fault someone's playing silly buggers, is it? Just keep yer head down an' it'll blow over soon enough.'

As they walked past, he heard Phil say under his breath,

'Jammy sod, eez always got a tasty piece in tow.'

Melville made some coffee, while she freshened up in the bathroom.

'Wot wuz the alibi for?'

'Had to get rid of an 'Emma'.'

'Why did yer bring her back?' she asked and took a sip of coffee.

'I wasn't thinking straight. I was drunk, and it'd been a long time since the last one.'

'How long?'

'About two years.'

'Sweet Jesus, you must have been gagging for it. The longest I've gone is six month. It played havoc with me skin an 'air. An' let's be honest, if it's a toss up between split ends and another missing person, I know worritz gonna be.'

She walked over and sat on his knee and looked into his eyes.

'Come 'ere soft lad,' she said. 'S'pose this is our second date?' Then she leaned over, and he felt her tongue tease his lips and his body respond. He held her tight and returned the kiss.

Later they lay side by side in his bed, her head on his chest, his arm around her, stroking her back and relishing the feel of her heart beating next to his and the warm touch of her flesh. She raised herself up on her elbow and, looking into his eyes, she smiled and said.

'Don't usually do that 'til the third date, babe.'

She snuggled down again. He stroked her hair, and could feel her breath on his chest. It had been a long time since he'd last felt so totally relaxed with another person and with the post-orgasmic glow came growing confidence and the need to confide.

'How did it start for you?' he asked.

'Wot?' she answered drowsily.

'The 'hot dates'.'

'Oh those…' She pulled herself up the bed and lay alongside him.

'D'yer really wanna know?'

He nodded.

'OK, I'll tell yer mine, but yer gorra do it too.' She plumped her pillow and sat up.

'Yer sittin' comfortable, babe? Then I'll begin… Does that sound a bit Jackanory? It was 1962, October, I'd just turned twenty one.'

He noticed a change in her voice and gave a puzzled look.

'Thought I'd do it without the comedy scouser voice.'

'You're not a scouser?'

'I used to speak like that, but I've been gone a long time and it wears off. I've got lots of other accents I can do if you'd prefer something different.'

He was shocked. Whenever he thought he understood her, she could surprise him again.

'Shall I carry on?'

'Please.'

Melville turned on his side and watched her profile as she spoke.

'It was October 1962 and I was twenty one. My friend Helen and I had gone into town on Friday night to go to the Cavern club, there'd been a rumour that the Beatles were going to make a surprise appearance. But when we got there we found out it wasn't true and the band playing were as Helen put it delicately, 'knobheads.'

So we cut our losses and decided to go for a drink. We started at the 'White Star' but left after a few, because it

was so crowded, and worked our way through a few more until the alcohol had clouded our judgement and we ended up in a rough pub down by the docks.

We got talking to some sailors, I'm not sure where they were from as we were quite drunk, but their English was pretty good. One of them was really good looking or, as we used to say then, 'dishy'—blonde and tall, like a young Billy Fury.

Anyway, Helen was having fun flirting with the others when Billy Fury asked me if I'd like to go for a walk. I knew what he really meant, but in those days there wasn't any Swinging Sixties going on in Liverpool. I was a good catholic girl and was still expected to be a virgin when I married—but I was more than happy to have a snog and a quick fumble.

We slipped outside and around the back of the pub, once out of sight his mood changed. He grabbed me and I struggled; I thought he was trying to rape me. I tried to scream, but he punched me in the face and broke my jaw and nose. There was blood everywhere. I tried to get up off the floor and run for it, but he picked me up as though I was a rag doll and threw me against the wall. That broke my arm, and when I fell down he kicked me over and over again.

He didn't need to do it, I was in no state to stop him doing whatever he wanted to do. He did it because he enjoyed it, the bastard. He could easily have killed me then, but the sick bastard carried on. When I tried to get up he stamped on my hand and broke my fingers. Finally, he pulled me up by the hair and showed me the flick knife, he seemed to enjoy that bit. I'd have begged for my life but

it's difficult with a jaw broken in three places. Then he cut me slowly here to here.'

She traced her finger across her throat.

'I can still feel it now…' she shivered, 'then he brought his face close to mine and began to lap up my blood as it poured out. I can still smell his aftershave. I could feel my life slipping away when I heard a scream.

Helen had come looking for me, she could scream for England that one. The pub emptied out—thirty pissed Dockers—he knew the odds were against him and scarpered.

An ambulance rushed me to the Royal, but they told my mam, that I wouldn't survive. Then, when I did, that it would take me months to recover. Then, when I left hospital on my own feet three weeks later, that it was a triumph of modern medicine. My mam was sure it was due to a good catholic upbringing and various saints. I didn't know what it was, possibly scouse bloody-mindedness. All I did know is I felt different. These days they'd say I had post-traumatic stress syndrome and give me counselling, then they said not to mention it and that I'd soon be back to my old self.

I had never felt so healthy in my life, but I'd become more withdrawn. I wasn't sleeping well and was plagued by strange dreams. Even during the day, I'd have weird hallucinations, and perverse cravings. I thought I was going mad.'

He nodded.

'I know, I felt like that too. Carry on…'

'That's it, that's all there is. Your turn now.'

'I think there's more—tell me it all.'

'There is more, but you don't need to know it.'

'Tell me, you can't tell anyone else but you can tell me.'

'OK, just this once, never again.' She rolled on her side

towards him 'We never speak about it again, and you never mention it... OK?'

'OK.'

'I'd been home for about two weeks and had gone back to work at the salon. Then one day they cut through a water main outside doing road works, and we had to close early. I went home, as I knew my sister Jeanie would already be back from school and thought I'd take her shopping for a treat.

When I got back, I saw my step-dad's *Racing Post* on the side but he shouldn't have been there, he should've still been down the pub. I hated him. He was a drunk and a layabout who knocked my mam around when he'd had a few. They'd only been together for six years after my dad had died, but he made my flesh creep. I don't know if my mam ever knew but he used to come into my room at night and make me do things for him—and he'd do things to me. I was still a virgin, he knew he wouldn't be able to explain that away if he took it but he'd abused me for the last five years. But however bad things were during that time I thought that at least I was protecting my little sister, Jeanie.

There was no sign of either of them. I called, but there was no reply. I looked around the house; perhaps they'd gone to the shops. Then I opened her bedroom door. He stood up with his trousers round his ankles and she screamed. He was drunk and tried to laugh it off, told me it could be another of our little secrets, like all the other times.

I shouted at him, I'd never stood up to him before, none of us ever had. Told him I'd call the police. He threatened me, shaking his fist as he pulled up his trousers. I'd just got to the telephone when he charged at me, fists flailing. The old me would have run or cowered, but suddenly I had

no fear. I stood still and looked at him as though he was something I'd found on my shoe. He froze, he didn't seem to know what to do—bullies only pray on the weak and I was no longer weak. I didn't understand where my courage had come from, but I revelled in it.

He was standing cursing me when I spat on him. That seemed to provoke him—as I hoped it would—and he lunged at me. I kicked him in the bollocks and, when he fell, snapped his neck like that.'

She clicked her fingers.

'Then I carried him to the stairwell and threw him over. The 'bizzies' came but it was an open-and-shut case: he was drunk and had fallen down stairs. They didn't suspect anything, he was six two and fifteen stone, and me a little slip of a girl. And, to be honest, he had a reputation in the area as a violent arsehole and they were glad to see the back of him.'

'What happened next?'

'I went to Canada.'

'Why, if they didn't suspect anything?'

'Because I realised that I'd enjoyed it and somehow knew that I'd changed and would have to do it again—but mainly because Jeanie had seen it all, and it wasn't something I could explain to a nine year old.'

They lay side by side, each deep in thought. She slipped out of bed and returned a few minutes later with two cups of coffee.

'Your turn now.'

'Not much to tell really.'

She punched him on the arm.

'OK, OK—it was 1815, I was seconded to the general staff in Brussels, as by then I was a lieutenant in the 8th foot. I'd originally come over with Wellington from Ireland

as a drummer boy when I was fifteen and he was plain old Sir Arthur Wesley, had fought with him in the Peninsula campaign and got promoted in the field on a couple of occasions. In those days you bought your rank, but if you were born poor like me you had to fight for it. I was a good soldier and Wellington, for all his faults, liked men who enjoyed a fight both on and off the battlefield.

The general staff was billeted around Brussels with various dignitaries as the allied forces readied themselves for the forthcoming battle with Napoleon that would soon be fought at Waterloo.

I was staying with the family of a Belgian official and his young wife. He was in his fifties and she appeared to be much younger. I was young, headstrong and eager for adventure and Isabella was mysterious, exotic—and bored. I'm sure you can imagine what happened next?'

'You don't need to draw me a picture. Just get to the point, I'm tired.' Sheryl yawned and sipped her coffee.

'After we'd been having an affair for a few weeks, Isabella said she was worried that I'd soon be going to war and knew that she'd soon lose me. We both knew that our affair couldn't continue. I was basically penniless and she had expensive tastes.

Then she suggested that we could have a 'blood pact' between us—share our blood and be joined together for ever.'

'Sneaky cow.'

'So one afternoon when her husband was engaged on diplomatic duties, we sat in her boudoir while she cut both our thumbs with a small mother-of-pearl handled penknife and let our blood mingle, pledging eternal love for one another, then made passionate love.'

'What happened next?'

'She ran off with a Russian prince.'

'No, *next*—did she explain anything?'

'Not at first. It was only after I miraculously survived a musket ball at Waterloo and the dreams began, that she explained it all.'

'Did she say why?'

'She said it was because she loved me and didn't want to always be alone.'

'Selfish bitch! Then she ran off and left you?'

'Well, to be honest, I left her—after the first one.'

'Emma?'

'Yes.'

'Want to talk about it?' She snuggled up to him.

'Not now—later.'

She snuggled closer and he felt a roaming hand beneath the covers.

'Do yer wanna see wot I do on a forth date?' She had put on her old accent.

He smiled. It was so good to have found someone with whom he could be himself, without any secrets and lies, someone to confide in without recriminations or guilt, a soul-mate—or perhaps a 'soulless-mate' would be more accurate.

'Yes, but please be gentle—I'm not as young as I used to be.' He put on a frail old voice.

'Wouldn't worry luv, I'm a pensioner meself remember.'

She smiled and he laughed, they kissed. He wanted this moment to last forever.

Melville woke in the late afternoon to find himself alone.

The disposal of the body would have to wait until

later that night. In the meantime, he decided to do some shopping. He wanted a special gift and a quick search on the internet found it for him, but its location reawakened old memories. Melville dressed and walked back up the hill out of town, but by a different route than yesterday. There was somewhere else he needed to visit first to lay the old ghosts to rest.

Soon, he stood in the Georgian splendour of Abercromby Square. It had changed very little since 1862 and his first visit with Pearson. It was now part of Liverpool University and all the grand, private houses that ringed the central private garden were now college buildings, and the gardens were filled with young undergraduates laughing and flirting. The building he had come to visit was adjacent to the square on the other side of Oxford Street.

Number 19, seemed unchanged, a small blue plaque on the wall the only addition. There was no acknowledgement of its role in the American Civil War, which was a part of Liverpool's history that the city seemed keen to forget. Instead, the plaque marked the house as the home of his former friend Noel Chavasse. Melville stared at the front door, expecting any moment for it to open and for Noel and his brothers to emerge and call to him. They used to call him 'our colonial cousin'. He smiled at the memory. Although not related to them, it had always made him feel part of the family.

After a few minutes contemplation, he turned to walk away and then he saw the memorial. It was a large bronze dedicated to the men of Liverpool who had been awarded the Victoria Cross, their names inscribed round the base, and the statue at the top was of Noel rescuing a wounded

soldier. Melville walked slowly around it and studied each inscription, recognising some of the names and smiling at the most familiar of them. Then he looked up at Noel's bronze face. It was a good likeness, on impulse he reached up and touched the bronze cheek. It felt cold, as cold as the last time he'd done this—in the morgue at the field hospital.

'Well, old friend, at least you got a park named after you.'

He turned and walked away. He walked back through the University grounds and down Bedford Street, and paused outside '128', but his ghosts had flown, and it was now only a derelict house, ripe for redevelopment. So he walked on to Falkner Street, and another old haunt.

'The Belvedere' was a tiny pub tucked away in a small side street. It was where he used to come with the Chavasse boys when they were home on leave. He'd been closest to the youngest brother, Aidan, who was in the 17th 'Liverpool pals' battalion with him, and the two of them had often sat and talked in the small bar until the early hours—because the landlord, Jim, was always happy to have a lock-in for 'our boys in khaki'.

He bought what he'd come for. Who would have thought that he would have found the gin here? Then he ordered an Irish whisky and drank a toast to the brothers. And another to one in particular.

'Poor Aidan, what a waste and you didn't even get a park bench for your sacrifice.'

A visit to the supermarket on his return journey, and he was soon back at his apartment with his shopping: a bottle of Liverpool Gin from the Belvedere, some vermouth and a large jar of maraschino cherries.

'It would seem impolite to only be able to offer her

coffee or whisky, if she ever decides to pop in.' He looked out onto Noel's park, hoping to see her there.

It had grown quite dark and now was the time to tidy up his loose ends. Melville had done this many times before and began by ripping up the carpet and wrapping it in bin bags.

Two hours later he was back at the apartment with an empty boot and a clear conscience.

It was still early. Part of him wanted to head into town to see if he could find her, but the other, world-weary, part, decided to leave well alone. Attachments had always caused him problems in the past and, anyway, if she'd wanted him to find her she'd have told him where she lived. She knew where he lived so it was up to her if she wanted to meet again.

He poured a whisky and retired to his study with his diaries and his memories. As a consequence of his visit to Abercromby Square, one year in particular felt fresh in his mind but, as he sorted through the pile to find that year, he knocked over a small tobacco tin with Queen Victoria's face on the lid which spilled its contents on the floor: a few dozen medals in many different names, some gold rings and half a silver dollar. Not much to show for all the suffering, he thought. He scooped them back into the tin and replaced it on the shelf and then picked out a small leather diary marked '1914'.

§

It all came back to him, the sights and smells. He had been living in Illinois when it became clear that war was imminent, and for some reason he had felt compelled to return to Britain and fight. Even now he didn't know if this

was due to some feeling of allegiance to Britain or due to the fact that he understood wars and wanted to be part of it. The excitement and camaraderie of conflict came naturally to him; it was normal life that he found difficult.

Within a few weeks he had settled his affairs and embarked on a ship to Liverpool. When he arrived, the city was at fever pitch—a call had gone out from Lord Kitchener to form a 'Pals' battalion of the King's Liverpool Regiment. On the first day of recruiting the hall at St Anne's Street had been overwhelmed by applicants and they had had to move to St George's Hall, the huge neoclassical building by Lime Street Station. He joined the good natured throng and signed up. A few months later, he was a second lieutenant in the 17th battalion and that was where he met Aidan Chavasse. They hit it off immediately, so much so that when they went on leave he was invited to spend it at the Chavasse family home in Abercromby Square. It had been a strange experience to be back in that house fifty years after he'd watched it from a Hansom cab with Pearson, doubly so, since it was now the official residence of Aidan's father, the Bishop of Liverpool.

Melville wondered if anyone in the family noticed the Southern motifs in the plasterwork and decoration, he was fairly sure that only he recognised that the characters in the classically inspired painting on the domed ceiling of the dining room were Prioleau, his wife and other members of the Confederate conspiracy. It was in this room, while on leave, that he first met Charlotte, at what was then called, 'a musical soiree'. A quartet played while they ate canapés and drank champagne. She was married to Henry, a brother officer in his Regiment, and she'd been polite but aloof.

Was it something to do with forbidden fruits? He didn't know even now, but he'd been immediately smitten. From then on he'd used any excuse to see her. He'd befriended Henry and, because he was unattached and a long way from home, was often asked to stay with Henry and Charlotte in Bedford Street. The relationship began with polite indifference on her part, then they became friends, then confidants and, finally, lovers. They talked about a divorce and life together after the war, but all that changed when Henry was killed.

He could still remember the look on her face when she'd opened the door to him and it was obvious that she knew why he'd come. He had wanted to tell her that he loved her and that now they could be together, but he realised from her reaction that it was not to be. They could never have made it work, she would always have thought he was somehow responsible for Henry's death, and perhaps he was…

§

Melville was jolted out of his melancholy by the buzzing of the intercom in the hallway. Putting the diary back on the shelf, he answered the intercom. It was Sheryl. He pushed the button to open the outside door.

A short while later there was a knock at the door, and as he opened it a small figure pushed past him.

'Hiya. Did yer miss me, hun?'

She wore a bright pink tracksuit, her hair in large rollers, and was pulling a small wheelie-case while carrying a carrier bag. She passed him the carrier bag.

'Sorta house-warming pressie, babe.' She wheeled her

case into the bedroom. 'Don't worry babe, 'm not movin' in, it's just me make-up.'

He looked in the bag and lifted out a bottle of port and one of champagne.

'Would you like a drink?' he shouted through to the bedroom. 'I bought you some 'Liverpool Gin'; I can make a cocktail.'

'God luv yer hun. Make it a large one, but only one cherry coz I'm on a diet.'

A few minutes later she emerged without the curlers, flopped on the sofa and put her feet on his coffee table. He passed her the cocktail, and she took a sip.

'Wer' are you taking me tonight Hun?'

'I don't know? Where do you want to go?'

'Anywer' babe, 'm not bovered.' She took another sip. 'Got rid of yer 'Emma' yet?'

'Yer... I mean, yes, and I took the carpet too. Now, that's an idea—perhaps you could help me choose a new carpet for the study tomorrow?'

'I can see why you need help, babe. Didn't put a lot of thought into decorating this place, did you? Magnolia and beige, or maybe beige and magnolia? What you need is a bit of colour in your life.'

He smiled and thought, 'I think I've got enough already'.

She pulled up her legs, snuggled next to him on the sofa and stroked his cheek.

'You shouldn't wear so much black, it's very ageing,' she said

'I'm sure no one would believe I'm only two hundred and thirty one.'

'Exactly, so why look two hundred and fifty?' She touched

his hair. 'All you need is a good cut and some moisturiser.' She finished her drink, kissed him on the cheek, and handed him the empty glass. 'Same again, but easy on the cherries. I'll go and make meself beautiful while you decide wer wur goin' hun.'

'Do you know your accent keeps on slipping?'

'Yer, I know. Just out of practice s'pose coz it's been so long. Bit like the jokes, not as quick as I used to be. It's a bit like a martial art, you get rusty if you've no one to practice on.'

'Practice on me.'

'Ah, God luv you, hun, but it doesn't count. You need someone who understands the rules. Somebody who can play the game.'

'Rules?'

'The humour. You can't appreciate it unless you know the rules. It's sort of a non-contact martial art. It's like 'Gob-Judo'. It's the great leveller in this city, why no one in Liverpool is allowed to get too 'up themselves'. You can be rich and famous, people don't mind that—'local boy made good' etc... But, if you ever act as though you're better than anyone else, watch out. One day you'll be out with your mates, bathing in the warm glow of your self-satisfaction, telling anyone who'll listen that the sun shines out of your arse, when someone will have had enough and just say one line, a stiletto of wit to puncture your ego, and suddenly, there you are, flat on your back, feeling a twat while your friends laugh at you.'

'So it's not just jokes?'

'It's no laughing matter or, as Bill Shankly nearly said, 'It's not a matter of life and death, it's much more important than that'.'

She bent over and kissed him on his forehead.

'I'm glad you got rid of your 'Emma'. Two's company but three is still a crowd even when one of them is dead.'

Later they walked into town arm in arm.

'Can you stop doing the accent tonight?' he asked. 'It confuses me, you changing backwards and forwards all the time. I don't know which is the real you.'

'OK, how about, 'G'day Bruce, grab a tinny while a bung another burger on the Barbie', is that better?'

'I thought you went to Canada?'

'Canada first, then the States, then Australia, and finally back home. How about you, were you always a Yank?'

'Not always, but often.'

He never felt comfortable discussing his past. He liked to keep those memories close to his chest. If people knew too much it could be dangerous for him—and them, as Shannon had found out only too well.

'I don't know how you do it?' she said. 'I couldn't cope in the States, how can you live in a country that doesn't know how to make a proper pot of tea?'

'You learn to cope,' Melville smiled. 'Where shall we go tonight?'

'Well, there's this fusion restaurant I want to try where they do 'Catalan scouse'. Then a secret cocktail bar behind an unmarked door, that you need an app to get the door code for, and then there's a new club off Wolstenholme Square where we can have a dance.'

'Sounds good to me; you lead the way.'

They walked through the shopping centre and he saw the old Sailor's Home gates which had been preserved after its demolition. Their intricate cast iron designs of mermaids and Liverbirds were fully restored. He remembered the first

time he had passed through them all those years ago and thought of poor old Pearson. He almost said something about his past, but changed his mind.

They left the club in the early hours with all the other revellers, but it seemed too early to go back to the apartment so they walked and talked. As they passed through China Town and under the Chinese Arch, he thought of Shanghai and almost mentioned it but it stuck in his throat.

Sheryl did most of the talking. She explained how she'd travelled around the world for the past fifty years. She'd trained as a hairdresser in Liverpool and found it easy to move from place to place because there was always casual work available. And when she was in a place for any length of time, she'd set up her own salon. When circumstances arose, she'd sell up and start again somewhere a long way away. Nowadays she was financially secure, with all the proceeds safely salted away in stocks and shares. She was so open about everything that he began to feel embarrassed and a little ashamed of his reticence. Suddenly, he decided to throw caution to the wind. He took her by the arm.

'Come with me, I need to show you something.'

She was about to make a joke, then realised that it was serious.

A few minutes later they were outside '128'. At night, and underneath the street lights it looked less derelict and more like it had in the past.

'I used to know the people who lived here,' he said.

'When?'

'1918.'

'And?'

'They died.'

'They always do, babe. They're like goldfish, lovely to look at but don't get too attached because they don't last long.'

'He was killed in the war… but she killed herself.'

She reached up and touched his cheek and found it wet.

'I couldn't come back until now, until I knew no one who I knew would still be alive,' he said.

'I know, I wish I hadn't either.' She took his hand. 'My turn now.'

Fifteen minutes later they stood outside a small terrace house.

'My sister used to live here, with my niece,' she said. 'She moved here when she split up from her fella, Davey. I knew it would never last, it was sort of a mixed marriage you see, and they never do.'

'He was black?'

'He wasn't black. My Aunty Winnie's black, that's not a problem. He was a Manchester United supporter!'

Melville smiled but she scowled at him.

'I'm dead serious,' she said. 'It's the children I feel sorry for.'

'Is she dead?'

'My sister? There's no one left that I know, not now.'

She took his arm and they walked down the hill into the city centre.

'You feeling a bit peckish babe?' she asked.

'What about your 'hot date' the other night?'

'Didn't I tell you, babe? That hippy chick bored the tits off me talking about Greenpeace, drank me cocktail then shot off when her 'ex' turned up.'

'What about the hunk then?'

'Let's just say, I think he'd have preferred a 'hot date' with you.'

Melville smiled, and put his arm around her. She looked up.

'Don't suppose you fancy grabbing a take-away on the way home?' she asked.

'Now you mention it, I do feel a bit peckish. It must be all this sightseeing.'

They looked down at the city below, the floodlights of the centre picked out the Liver birds on the Liver Building in the distance. The distant hum of the traffic was like the breathing of a sleeping giant.

'Carl Jung called Liverpool 'the pool of life',' she said.

'What did he mean by that?'

'Who knows, babe. He was a Swiss psychologist so your guess is as good as mine.'

'What's your guess then?'

'Well, I think he meant that it's everything in one place, good, bad, rich and poor. Just like a pan of scouse—throw everything in together, then heat it up, and what you get is something unique.'

'What are we then?' he asked, '- good or bad?'

'We're neither. We're a spoonful of scouse, babe, we're a bit of everything all mixed up. Just Sheryl and... I can't just call you 'babe' can I—now we're an item?'

'Call me Lee.' He took her arm. 'So we're an item now are we?'

'Yeah, course we are. Didn't you twig, soft lad? 'Sheryl and Lee', I like the sound of that, its gorra nice ring to it. Now, what about that take-away?'

'Do you mind if we leave it tonight?'

'Course not, Lee. We've got all the time in the world.'

– 2 –

Dale Street

'For fucks sake!!' muttered the angel. Well, Peter thought it was an angel. Or was it a pigeon? The more he looked, the less he was sure what it was. It looked like one of those pictures that change from one image to another if you tilt them back and forth. Only this one was pacing backwards and forward across his bookcase ranting to itself, while he was on his knees, on the IKEA rug, in front of it.

Nothing made sense. It had all started with a simple plan: get drunk, buy drugs, take drugs, then more alcohol and commit suicide. But now, all that was messed up.

Perhaps if he concentrated on something it would all become clear again? Like when you're really drunk and you believe that if you think hard enough you can walk in a straight line. The rug beneath him had a vivid abstract pattern. What was the pattern called? They always had names for things in IKEA and they always sounded like a James Bond villain or a character from Lord of the Rings. He couldn't remember. Rachel had chosen it anyway. The angel was still on the bookcase muttering to itself.

What should he do? He decided to pretend to pray, reciting a poor rendition of the Lord's Prayer, while he watched it through squinting eyes.

'Don't you think it's a bit late for that?' said the angel.

'Pardon?' Peter looked up.

'You're not impressing anyone, kid. What do you think you're doing?'

'Praying.'

'What? You think there's some old guy on a cloud listening?'

'Not necessarily on a cloud, but…'

'How charmingly naïve. I didn't think there were many like you left.'

'But—if you're an angel ..?' Peter waited for a reply but none came, just a questioning look. 'Then, there must be a God too. He must be true.'

'He?'

'You mean he's a woman?'

'Jesus Christ!' the angel shouted.

'Oh, he's Christ, I remember… Father, Son and Holy gho…'

'No! Jesus Christ—are you really so stupid?'

The angel paced up and down, muttering. Peter couldn't make out all it was saying, something about 'babysitting a Neanderthal cretin'—that must be him—and someone would 'get their arse kicked' for letting this happen again.

It was the size of a pigeon, which was what he'd imagined it to be when he'd picked it up from the gutter and brought it home. It still had the piece of bandage he'd tied around its injured leg. Occasionally its appearance would seem to flicker and it would appear to be a pigeon again but, for most of the time, it looked like a very small rotund man, with a bald head, a grey tail-coat and a bright green cravat, like a character from a Dickens novel only with the addition of a pair of pigeon's wings.

'What are you looking at?' It trained a beady eye on him. 'I suppose you deserve an explanation, although it's bound to be confusing for someone with your limited intellect. I'll take it slowly.

God—if you must have a name—isn't He, She or It. 'God' is simply—a manifestation of faith. Get it?'

'No.'

'For Fuck's sake, God help me—I know you're not the sharpest pencil in the box, but do try.' It shuffled to the edge of the bookcase, flipped up it's coat tails and sat down.

'So is it OK to swear?' asked Peter.

'Those religious arseholes are opposed to blaspheming and swearing but that's got nothing at all to do with God. Now shut the fuck up 'till I've finished.

God is about faith, while religion is about business. There's only one God but there's lots of religions but they're all the same thing, just different brands. It's like a food thing: faith is hunger and all the religions are fast-food chains, offering the suckers a route to heaven rather than the perfect meal. The big three—Christianity, Islam, Judaism—they're like McDonald's, Burger-King and KFC. Get it?'

'So Judaism is like KFC?'

'Without the bacon ribs.'

Peter stared blankly.

'Joke,' said the angel.

Peter laughed hesitantly.

'What about atheists and agnostics?' he asked.

'Atheists are like vegans—too fucking smug by half.'

'Then agnostics must be like vegetarians—the type who still eat fish.'

Both laughed.

'I like that kid, 'the type who still eat fish.' I may use that myself one day. Perhaps you're not as stupid as you look.' The angel stood up and stretched its wings. 'Now we're getting somewhere: religion is just a way for people to make sense of God, a set of rules to follow which is supposed to guarantee you a place in heaven—as long as you toe the line and do what you're told by people who claim to have God on speed-dial. It also, rather usefully, gives you lots of people to be afraid of, or even hate. The threat of all those unbelievers is used to keep the religious in line. Not any more however, nowadays people are more frightened of negative equity than eternal damnation. They chop and change their religions like choosing from a menu, taking the bits they like from one and ignoring the bits that they find unpalatable.'

'So, what's God *really* like?'

'I wondered how long it would take for you to ask that. Being an angel is like being an acquaintance of Madonna on a daytime chat show. 'Go on,' they say, 'you can tell us. We won't tell anyone else, but what is she really like?' God is a bit like Madonna I guess: ageless, enigmatic, and fond of wearing corsets…

Sorry, I made up the last bit, but you should have seen your face. God, isn't like anything—just is—just a thought, or a feeling—not a guy on a cloud with a deep voice and grooming issues.'

'What's it like being an angel?' asked Peter, 'Do you do miracles? Should I call you Gabriel?'

'Mainly boring, no and let's settle for Frank.'

'So, why have you appeared to me? Is it because I saved your life?'

The angel leapt to its feet.

'Saved *my* life!' it shouted. 'I saved *your* life. God only knows why, you miserable little shit, I just do what I'm told. The only reason you can see me at all is because someone has screwed up big time.'

The angel seemed flustered after its outburst and a little contrite.

'Sorry kid, just been a long day, nothing personal.'

Peter stood up and offered to get it some water. He went into the small kitchen and after moving the pile of dirty dishes in the sink (because he'd planned to kill himself earlier, he'd not bothered to wash them.) he found a clean ashtray—Rachel wouldn't need it now—and filled it with water.

He was about to return to the angel when the thought occurred to him that this might all be a hallucination brought on by the drugs. He put his hand in his pocket and pulled out the foil packet—unopened. So, if not drugs, could a hallucination be caused by alcohol, or stress perhaps? Or even that little tablet the dealer had given him, with the picture of a dove on it? Yes, that must be it, God knows what was in that. He'd never taken drugs before, had always been frightened of the side effects and had only bought them tonight in order to end it all. He opened the kitchen window wide, took deep breaths of the cold night air to clear his head and then splashed his face with cold water.

He felt calmer. The hallucination appeared to be passing. He looked out of the window—everything was unchanged and in its place. He could see the floodlit Liver birds on the Liver Building in the distance and hear the traffic on Dale Street. To the side the old Main Bridewell that was being converted into flats, and directly below was Cheapside

where they'd found Rachel's body. Peter shuddered and closed the window a little. Why had she done it? Had it really been an accident, like they said?

He carried the ashtray with the water in it into the room and breathed a sigh of relief. The injured pigeon was asleep on the bookcase. He placed the water next to the bird and leaned over, watching its feathers move gently as it breathed.

An eye opened.

'About time too!'

He sprang back and tripped over the rug.

'What's the matter with you?' said the angel. 'Did you think I'm a result of the drugs?'

'You know about the drugs?'

'We know everything, we're like the CIA but with a smaller clothing allowance'

'Everything?'

'We know you like Guinness and Marmite and you've got a fine collection of pornography under your bed.'

'You've been spying on me!'

'What do you expect if you don't close your curtains?'

'I'm on the twelfth floor; the only things that can look in are…'

'Birds.'

'Are you the pigeon I give bread to?'

'Actually while you mention it kid… Do you think I could have some bird-seed occasionally, bread gives me wind?'

'Oh! I'm so sorry you should have said so before, then I could have served you petit-fours while you invaded my privacy.'

'Don't be so touchy. I'm only doing what I'm told.'

'Isn't that what the Nazis said?'

'Hang on a minute, kid, I saved your life!'

'According to you. Perhaps you'd like to explain precisely how you did it—when I picked you out of the gutter after you were hit by that truck and then brought you back here and bandaged your leg?'

'For your information,' replied the angel. 'I was hit by the truck because I flew in front of you to stop you stepping in front of it. As you may possibly remember you were rather preoccupied—or perhaps that should be 'pissed'.'

Peter slumped on the sofa.

'I'm sorry. I didn't realise.'

'Obviously.'

'So, why did you risk your life for me—Frank?'

'It goes with the territory. I'm supposed to keep an eye on you and try to keep you in one piece.'

'Why me?'

'Don't know. I go where I'm sent. Didn't even know it was you at first.'

'You thought it was Rachel you were meant to protect, didn't you?' said Peter.

The angel shrugged and looked at the floor.

'Well—let's be honest kid—she seemed the special one. You're more of an acquired taste. It was only after…'

'She died…'

'… that I realised it was you all along. Which is just as well, otherwise I would have really screwed up if I'd lost her like that. Sorry,.don't mean it was lucky she died, only that if she'd been the one I was meant to protect, it would have been—unfortunate.'

'Unfortunate… It was certainly unfortunate for her—and for me, and—' Peter's voice tailed off.

'For the child.' added Frank.

Peter nodded.

'Life sucks kid, what can I say? You know, vale of tears, and all that shit. Let's change the subject. Aren't you going to ask me what it's all about? They always do. It comes after 'what's God like?' and 'can you get Sky sports in heaven?' They always ask that.'

'Well, Frank—what it's all about?'

The angel spread his wings, fluttered over from the bookcase, and landed on the arm of the sofa, tilting its head on one side.

'Are you sitting comfortably?'

Peter wiped away a tear and nodded. The angel continued.

'As far as I understand, and don't quote me on this—I've never had a proper explanation and they don't do staff induction training—at the very beginning of everything God was there. Whether God started everything or was created I don't know, I'm only a pigeon after all. Whatever happened, God took responsibility. God tried to fix things and tried to find a way to get the locals to sort out their own problems. God chose someone special who seemed up to the job and gave him some ideas on how to go about it: a quick visitation, the old miracle or two, and a bit of fire and brimstone for the difficult ones. Then God left them to get on with it, left them to do the day to day stuff and just kept a watching brief. Unfortunately, it didn't work. The people would start persecuting other people and substituting their own ideas for his.

So, God chooses someone else special and tries it again but it's like Chinese whispers. Whatever message the people are given, they interpret it differently, causing more trouble. The first lot think the second lot are heretics,

and *vice versa*. Cue, lots of burning at stakes and general unpleasantness—which isn't at all what God wanted.

These days God doesn't single out anyone special. For example, if God chose you, no matter how well-meaning you are, within a few years you'd have a cult, within a few hundred years, a religion. Your followers would dress in black and white for the Holy Guinness and those who didn't recognise the superiority of Marmite over Vegemite would be persecuted. And meanwhile that centre-fold of Miss November that you're so fond of would become a religious icon—and she'd have been rehabilitated as a virgin.'

Peter laughed.

'It's no laughing matter,' said the angel, 'much stranger things have happened. These days we just keep an eye on people who may be useful to the plan. Try to keep them on the straight and narrow and out of trouble until they're needed. That's why I'm here.'

The angel fluttered over and perched on his TV set.

'Why me?' asked Peter.

'Don't ask me, I'm just a pigeon.' And, sure enough, it had changed back again.

'Why do you change backwards and forwards all the time?'

'Don't ask me, kid, it's not supposed to happen. You're not supposed to see any of this, we don't do transformations and revelations any longer. People have become too cynical now, they think it's a camera trick or hypnosis. If you parted the Red Sea these days people would think it was CGI.

But, in answer to your question, 'they' (it waved a wing above its head in the general direction of the sky) are experiencing unexplained glitches with the 'Operative Concealment Device'—so either someone has screwed up

or 'God is moving in a mysterious way.' It's really beginning to piss me off, all this changing to and fro is playing havoc with my bowels. Anything else you'd like to know?'

'How did she… they, die?'

The pigeon had changed back into an angel again sitting precariously on the TV and avoiding eye contact.

'Don't know; I didn't see.'

'But you were watching her? You said you thought she was the one and you didn't realise *I* was the one until after she died. You must have seen it happen. I need to know, did she jump?'

The angel seemed relieved by the question.

'No, it was an accident. She was on the balcony, standing on a chair cleaning the windows. Being pregnant, she wasn't as agile as before and needed the chair to help her reach the top. She slipped, or something startled her, and, being on the chair, she went over the railings.'

'Did she scream?' He needed to know. After everything he'd imagined in his thoughts, he needed to know the truth.

'No, she wasn't much of a screamer, kid.'

'She liked to keep a lid on her emotions. But did she suffer?'

'No, that's one of the advantages of being on the twelfth floor that estate agents never mention.'

'Was she frightened?'

'No. Just surprised—or puzzled.'

'Puzzled?'

'Yeah, puzzled. It takes people different ways. That's the thing about mortality, it's a bit like virginity, you never know how you'll react to losing it. Sorry, but that's it, kid. Can we move on now? It's getting late and this leg is hurting like a son of a bitch.'

It was very late and the alcohol seemed to be wearing off, and Peter felt so, so tired. The stress of the last few weeks, the funeral and the recriminations had caught up with him and he began to weep uncontrollably. The angel fluttered over and sat on his shoulder. It whispered in his ear. He couldn't hear it properly over his sobbing, but its words seemed to soak into his body and soothe him. He curled up on the sofa and fell asleep under its watchful gaze.

Peter woke early, he was cold and the sun was just beginning to rise. It shone through the window because he hadn't closed the curtains last night. He stood up and stretched and was about to call out a name when he realised, that he was alone. He felt strangely calm. Something was missing. What was it? Not the angel, it was the guilt; he no longer felt guilty for Rachel's death.

In the bathroom he took the foil packet from his pocket, unwrapped it and flushed its contents away then he went into the kitchen, switched on the kettle and put coffee in a mug. He'd run out of milk and remembered that he'd not intended to see this dawn, so he drank his coffee black before setting to work to wash the dishes. It had been so long since he last did the washing that he ran out of space on the draining board and had to put the excess dishes on the window ledge. Peter was so preoccupied that he failed to notice the suds running off a mug and washing away the bloody footprint of a bird next to the partially open kitchen window.

What had happened last night? He felt somehow re-energised by events and was determined to get his life back on track. He walked around the flat sipping his coffee while he ran through a list of things to do in his head then realised he'd never remember it all. He tore a blank piece

of paper from his University notepad and wrote a shopping list. Ten minutes later, he had a list of the things he needed immediately and that he could get from the shop around the corner in Dale Street. He'd go to the supermarket in Hanover Street tomorrow and get the remaining things. With a smile, he took his pen and added 'bird-seed' to the bottom of the list.

Walking down Cheapside and across Dale Street to the shop, he started to make plans for the future. He hadn't done much for the last few months other than sit in the flat and stare at the walls. At first, friends and colleagues had come to visit, but one by one they'd realised that all he wanted was to be left alone with his grief. The department had allowed him to defer his PhD for the time being. He and Rachel had some savings ready for the new arrival and he'd been living off this so far. Also, her life insurance had paid off the mortgage.

But now he felt able to take control of his life once more. He'd visit the department next week and discuss his course; he was sure they'd let him do it part-time. He'd need to work as well because he'd no longer have her salary to support him while he studied. If he rented out their flat and moved somewhere cheaper and then got a part-time job, he was sure he could make ends meet and complete his Doctorate in a year or two.

Rachel had sacrificed so much to let him return to study at the University; he would be letting them both down if he threw it all away.

§

Within a few weeks Peter had got his life back on track. The University had been very understanding, allowing him to

go in whenever he wanted, and it had even arranged for him to defer some of his fees. Their flat had let surprisingly easily and he had found a cheap ex-council flat off London Road to rent for himself. He'd left all the furniture behind in the old flat with the exception of the IKEA rug, which he'd brought with him to the new flat and which held happy memories.

This morning he was back in town for a job interview—for a concierge at one of the new apartment blocks down by Albert Dock. It had been suggested to him by Michelle one of his new neighbours who was a cleaner at the block. The job was ideal because it mostly involved manning the reception desk overnight and dealing with door security—which should leave him time to work on his Doctorate in peace.

Peter was slightly early for the interview and sat on a bench in Chavasse Park, watching some children play on the grass. He felt a fleeting pang of grief. A pigeon landed on the bench next to him.

'Wasn't to be, was it Frank?' He smiled a sad smile at the bird which tilted its head at him but made no sound. He reached into his pocket, pulled out a packet of bird-seed and tipped some on the ground in front of the bench.

'Hope you like it.'

The pigeon fluttered down and began pecking at the seed. Soon some others joined in and they all ignored him.

'Pity, it was only a dream, it'd be handy to have a guardian angel after all.' He checked his watch and, stepping carefully over the birds, went to his interview.

The interview went well and they offered him the job there and then, to start the following week. That evening he took Michelle a box of chocolates to thank her and stayed to have a cup of tea and a chat. He told her about his wife's

death and his plans for the future, but she seemed to get the impression that he was studying to be a Doctor, not to get his Doctorate. She asked his advice about her mother who had Alzheimer's disease. He tried to explain that he knew little about the disease but, in the end, he gave up and let her talk.

All she wanted was someone to listen to her; not someone to tell her what to do. She'd been brought up a few streets away from the flats by her mother, after her parents had split up and her father had moved back to Manchester. She'd become pregnant at nineteen and after her boyfriend had run off, she'd got this flat from the council for her and her daughter. Now her daughter had moved out, and her mother, Jean, had moved in, because Jean wasn't able to look after herself any longer in her own home. The Alzheimer's had come on last year, which had been a surprise to everyone because her mother was only in her early sixties. It was progressing rapidly and the doctor was very pessimistic about Jean's life expectancy. Michelle didn't know whether to put her mother in a residential home and watch her wither away, or to give up her job and become a full-time carer while her mother still knew who she was.

Peter didn't know what to advise her, but the talking seemed to have helped. He thought back to his weird 'angel' dream and realised that it was the feeling of guilt that had given him the most pain, that and feeling helpless. He was about to mention his dream to try to console her when Michelle laughed and said that at least her mother didn't talk to the birds like the woman at number 16. He kept quiet and patted the packet of bird-seed in his pocket.

The following week he started his first late shift and was manning the reception desk from 7pm until 7am. He'd had an induction session with an experienced concierge called Phil a few days before. Now he was alone until Phil took over from him at 7am. He felt rather anxious.

Peter had a large white folder which was supposed to answer any question he or the residents might have, and his computer also had several links to useful web-sites. The monitor in front of him was divided into twenty small windows which showed the views from all the CCTV cameras and a click of the mouse enlarged any of the images. At present most of the windows were black because those areas were in darkness—until the infra-red sensors triggered and the lights came on.

So far that evening a few of the residents had come to him with minor problems that he'd managed to sort out with a mixture of common sense and his folder. He was beginning to feel less anxious. Once midnight had passed the block became very quiet because it was mid-week. He still heard some noise from outside—singing and the occasional siren—but the residents had all gone to bed. He opened his sandwiches and made a cup of coffee in the small staff room then started to read through some notes he had made in the department earlier that day.

While he ate his food, he read through the folder to try to explain something that had happened earlier. The car park monitor window had suddenly flashed and the screen had enlarged but remained in darkness. He didn't understand all the alarms and sensors. Perhaps when the door alarm flashed it meant that the door had been opened, and that should mean that the infra-red sensor would turn on the

lights—which the folder seemed to confirm. It must be a faulty switch; he made a note to talk to Phil in the morning.

The hours passed uneventfully. He wasn't used to night-work and had great difficulty keeping his eyes open. Two strong coffees didn't help and soon he was asleep on top of his reference books. He was woken on the internal phone by an irate resident, complaining of a water leak in their apartment, but the resident rang off before Peter had time to note down his name. He couldn't remember which resident had rung because he was slightly groggy when he answered the phone. He thought they'd said the fourteenth floor.

Peter called the lift, expecting it to arrive quickly at that time of the morning, but the longer he waited the more stressed he became. Eventually it arrived and he went to fourteen, expecting to be met by an anxious resident, but found the floor silent and deserted. Reasoning that the resident had been impatient and gone back inside to try to stem the flow of water, he knocked hesitantly on each apartment door. Soon, the hallway was filled with angry residents in their pyjamas, but he was no closer to finding the identity of his caller and eventually, after apologising profusely to all concerned, he beat a hasty retreat to the ground floor.

One resident, a man called Grimes, seemed to take it personally and had followed him down to his desk to berate him again and even threatened to have him fired. He wasn't sure, but he thought perhaps the caller had called himself Grimes and was going to mention it, but the man was so obnoxious that he decided to keep quiet.

Once Grimes had tired of ranting and gone back to his apartment, Peter made himself a cup of coffee and tried

to concentrate on his reference books, but a glance at the monitor showed that the car park internal-door warning-light was illuminated again but was, once again, in darkness. He decided to go on his rounds and check the perimeter security of the block.

The car park internal-door swung open easily and as the door opened, the infra-red sensors triggered and the lights came on. It must just be a faulty contact on the door showing up on the monitor—he'd talk to Phil about it in the morning.

Phil arrived a bit before seven to find out how Peter had got on and answer any queries. He didn't seem surprised about the door and told Peter not to worry about Grimes who was known to the concierges as 'Grumpy Grimes' and other less flattering names. Phil thought that the call about the water leak was probably a practical joke from one of the foreign students in the block or it was by someone with a grudge against Grimes—who could be almost anyone because Grimes had a knack of antagonising people. Phil told Peter that he shouldn't worry about losing his job because, if Grimes tried anything, plenty of people would oppose him just to spite him.

Slightly reassured Peter collected his belongings and, borrowing the folder so that he could re-read it later at home, went outside into a cold, wet, winter morning. He walked through the shopping centre and up Church Street towards Lime Street Station. The early morning commuters were arriving for work and schoolchildren jostled one another at the bus stops. Two young boys were kicking a can to one another and he thought back to his childhood in the city. He smiled remembering those seemingly carefree days

which now seemed so long ago. But then another memory came back to haunt him and he pulled his coat close to keep out the chill. He realised that the shiver down his spine had another cause other than the cold.

It had been a cold wet day such as this the day of Paul's funeral, even though the funeral took place just before Christmas rather than after. The church had been packed with mourners, family, friends and hangers-on. It had been front page news for weeks and the hangers-on expected TV cameras.

Peter had never met Paul's family and had no intention of introducing himself because he was sure they thought he was responsible for Paul's death. He hid in a rear pew with his mum and mouthed the words of the hymns. He had been surprised that his mum, who had never met Paul, seemed so upset and cried throughout the service. It was only now, years later, that he realised it was because she thought that it could so easily have been him and not Paul in the coffin.

Perhaps he was just lucky he thought. Or was it that others around him were unlucky? His wife and unborn child had fallen to their deaths and his best friend had been abducted and murdered but he had remained untouched. If only he had caught the bus on time then Paul might still be alive. Fifteen years later, guilt had faded to a sense of regret and he realised that, if he'd caught the bus, then he could easily have joined Paul in the cold dark earth of the graveyard. They had been planning to go Christmas shopping and had agreed to meet in town. Why had he missed the bus? It was so long ago he couldn't remember—something to do with having to wash his hair or change his clothes ?

That was it! He remembered—he'd just changed into his new football shirt and gelled his hair and was about to leave to catch the bus into town to meet Paul when his mum had asked him to get the washing off the line. It had been a bright sunny day, cold but windy, and she was trying to dry the sheets without using the expensive tumble drier. He'd complained, like a typical thirteen-year old, but gave in and was rushing to gather up the washing when a bird flying overhead covered him and his new shirt in bird-muck. Mum had laughed and told him that it was supposed to be lucky, then she'd cleaned him up and dried his shirt in the tumble drier. He remembered running for the bus only to see it pulling away before he could reach it. He caught the next bus half an hour later. Neither he nor Paul had mobile phones in those days so he couldn't contact him—but he'd expected Paul to wait for him at the Pier Head as they usually did.

When he'd got there, Paul was nowhere to be seen. He'd waited for an hour at the terminus in case Paul had missed the bus too. Peter had sat on a bench on the quay side sipping tea from a polystyrene cup and eating donuts while he watched the ships on the Mersey. Paul had never appeared of course. The following day they found his body in a disused warehouse near Queens Dock.

Perhaps mum was right and he'd been lucky. He shrugged. They caught the man who did it so perhaps there was justice after all. But why? Why did he kill Paul like that, draining all his blood away? What would make someone act like that? They said in Court that Webster had never been violent previously and no one understood what made him do it. Even his lover didn't believe it at first. Peter reached his flat, closed the front door and left his memories with the cold wind outside.

– 3 –

Castle Street

A chocolate éclair? That's what Lathom was thinking about. Strange that he always thought about food while he was on a 'job'. And a funny way of thinking of what he was doing—as a 'job'. What would the papers call it tomorrow—a 'hit'? The police might call it a 'contract killing'. But that's what it was: a job. He was a professional doing his job, something he took pride in doing properly. People never seemed to take pride in their work these days, it was all too slap-dash. He never got emotionally involved these days. Not like at the beginning, all those years ago, when he was settling scores, taking revenge even. Then it had been personal, but not now. Now, he was too old, too jaded. Now, it was just business.

He was sitting on a step in a doorway halfway up a small alley leading to the Corn Exchange car park, around the corner from James Street Station. To be totally accurate, he was sitting on a small pile of copies of the Big Issue because the step was cold and wet and he had no intention of getting piles. Perhaps that was an Old Wives tale but he wasn't taking any chances. Lathom never took chances. That was the difference between a professional and some young thug with a gun. His clients knew he would carry out the contract professionally with a clean kill and no witnesses, no

innocent by-standers gunned down and, most importantly, no connection to the client. If you had cancer you went to a surgeon with a scalpel to remove it; you didn't get some illiterate school leaver with a penknife to do it, did you? He was a professional as much as any surgeon, only he used a gun with a silencer rather than a scalpel—not some 'drive-by' shooting by some punk kid with a machine-gun, too flashy with too many witnesses or casualties or both.

He was balding, middle-aged and overweight in an M&S suit, over which he was wearing a brown, padded anorak several sizes too large for him. Its hood was pulled far forward over his head so that his face was in shadow—and also to protect him from a persistent drip from the leaky gutter above. He'd tried moving to the other side of the step to avoid the drip, but then he didn't have a clear view down the alley so he sat and was dripped on. At least the rain appeared to be easing off because the time between each drip was increasing. He'd begun timing them about an hour ago. He was tired, cold and bored but, as they said, 'one must suffer for one's art'. He wasn't sure who exactly 'they' were but they'd obviously never spent a wet afternoon under a drip sitting on a step that smelled of urine.

Why was he thinking of chocolate éclairs? He hadn't had one for years. He smiled, thinking what he must look like in this huge, brown padded anorak. Then he remembered the bakers in Lime Street Station that he'd passed earlier when he'd been buying his copies of the Big Issue. One copy from each seller in town so as not to draw attention. The éclairs had been big, fat ones, bursting with fresh cream. Lathom wondered if there would be time afterwards to get one before the bakers closed. He checked his watch; his

target was late. Some people were so inconsiderate, they'd be late for their own funeral. He couldn't even be sure the target would come this way. Usually he watched his targets for a few days at least, but today was a special case.

Even so, he'd taken time to set the scene. It was important that any passer-by wouldn't notice anything strange. Most people don't look the home-less straight in the eye because they're too embarrassed, thus the anorak and the Big Issue and the step which meant that, by default, he smelled of urine so they wouldn't get too close. He was also surrounded by empty beer cans, so they would assume he was drunk and possibly aggressive. It was unsurprising that no one had approached him to buy a magazine—just as well since he didn't want to sell the ones he had and risk getting piles. He fidgeted. He pushed his hands deeper in his pockets, his right hand holding the gun with its bulky silencer. His thumb fiddled with the safety catch, clicking it on and off. He wasn't familiar with this make of gun but needs must.

Unfortunately it was important to use this particular gun. In the past he'd collected guns because he felt they all had a story to tell, a history, patina and character of their own. They were like people, in fact better than people, more reliable, however their individuality made guns dangerously traceable. Police data bases and latent-image technology meant they could read serial numbers even when filed off. He'd taken a Mersey ferry one day and thrown all his guns over the side then returned to his local bar and held a one-man wake in their memory.

Usually Lathom liked to use soulless, disposable weapons, purchased over the internet. It made him smile; he couldn't buy a gun at home without difficult questions, forms to fill

in and the raising of suspicion—why, after all, would an antique dealer need a hand gun?—but with a few clicks of his mouse he could buy guns from China, replicas of a Smith & Weston snub nose '38' special with or without serial numbers. All that was then needed was a lathe and some training as an armourer to turn such replicas into weapons, and he had both. Now he bought them by the dozen. It was like a Chinese take-away: a dozen of the Number 38, no serial number, and a side order of silencers. Lathom nicknamed them his 'Chow Mein' specials and considered them totally anonymous, charm-less and, thankfully, devoid of any character—which was probably how a stranger would also describe him.

Lathom, Robert Lathom. That was his name. Past witnesses had described him as white, average-height, middle-aged, balding and with an indeterminate accent. In any other career such a description would be a negative but for a contract killer it was perfect.

Lathom had retired some time ago, or been retired, depending on your point of view. It was a young man's game he'd been told. He took his pension and opened an antique shop in a small Shropshire market town. But he'd soon been tempted back, initially to help a friend from the old days to settle a score with someone who thought himself above the law. But the result of that initial return to work had been so successful that he'd soon found himself once more in demand. Now he seemed to have cornered the market in removing scum and he had begun to think of himself as a type of human waste-disposal unit.

He had a few stipulations nevertheless: he wouldn't kill women or children. He would only kill men whom

he considered to be scum. If he accepted the contract, he demanded a fixed fee, half in advance, on receipt of which he undertook to complete the contract within one month with the balance on completion. If he was unable to complete the contract, he would refund the money in full. He also reserved the right to terminate a contract at any time for any reason. This usually meant that either he'd come to believe that the victim didn't deserve to die, or he didn't like the client or he felt the job was too risky.

These simple rules had worked well for several years. Lathom had culled the scum and amassed a considerable sum of money that he'd used to collect unusual things. He'd always collected things, first stamps then silver. His childhood had involved moving every few years, there had been no time to put down roots or make friends. He'd always been the outsider and now he set more store by things than people, and the rarer the things the better. He'd acquired a considerable collection of obscure yet expensive items, things that, to most people, would appear to be the contents of a junk shop or car-boot sale. The sort of relics beloved of the viewers of TV antique shows when someone produces a bowl or watercolour that most would give to a charity shop but which turns out to be worth tens of thousands of pounds. Lathom had a house full, bought from various sources: impoverished gentry, entrepreneurs short of liquidity, stolen goods. If he was ever short of cash he could always use his antique business to launder the money. A year or so ago he'd 'discovered' a first edition of Darwin's The Origin of Species when he needed some ready cash. He claimed that he'd found it in a box of books bought at a charity shop. He'd made the local papers and there'd been

a small piece on the regional TV news. In reality he'd paid the market value for it a year before from a casualty of the Lloyds-List fiasco who hadn't wanted the Inland Revenue to know about it. In retrospect the sale of The Origin of Species had been a mistake, too high profile. Other local antique dealers had taken to calling him 'Lucky Lathom'. In future he would have to be more discreet.

Today's was a simple plan and not one of his best, but needs must because he hadn't had long to plan it. He would wait until the man—target, victim, whatever you wished to call him—drew level, then he would offer him a Big Issue and as the target turned to buy it he would shoot him from inside the anorak. He would leave the anorak with the body and walk up the alley to James Street Station, which was ninety-four paces away and would take forty-three seconds. He'd paced it out that morning. He didn't want to draw attention to himself by running; it was important to remain invisible amongst the commuters in his chain-store suit.

He checked his watch again. Where was the target? Perhaps the man would use the other entrance to the car park? Although that was unlikely because it was further to walk from his office. Lathom would usually have planned for any eventuality, but this job had to be improvised because it had to happen today. While waiting he'd been passing the time watching a pigeon walk up and down on the top of the car park archway opposite. He was sure it was the one that had crapped on him earlier and was debating whether it would be foolhardy to shoot it and, since that was obviously the case, he contented himself with pointing a finger and saying, 'pow!' The pigeon flew off and landed on the ledge above his head—then crapped on him again.

'Wonderful,' thought Lathom. 'Can things get any worse?'

Then the drip started again: drip, drip, drip, faster than before but no less irritating. He pulled the hood further over his eyes and cursed then spotted a man at the corner of the alley. Was it the target? He couldn't be sure because he was too far away. He clicked off the safety catch, and picked up a Big Issue. The man turned as though about to come up the alley, then a girl ran up to him threw her arms around him and they kissed. They turned and walked away.

Lathom sighed and clicked on the safety catch once more. It was his own fault he was sitting there and he wasn't even getting paid. All because of a contract a few months ago that he should have refused. That was greed for you; he'd needed the money quickly to add something irreplaceable to his collection, and he couldn't afford the publicity of another 'discovery' for 'Lucky Lathom'.

§

Lathom was interested in anything relating to the King's Liverpool Regiment. In fact, he'd been researching something in preparation for a small article for the local paper when he'd met another enthusiast who'd wanted to sell him some Regimental memorabilia. Most of it was of little interest but buried away in a dusty loft he'd found a real gem. A gun. Not any old Chinese copy but a real gun with real history. It was a point-455 Webley Mark VI from the First World War which the collector claimed had belonged to Captain S.R. Melville. It was complete with its 'Sam Browne' leather belt, holster and cartridge case including twelve rounds of ammunition. However,

it wasn't in the best condition; it had some surface rust and the hammer was jammed. You certainly wouldn't risk firing it or using the hundred year old bullets.

As soon as he held the revolver in his hand, Lathom knew he had to own it whatever the price. He knew he could rebuild it and its ammunition. He could even fire it in the disused quarry behind his cottage. These days he no longer had a gun licence, but he wouldn't need to register the Webley. He even had a secret compartment in the back of his roll-top desk to keep it in. Unfortunately, the enthusiast wanted to sell all his collection together and was considering an auction. Lathom couldn't bear the risk of losing the gun but neither could he draw attention to himself with a large bid. People would find out about the gun and he would not be able to restore it without difficult questions. So he made the enthusiast a substantial cash offer and that was why he'd had to find a contract at short notice.

Stanley Richard Melville, or, as the Regiment history described him, 'Captain Stanley Richard Melville V.C.' was a genuine hero. He'd joined up in August 1914 in the wave of patriotic fervour that swept the country prior to the start of hostilities and had been commissioned in the 17th 'Liverpool Pals' Battalion. He'd twice been mentioned in dispatches for bravery, but it was for his actions during the Battle of the Passchendaele that he was awarded the V.C.

During early reconnaissance along the Menin Road prior to the battle, his battalion had been pinned down by heavy mortar and machine-gun fire, two of his fellow officers, Aidan Chavasse, and Henry Truscott, were killed. It seemed as though the survivors would be picked off one by one until Melville attacked the machine-gun post

single handed, armed with only his revolver and a handful of grenades. He was hit several times but pressed on with the attack and neutralised the enemy position. With the machine-gun post destroyed, the battalion was able to regroup and retreat to the safety of the trenches. Melville, seriously wounded, was brought back by his comrades who thought his wounds were fatal. However he survived and, after leave in Liverpool, returned to the Regiment a few months later, and was subsequently awarded the V.C. by H.M. King George V. After the war Melville disappeared. It was rumoured that he'd gone to America, but no further trace of him had been found in the archives.

The enthusiast said that the only things that had survived of Melville were a few personal letters—and the gun. Lathom had checked the serial number against the official records and was certain that this was the revolver that Melville had used that day on the Menin Road, and this was why Lathom had decided he had to break his own rules in order to own it and why he'd taken a contract he would normally have refused. The information given to him by the client showed that the target was scum, and definitely deserved to die—but so was the client.

§

Lathom pulled the baggy coat around him, he was shivering, it was cold and he was tired and hung-over. The longer he sat on the step under the drip the more he regretted taking the original contract. He thought back to that day a few months ago when this had all begun and cursed himself and his greed.

It had been early morning on a cold December day and just before sunrise when he'd parked his car in a side street close to the 'Promenade'—Lathom had got to know this northern seaside town quite well over the previous few weeks since he had accepted the contract. Its large Victorian houses, once owned by the rich of Liverpool and Manchester, had been divided into flats, or were now B&B's but it retained a faded elegance he appreciated.

He'd rehearsed the approach to the target and the timing of the killing many times but now it was for real and as usual he felt hungry. This morning he could only think of one thing, a real English fried breakfast. A proper one; thick fatty bacon, runny egg, slightly slimy mushrooms with fried bread, tomatoes and baked beans. He hadn't eaten today because he'd set off so early. Hopefully if things worked out he could have breakfast afterwards. It was still early and the sun was just rising, but the timing was important. He checked the small book of tide tables that he'd bought the last time he was here, then he checked the time on his watch. He was wearing a long waterproof coat with a hood, and a baseball cap. His gloved hands were thrust deep in his pockets against the cold and to support the gun and silencer. The gun was one of his familiar 'Chow Mein specials', but the bulky silencer made it cumbersome.

The target, he'd been told, was a man of routine and this would be his undoing. He felt safe here, this was his town. Unfortunately, it appeared that his trusted right hand man had delusions of grandeur and wanted to dispose of him and Lathom had been approached through an old contact. Lathom had performed some quick background checks on the client as well as on the target—which proved what he

had suspected: that they deserved one another. If someone else had been paying, he would have been happy to dispatch the client as well as the target.

Lathom had now reached the pier. It had been a mild December but, it was still cold at this time of the morning. Who else would be out this early but a fisherman? Fishing had always seemed a strange hobby: you sat and froze at the end of a pier for hours on end hoping to catch something probably inedible. Among many other, less savoury, things the target was also a fisherman. At this moment he would be at the end of the pier baiting his hook, not suspecting it was he who was being hunted.

Lathom started to walk down the pier. He passed a sign telling him that he couldn't cycle or skate-board, neither could he walk a dog, leave litter or drink alcohol. It neglected to mention committing murder. God help him if contract killing were ever legalised, then Health and Safety would get involved. He would have to complete a risk assessment for every contract, have to wear eye protection and have indemnity insurance in case something went wrong. There might be quotas and positive discrimination. He quickened his pace. It was important he reached the end of the pier before the tide turned.

As he approached the far end of the pier he saw the target silhouetted against the grey sky, sitting on a low chair, hunched forward and fiddling with his fishing gear. It was a simple plan: walk up to the target, shoot him at close range, then throw the body off the pier. The tide was about to turn and it would be dragged out into the Irish Sea. There was no one to report him missing and it could be weeks or even months before the body was washed up, if at all. But it had to be done this morning because the target was

due to leave for the States later that day for several weeks. And if he failed to do it today, it would mean that Lathom had to return the money to the client, and he would have lost the Webley forever.

He clicked off the safety catch and prepared to draw the weapon but, just then, a bird swooped low overhead and splattered the target's right arm with bird-shit.

'For Christ's sake!' said the target then caught sight of Lathom approaching. Lathom decided to bide his time.

'Well, they say it's lucky,' said Lathom.

'Yeah, that's me,' said the target.' Always had the luck of the Irish.'

'You're Irish, are you?' Lathom knew he wasn't because of the background information he'd been given, but the slight American accent was still a surprise.

'Me—a paddy? Not likely. Just an Irish name—Steve Kelly.' He held out his hand to Lathom.

'Geoff Davies.' They shook hands, Lathom without removing his glove.

'Do I know you?' asked Kelly, studying Lathom closely.

'I don't know, are you an antique dealer?'

Kelly laughed, showing large teeth, but the smile stopped short of the eyes.

'Suppose you could call me a dealer,' he said, 'but no one's ever had the balls to call me antique before. You sure I don't know you? Your face looks familiar.'

Unlikely thought Lathom—he didn't remember the name—and yet, there was indeed something about Kelly that was familiar, something about the eyes and the smile. In the flesh, he looked much younger than his photograph or his notoriety had suggested.

'Funny you should say that,' said Lathom. 'People never remember my face, even people I know quite well.'

He decided to seize the moment and pull the gun, but Kelly looked up from his tackle.

'Do you fish?' Kelly asked.

'No, always been too clumsy. I could never deal with tying the hooks and things.'

'It's easy—here.' Kelly began to demonstrate.

Lathom pushed his hands deeper into his pockets. He wasn't going to take off his gloves and leave his finger prints behind. Kelly mistook his actions.

'Yeah, I'm cold too. Want a coffee?' Kelly reached into the bag at his feet and took out a flask, poured some into the cup and offered it to Lathom who took it with his left hand.

'Fancy a chocolate?' asked Kelly, 'There's some in that bag. Can't get enough of them myself.'

'No thanks—but do you know where I can get a good fried breakfast?'

'A man after my own heart.' Kelly laughed. He studied Lathom as though weighing him up. 'Try the café behind the Station, use my name and they'll look after you. Run by a fella called Roberto, or Robbo. His old man came here as a P.O.W. It's the best breakfast you'll ever have.'

Time was running out, people would soon be coming onto the pier. Lathom moved closer. He poured the coffee from above down Kelly's neck. Kelly shot out of his seat.

'What the fuck ..!'

'Sorry. I told you I was clumsy.' Lathom made a show of wiping Kelly's coat but pushed up Kelly's hood with his left hand. He took the gun and pressed it against the base

of Kelly's skull, then pulled the trigger. There was a small thud from the silencer and he felt the recoil through his arm.

Kelly didn't make a sound. He stood up to his full height and Lathom debated whether to shoot him again, but then Kelly stumbled forward and fell onto the railings. At first Lathom thought that he might fall into the sea unassisted, but Kelly got stuck halfway, his coat caught on the chicken wire that had been recently added for safety. Lathom seized the legs and lifted them high. There was a tearing sound, and the body tumbled into the sea. Lathom pulled the small piece of cloth that remained on the chicken wire and threw that into the sea too, followed by the gun and silencer. He dismantled the rod, packed it into the bag and, slinging it over his shoulder, walked back down the pier, dumping bag, coat and baseball cap in one of the wheelie-bins behind the café at the far end.

Ten minutes later he entered the Station Café and, pulling up a stool at the raised counter, picked up a menu and ordered a full English and a mug of tea. The breakfast arrived promptly, piping hot and excellent. Lathom was just mopping up the last of the egg with a slice of white bread, when the owner approached.

'Good?' asked the owner.'

'Perfect, just what I expected. A friend recommended you.'

'Where's your friend today?' The owner wiped the steamed up window and looked out at the rain.

Lathom checked his watch. 'He should be on his way to Ireland by now.'

'He's a lucky man.'

Lathom smiled but said nothing.

§

Lathom had used the deposit to buy the collection, then restored the gun and old cartridges, which he nick-named 'the twelve apostles'. Kelly's body was never found, and when he contacted the client for the balance of his fee, that was used as the excuse not to pay. 'Well, that's what you got for dealing with scum,' thought Lathom. However, the client couldn't be allowed to get away with it, as that would be bad for business. If he wouldn't pay one way then he would have to be made to pay another.

Over the next few weeks Lathom revisited the town many times, watching and planning. The client, Doyle, together with a few other young thugs had taken over the town's drugs and prostitution rackets after Kelly's unexplained disappearance, and seemed unaware that Lathom had them under surveillance. The client had never met him and didn't even know his name and consequently Lathom was able to get close without arousing suspicion.

He watched Doyle and his gang as they went about their business, followed their cars and learned their routine. Whenever he saw Doyle with his shaved head, 'perma-tan' and wide 'Hollywood smile' all Lathom could think of was a Halloween pumpkin. He was looking forward to wiping that smile off his face, but it was too early, they would still be on their guard after Kelly's recent disappearance.

He understood scum. Doyle would be expecting him to lash out, a knee jerk reaction and he would surround himself with armed thugs. Lathom was made of sterner stuff, he would take his time, wait, six months or even a year. Plan carefully and then, when Doyle thought he had

nothing to fear and dropped his guard, execute. Revenge they said was a dish best served cold, and Lathom intended it to be stone cold.

§

It was early February nearly two months since Kelly's killing and Lathom was in his shop. The day had started badly and seemed to be getting worse. Business was very quiet and he'd been trying to fill in the empty hours by doing some research on an item that he'd just bought; people often brought in items for identification or valuation. The sign above the door proclaimed him as an antique dealer specializing in antiquarian books, silver and militaria, and the item before him now was of the latter category.

It was a short sword. First thing that morning, one of his fellow traders, Tony, who did house clearances, had brought it in to see if he was interested. Lathom had made an offer that had been rather too readily accepted. The sword had obviously had a hard life. The end of the scabbard was missing, the blade was not particularly sharp and had gone slightly rusty, and, long ago, someone had painted the unusual guard black. Initially he thought it was a modified weapon, probably shortened from a larger one when the blade was broken, but, the more he examined it the more he was convinced that it was original. Who used a short stubby sword? His best guess was that it was a naval cutlass—but which navy and how old was it?

The weather had been dreadful for the last week and the River Severn was in full flood. The forecast was for snow and high winds. He'd been listening to the local news

on his portable radio, while looking through his reference books because the power had gone off unexpectedly. A call to the electricity help-line told him it was due to the snow and they thought it would be off for a least another hour. He was about to complain that there wasn't any snow when he saw the first few flakes falling. He'd already eaten lunch and, since he hadn't seen a customer all day, he decided to cut his losses and go home before the predicted heavy snow arrived.

Home promised a roaring log fire, some cold cuts of meat, cheese and a good port. Also, power and internet access to continue his research. Later he could continue writing his history of the King's Regiment and even open that special bottle of single malt the Thomas' had given him. Perhaps it wouldn't be such a bad day after all? He stuck the closed sign in the shop window and picked up his reference books and the sword. The car was parked a short distance away and, by the time he reached it, the snow was already falling heavily. Making his way out of town, he followed the road west towards the Welsh border and his cottage which was just on the other side. He'd owned it for a few years now and had made some improvements, including re-wiring which he did himself, but it was still substantially as he had bought it: a small, isolated cottage. He thought of it not so much as a home but rather as somewhere to house his collections.

He drove along an A-road behind a gritting lorry, the snow falling heavily—he was glad he'd decided to go home early—then he turned right onto the B-road that led to his cottage. This had not yet been gritted and the lack of tyre tracks showed how quiet it could be out there before the

commuters headed back to their homes. He thought about the cutlass or whatever it was. It could never be considered beautiful; it was too short and too functional. It wasn't an elegant officer's sabre nor a duelling rapier; it was a hacking weapon, one step up from a hatchet or machete. Wherever it came from, however old it was, it had been used for close quarters fighting where a long blade is a liability. It no doubt had an interesting and bloody history—a trait it shared with its new owner.

His thoughts turned to his cottage, or more importantly to the question of whether to open the malt first or wait until later. He'd been quite touched when the Thomas' had given it to him. He wasn't one for giving or receiving gifts because he had few friends. The Thomas' lived in a small cottage on the main road a few hundred yards past the entrance to his track. Although he'd lived there for a few years, they hadn't got to know him until quite recently. They liked their privacy almost as much as he did. He respected that.

Out of the blue, they'd asked for his advice. They'd inherited some furniture from an aunt in North Wales that was too large for their cottage. A local dealer had offered them little for it because, he said, it had some damage to the French polish from damp and there was little call for old, dark furniture in any case. Furniture wasn't really Lathom's field but he knew enough to know that the items in question were seriously under-valued. He put them in touch with a colleague who had given them considerably more than the local dealer had offered. From then on, relations had been cordial. So much so that, when they'd brought the bottle over yesterday as a thank you, he'd volunteered to

keep an eye on their cottage while they visited relatives over the weekend.

Lathom was deep in thought and was about to drive past the entrance to his track on his way to check the Thomas's cottage, when he saw the headlights of a car coming down the track. It was much too late for the postman and the track was a dead-end that finished at his cottage. Lathom slowed down and, as he passed the entrance, he saw the car pull out onto the road behind him in his rear view mirror. It was a large black 4x4 and he recognised the number plate and the driver. How had they found him? He'd obviously underestimated Doyle, and he was sure this was not a social call. He indicated and pulled into the Thomas' drive. The car pulled over and stopped in the lay-by a few hundred yards further down the road.

Lathom sat in his car for a few minutes and considered his options. As far as he could see, he only had two alternatives.

Either; Drive off and lay low until they left. But no doubt they would work out their frustrations by destroying his home. He couldn't bear the thought of scum like that touching his things, and, in any case, then he would have to spend the rest of his life looking over his shoulder and the next time he might not be so lucky.

Or; He could use the advantage of surprise to finish it tonight, him or them without any quarter.

He must assume that they had come mob-handed because Doyle wouldn't risk it alone after what had happened to Kelly. How had they found him? He'd been so careful. Well, he would worry about that later, if he had a later. There were probably four of them. There might be five (the car would hold five) but they were big men and they wouldn't want to crease their designer suits and they would assume that four

was more than enough to deal with him. They might want it to look like a burglary that went wrong but it wouldn't be a straight execution. They would probably want to beat him up or torture him before they killed him. Then they would ransack his cottage and destroy his collections.

There was only one in the car. But where were the other three? Doyle had taken over the gang and would obviously be too important to be sitting outside in the snow. They would no doubt have broken in to his cottage and he was probably drinking Lathom's malt. That left two. They'd need a lookout to tell them when he turned into the track so that the driver could follow him and close the trap. In which case, the last of them would either be in the cottage with his boss or hiding in the garage. Lathom had recently fitted it with an electric door and the control was on the dashboard in front of him.

Before he could plan his next move, Lathom needed to see what he had with him that he could use. He got out of the car, snow still falling heavily—if he'd been a few minutes later he wouldn't have seen the car and he would have walked straight into their ambush. In the boot he found a tool kit, spanners, black insulation tape, tow rope and a tyre lever, also a yellow reflective waistcoat—as 'recommended by the R.A.C. for road side emergencies'—and a rather oily bobble-hat. He'd learned the hard way that a bald head gave little protection when working under the car.

He also had the cutlass. People think that, in a fight between a man with a gun and one with a knife or sword, the gun has the advantage. This may be true in most cases but range or element of surprise can level the odds or even make the knife or sword a superior weapon. However, he

could hardly walk up to the driver with a sword without arousing suspicion and, anyway, it was the driver he needed to deal with first to reduce the odds and cut off their escape route. He left the cutlass in the car and toyed with the tyre-lever which was about twelve inches long, a tyre lever on one end and a large socket on the other—perfect. He put on the bobble-hat and the reflective coat. He'd been trained that the way to be invisible is to be very visible and who would be alarmed by a fat man in a bobble-hat, especially on a night like this? Slipping the tyre lever up the right sleeve of his coat so that he cradled the socket in the palm of his gloved hand, he strode along the road to the stationary car.

The driver was cold and bored, even with the engine running all the heating seemed to do was to steam up the windows. What was the point of it? Doyle wouldn't explain why they were here, only that it was to do with Kelly's disappearance. Why take risks, just for revenge? He just had to sit there and wait until they called him. Wiping the side window with his gloved hand, he saw a figure approaching in the door mirror. The man, it was definitely a man, was wearing a bright yellow, reflective vest and had a thick woolly hat pulled down almost to his eyes. He was walking in the road towards the car rather than on the path on the other side. Probably some inbred local coming to tell him he couldn't park there. Let him try.

Lathom tapped on the driver's window with his left hand, allowing the tyre lever to slide through his right, so that he was holding it halfway down. The electric window slid slowly down and the driver gave Lathom a bad tempered scowl.

'What?' said the driver.

The first blow caught him full in the face with a satisfying crunch of bone and cartilage. He cried out and put his hands to his face. Lathom opened the door and pulled him out by his collar and, as he fell to the ground, hit him twice more with full force on the back of the head. Lathom then dragged the body around to the other side of the car, which shielded them from the road. He heaved it in through the rear door and propped it up, as though it was resting. Then he climbed in the other side and went through the pockets: wallet containing credit cards—name P.R.Wilkinson—£235 in notes and some loose change, a mobile phone, and a very vulgar chrome-plated automatic. Lathom was appalled by the last item, which was more like jewellery than a weapon, but decided he would have to use it anyway. He slipped it in his pocket together with the phone then searched the rest of the car and its boot but found only a can of petrol and a silencer that didn't fit the driver's gun. He climbed into the driver's seat. The key was still in the ignition in the centre of the dashboard, pushed the selector into 'drive' and moved the car onto the Thomas's drive behind his own. The privacy glass shielded the body from view—if anyone had been around to look. The road was deserted and the snow still falling heavily, covering all the windows in a few minutes.

Next, he examined the phone. Why was it people needed to send so many texts about so little? But now he knew there was four, it was definitely four. They consisted of Wilko (his silent companion on the back seat), someone called 'CB' who was hiding at the end of the track keeping watch for him and who was also very pissed off that he was the only one outside in the cold, and two others, Doyle and his right hand man, Jacko, who seemed to give most of the orders.

One down, three to go; the odds were getting better and Lathom still had the element of surprise. It was they who were now trapped even though they didn't realise it. Step by step, don't rush it, plan carefully then execute, that was what he'd been taught. It might have been a long time ago but it still applied. It was time to assess his situation. He had a gun but no silencer. Once he fired he would lose the element of surprise and have to shoot it out. He needed to reduce the odds yet further. That left the cutlass.

CB, the third man, was hiding somewhere near the end of his track. It was quite dark now, but still snowing and the wind had got up. Visibility was getting worse. Lathom put on the driver's coat and hat, even though it was sticky with his blood, and placed the gun in one pocket and the driver's phone, switched to silent mode in the other. Back at his own car, he tucked the cutlass without its scabbard inside the coat. He climbed over the fence at the back of the Thomas' cottage and had worked his way carefully along the edge of the field keeping close to the hedge. He was now only a few yards from the end of his track and still he couldn't see CB.

Then, suddenly, he saw him just before he nearly stumbled into him in the blizzard. CB was huddled down behind the hedge at the end of the track and was looking down the road in the other direction. Distance was critical, if CB turned now he would see that Lathom wasn't the driver and would have time to draw his gun. Lathom had to get closer still.

Crouching down close to the hedge, he took out the cutlass, clutching it in his right hand. In his left he held the phone, flipped it open and dialled CB. CB swore, stood up and fumbled with his phone. Lathom leapt to his feet and covered the remaining yards in a surprisingly short time

for someone of his age and condition. CB turned, speaking into his phone.

'Hello! Hello… speak up, can't hear you!'

Then he saw Lathom running with a sword. He dropped the phone and reached to get his gun from deep inside his buttoned coat. Lathom's first blow caught him between the collar and shoulder of his coat, biting deep into his flesh. CB let out a high, piercing scream before the second blow silenced him and partially severed his neck. He lay motionless at Lathom's feet, a large pool of blood soaking into the snow. Lathom, out of breath, bent forward over the body and began to cough. He hadn't run in years. He fumbled in his pocket, switched off the driver's phone then bent down to pick up the other phone. It bleeped—a text message.'

'U. OK?' it read. Lathom texted back: 'OK Just fucking cold!'

Another message: 'What was the noise?'

'Fucking foxes.' That seemed to satisfy them and the texts stopped.

Two down; two to go. The odds continued to get better and Lathom was starting to enjoy himself. It had been ages since he'd last been involved in something like this. These days, all he did was assassinations and they were so predictable. But he didn't have time to reminisce; he had to act quickly. They would get restless, text again or even call, and he couldn't carry on bluffing. Right now, they felt secure, waiting to spring their trap, and they still believed the other two were looking out for them. He needed to reassess the situation. He wouldn't be able to creep-up on them both or burst into the cottage guns blazing—who knew what might get damaged? He walked back to the 4x4 and its silent passenger, then drove back to the track to collect CB.

Half an hour later and still an hour before he was normally due home, Lathom drove quietly up the track to his cottage in the 4x4. He'd driven part way up the track slowly with only side-lights on, then stopped where the track curved and from where it ran straight up to the cottage.

At that point he'd changed seats. Now the driving seat was occupied by the driver, black insulating tape holding his gloved hands on the steering wheel and his head upright against the head rest, a scarf covering his smashed face. The passenger seat contained CB, tied to the seat with the tow rope, and Lathom was crouching behind the driver's seat, his right hand held the driver's gun and his left hand reached between the front seats and steered the car. He'd switched on the headlights and put the car in 'drive' and it slowly crept up the track towards the cottage. He stopped alongside the cottage and pulled the selector into 'park'. Whoever came out first he would kill, then he'd only have one left. He assumed that they would have broken in through the back door so they would probably come out that way, however the first one came out of the front door behind the car. Unable to see Lathom due to the privacy glass, he stormed up to the car and hammered on the glass.

'What the fuck are you playing at?'

Lathom reached over, pressed a button and opened the driver's window. The man leaned inside shouting then saw the two corpses staring, dead-eyed, straight ahead. He opened his mouth then received a bullet in the side of his head. Lathom closed the window and, reaching over, pulled the keys from the dashboard.

Three down.

Slowly Lathom opened the near-side rear door and slid

out, shutting it behind him. He crept along the side of the car. He'd recognised the man whom he'd just killed. It was Jacko so that left just Doyle. Where was that little shit? The front door mirror exploded in a shower of glass. Ah, behind the old pigsty!

Lathom slowly slid down the side of the car to the tail-gate so that the car protected him from view. Things were looking up. The odds were now even. Two men; two guns. Now it was just a matter of holding his nerve. Whoever moved first would die.

He needed to get Doyle to move from the pigsty, but how? It was pitch dark and each time one of them moved the security lights came on. Lathom cursed, he'd just installed the lights. There was a switch but that was inside. He moved carefully along the tail-gate, if he moved slowly enough he wouldn't trigger the lights, but every so often the rear light would come on as Doyle tried to move round the side of the pigsty, although each time he quickly retreated when the light came on and stayed put.

'You having a good day?' Lathom taunted. 'Must have seemed such a good idea at the time. Four young thugs in shiny suits, with shiny guns and a shiny hearse; a nice trip to the country, a murder, the perfect day out. But now, there's only you, Doyle—but don't worry there's room in the hearse for one more.'

Lathom crouched behind the off-side rear light, his gun trained on the side of the pigsty. If Doyle leaned out, Lathom would have a clean shot.

He saw the silhouette of the man's head as the security light came on and fired.

Click! Click! The gun had jammed! What should he do? Wait there until Doyle came to kill him or run across the open

space between the car and the front door of the house and hope the other man missed? There was a gun in the house, but if he moved the security light would come on and he would be a sitting target. He needed a diversion.

'When I get my hands on you I'm going to burn you alive in this shit-hole of yours,' screamed Doyle.

So that was what the petrol was for. One thing was in Lathom's favour—so far Doyle hadn't realised that his gun had jammed. Lathom was furious with himself because he'd left CB's gun in the corpse's jacket, sure that the driver's would be enough. Serve him right for being too smug but he wasn't finished yet. If he could trigger another of the lights it would shake things up. In his pocket he still had the remote control for the garage door. If the door opened, it would trigger the rear light and force Doyle to stay behind the pigsty, then Lathom could sprint to the house because Doyle wouldn't see the other light come on. He would have to time it carefully.

Lathom pressed the remote. He heard a faint whirring. The rear light clicked on and he was immediately on his feet and sprinting for the front door. An instant later, the side light clicked on just as he threw himself through the door, bolting it behind him. He charged through the cottage and bolted the rear door. Now all he needed was another weapon. He switched off the lights and went upstairs to his study moving easily in the dark familiar space.

In the study he slid open the roll-top desk, pulled open a drawer and reached into the secret compartment at the back of it. From it he withdrew a package which he knew contained the Webley and the Twelve Apostles. He loaded the Webley with the bullets, repeating the names from his

childhood, Peter, John, Paul, Matthew, Luke and Thomas, as he did so. He smiled then put the other un-named saints in his pocket as a reserve.

From his study window he could see the pigsty but he couldn't get a clean line of sight. He went down stairs to the security light switch which was positioned on the wall in the kitchen and switched it on. The security lights were now permanently on, flood-lighting all around the cottage but the cottage itself remained in total darkness. He had effectively trapped Doyle behind the sty. He opened a small side window on the side of the kitchen furthest away from the sty.

'Still enjoying yourself?' he shouted across the yard. 'Shivering and shitting yourself in your shiny suit?'

'Wait til' I get my hands on you, you bastard!' shouted Doyle in reply. A shot followed which hit the stone wall alongside the window.'

'As far as I can see you've two choices,' shouted Lathom: 'make a run for it, but I've got your car keys and anyway I'd cut you down before you got halfway to the road—or throw out your gun, come out from behind your sty, kneel down and I'll put you out of your misery'

Another bullet hit the wall.

'Don't worry it'll only take one bullet, just like Kelly,' shouted Lathom.

Lathom assumed that Doyle had an automatic like the others. It would hold eight rounds and he would be unlikely to have any more ammunition with him. He'd used three so far so would at most have five left; Lathom had all twelve. If it ended as a straight shoot out the odds were still in his favour but, if he tried to wait it out there was always the chance that

Doyle could creep away into the surrounding fields using the pigsty as cover. It was important to finish it quickly.

The snow had stopped falling and the pale moonlight illuminated the fields beyond the bright oasis of light around the cottage. Lathom sat on the floor by the back door and quietly un-bolted it. He had his eyes tightly shut to accustom himself to the dark. The bright spotlights cast the doorway in shadow and from outside Doyle wouldn't be able to tell when it opened.

He opened the door.

'Coming ready or not!' Lathom shouted. He stood up, his eyes still tightly closed, and switched off the main power supply on the wall above. All the lights went out. He slipped out and into the pale moonlight. A bullet smashed into the wall above his head.

Four left.

There was only a brief time before Doyle's eyes would become accustomed to the dark. Lathom pulled back the hammer on the Webley and ran towards the pigsty. Doyle's fired wildly in his direction—twice.

Two left.

Lathom threw himself flat in the snow as a further shot rang out.

One left.

There was a pause, then Doyle panicked and began to run. Lathom could see him quite clearly in the moonlight. Lathom stood up and dusted off the snow. He could have easily killed his man from that range but, instead, he chose to shoot low and hit him in the leg. He was running quickly and tumbled head over heels in a cloud of snow, his chromed gun reflecting the moonlight as it tumbled out of his hand.

Lathom strode over towards the prone man, who scrabbled frantically in the deep snow, looking for his gun with its one remaining bullet.

'Time to meet the Apostles,' said Lathom.

'What?'

'Not at the pearly gates; they're in this.' Lathom indicated the Webley.

The pumpkin face imploded.

A short time later, Lathom sat at his kitchen table a glass of malt in his hand. He was shaking slightly so he put it down to avoid spilling any. He felt nauseous and blamed it not on adrenaline but on Doyle's vulgar gun which he held in his other hand. It was a chromed automatic with a mother-of-pearl grip and it revolted him. However, the silencer from the 4x4 fitted perfectly as did the cartridges from the driver's jammed gun. He turned his attention to Doyle's phone for clues to his betrayer. In the contacts was a name he recognised: RICHARDSON.

He read the texts; which gave Lathom's name, address, even his postcode. But why had Richardson betrayed him? Lathom had no idea, but was certain of one thing, he needed to act quickly. When Richardson realised that Doyle wasn't coming back he would send someone else. He needed to retaliate, tomorrow at the latest.

The hearse was parked safely in his locked garage, three bodies inside it and the boss in the boot. When Lathom returned from dealing with Richardson, he planned to dump it into the swollen river together with Doyle's gun. But first he planned to use the gun on Richardson, that way Doyle would be blamed for Richardson's death. The police might even think it was because of a drug deal that had gone wrong.

§

The following afternoon, cold and nursing a hangover, he was sitting in an alleyway behind James Street Station, Doyle's gun in his pocket. It was getting late and already dark. Where was Richardson? He should have arrived by now. Lathom sat shivering on his step, the drip was really annoying him now. He hadn't slept well last night, too much adrenaline or malt. He'd made an early start. Now, he felt exhausted and hungry

Lathom had driven up to Runcorn early that morning and leaving his car at the Station had taken the train into Lime Street with the commuters in their chain-store suits. Then he'd gone to Richardson's office near Castle Street. Lathom hadn't been there for a few years but Richardson's Company name was still on the door. Lathom assumed he would therefore still use the car park around the corner.

The car park was a Sixties concrete monstrosity, that Lathom thought would no doubt soon be a listed building and preserved for posterity, but presently it was slowly decaying, unaware of its architectural significance. There were two entrances, both controlled by key-cards, one on either side. He couldn't cover both so he had to decide which one was most likely. Unfortunately he couldn't get into the car park and lie in wait within it for Richardson, not just because of the card entry but also because the heavy iron bars between the concrete columns were too close together for someone of Lathom's build. However, through the bars, he could see a large car, which he knew was Richardson's by the personalised number plate. He

would need to wait until dark and Richardson was on his way home. In the meantime he needed to keep himself occupied—and find a disguise.

Lathom walked into the centre of the city. It had changed such a lot since he lived there. In the Seventies it had been a city of black buildings and warm beer; now the buildings had been sandblasted and mirrored glass skyscrapers filled the bomb sites of the blitz, and the pubs sold designer lagers. Liverpool was an old whore with a face-lift and new dentures.

The first stop was a charity shop off Williamson Square for a disguise. He rummaged through the racks of clothes until he found what he wanted. It was a large brown padded anorak. It was suitably grotesque, and absolutely perfect. All any casual observer would remember would be the anorak, not the man inside.

Lathom had to smile when he remembered the look on the woman's face when he'd asked her the price. She was very smartly dressed with a string of pearls and highly polished shoes. No doubt she was probably a member of the local W.I. and had never done anything risqué in her life. She seemed amazed that anyone would want the anorak, let alone a businessman in a suit. He'd explained that it was for fishing, but she looked unconvinced.

The rest of the day was spent sightseeing, and visiting old haunts. He had a pint of beer and a ploughman's lunch in Rigby's on Dale Street, which had once been his local. Little had changed since Nelson came here in the 1790's, or since Lathom last came in the 1970's. The food was better these days. They used to joke, in the past: 'Rigby's unchanged since Nelson's day and so are its pork pies.'

After lunch, he visited the old Main Bridewell in Cheapside, off Dale Street, now being converted into a boutique hotel. He'd operated out of here back then. They'd used the forty odd cells to detain suspected terrorists, caught trying to board the Belfast ferries. He recalled the scouse wit of the local 'bizzies' who ran it. There had been a sign in the charge room: 'Do not ask for bail, as refusal often offends'. He smiled remembering their faces and voices. It had been a happy time, full of friends, laughter and camaraderie—before things became complicated.

By late afternoon Lathom was back at the car park, sitting under his drip and still idly reminiscing when he was surprised by a man hurrying, wearing an overcoat with the collar turned up and carrying a briefcase. Lathom hadn't seen Richardson for several years but he was convinced it was him, and tightened his grip on the gun. It was important to get the timing right. As Richardson drew closer, Lathom stood up and held out the magazine in his left hand.

'Big Issue! Help the home-less,' he called. Richardson wasn't going to stop.

'Big Issue! Help the home-less Sir!!'

Richardson brushed Lathom aside. As he passed Lathom said, 'You mean bastard, you can afford it.'

Richardson stopped and turned. 'What did you say!?'

Lathom smiled to himself and backed towards the doorway and into the shadow.

'I said, you're a mean bastard Richardson.' He angled the chrome automatic and silencer in his pocket.

Richardson advanced aggressively. 'How do you know my name?'

He was only a few feet away. Lathom pulled the trigger. Nothing... He'd left the safety catch on. He clicked it off, and fired but Richardson had closed the distance in the time it took him to fire. The angulation wasn't quite right and, at first, Lathom thought that he'd missed, then Richardson stopped and made a retching noise. The bullet had hit him in the throat. His hands came up as though to stem the flow of blood and he toppled forward. Lathom side-stepped and Richardson fell into the doorway choking. Placing the muzzle against the side of Richardson's head Lathom fired again. There was a small thud and the noises stopped. He bundled the body onto the step and covered it with his coat then put an empty beer can in its hand. On impulse, he picked up the briefcase that Richardson had dropped and placed the gun inside it. He walked slowly up the alley to James Street Station and took the train to Lime Street and a well-earned chocolate éclair.

He was sitting on a bench outside Lime Street Station fifteen minutes later and finishing his second éclair, when he heard the sirens. Momentarily, he felt a pang of shame and disgust for what he'd just done, he was supposed to be on a diet.

The journey to Runcorn was boring and uneventful. He was exhausted both by lack of sleep and by the stress of the last few days. He tried to doze but his adrenaline levels were too high. He always felt like this after a job and looked forward to finishing the malt when he got home and, hopefully, to a good night's sleep as a result.

Lathom regretted not having picked up a newspaper at Lime Street Station then realised that he still had Richardson's briefcase with him. He should have disposed

of it before because it was now the only thing linking him with Richardson's murder—other than the gun which he needed to keep to throw the Police off the scent. More out of boredom than curiosity he opened it and looked inside, being careful not to open it too far and show the gun to any of his fellow passengers. Inside there was a small black book, a folder with typed pages and a key ring. He debated whether to simply throw the briefcase in a bin at Runcorn Station—after removing the gun—or take it home with him. It wouldn't do any harm to have a closer look he thought. He was still wearing gloves so fingerprints wouldn't be a problem if it became a liability after all. The black book drew his attention. It was a small address book and quite old. Some of the writing was in fountain pen and faded while some was more recent. It appeared to be in some kind of code; the names and numbers didn't look quite right. Lathom loved a puzzle; perhaps it would explain why Richardson had betrayed him.

Once home, he phoned Barbara, who kept the bookshop next door to his own shop and who had a spare key, and asked her to put a notice in his window to say he would be closed for a few days due to ill health. Then he had a light supper, finished the malt and went to bed. He would deal with the bodies tomorrow evening. The snow was beginning to thaw and the river level had come up further and was forecast to rise even higher, making disposal of the car easier.

He woke late and began by tidying up the cottage, removing any evidence of his unwelcome visitors. He collected up the empty cartridge cases and dug the stray bullets out of the stonework of the cottage, then cleaned

the cutlass and tyre lever thoroughly. Once he'd bought a new tyre lever he'd throw this one in the river to remove any possible forensic traces. He planned to sell the cutlass next week in his shop.

The days were still short and it began to get dark. After thoroughly cleaning the chrome gun, he reloaded it with bullets and put it in the shoulder holster of Doyle's corpse in the boot of the hearse. When the Police eventually recovered the car, they would identify this weapon as the one that had killed Richardson and that would, hopefully, throw them off the scent. No doubt Doyle had had plenty of other enemies—and who would suspect an antique dealer from a sleepy market town?

He drove the car with its silent occupants a few miles down the road to a picnic area where the local scouts launched their canoes in the summer. The river was very high, halfway up the field and flowing very quickly. Pointing the car down the field he opened the front windows and sunroof, put it into 'drive' and watched it slowly trundle across the field and into the river. At first it bobbed along partially submerged but then the current tilted it and water poured in through the windows and it rolled over and sank. He walked back to the main road, the melting snow would get rid of any footprints in the field. As he slowly trudged home, he decided that tomorrow he would concentrate on the address book and its secrets

The following morning, rested and refreshed, he emptied the contents of the briefcase onto his kitchen table, setting the note book to one side because that would need more careful analysis later. The remaining items appeared more straightforward. The folder contained Richardson's bank

and building society statements and seemed to show that he'd acquired a considerable amount of money in the last month. The individual payments to the account were large and seemingly random, appearing to be from the sale of several items rather than from income from investments. It was only when Lathom looked back to the previous year that he noticed a large withdrawal that had been electronically transferred—to an account he recognised as his own. Richardson had paid the deposit for Kelly's execution from his own bank account. Lathom checked thoroughly through the building society account to see if anyone else had reimbursed Richardson, but found no evidence. He had to conclude that Richardson had paid to have Kelly killed, not Doyle as he'd been led to believe. But why?

Thinking back, he'd initially approached Richardson himself when he needed the money for Melville's gun, asking if he'd heard of any contracts on offer. Usually he waited for clients to come to him, but it had been a special case because time was short. Over the years he'd always found Richardson reliable, well as reliable as any shady businessman on the periphery of legality could be. It was Richardson who'd passed him the research on the target and details of the target's movements although Richardson had told him that the information had come from Doyle.

Suddenly the genius of Richardson's plan dawned on Lathom. He obviously didn't have the correct contact details for Doyle, the supposed client, because Richardson had supplied them. Consequently Lathom's request for the balance on completion of the contract had gone unheeded—as Richardson always knew it would.

Richardson knew Lathom well and knew that he would see the debt settled one way or another. All Richardson then had to do was sit back and wait to see who killed who. What Lathom didn't understand was why Richardson had given his address to Doyle rather than keep quiet and count the money that Lathom assumed he'd stolen from Kelly. There must be a reason why Richardson had wanted Lathom dead too—or perhaps he simply wanted to remove all links to the 'blood' money.

Lathom turned his attention to the key ring. It held a Yale-type door key and a second, larger key of an unusual design. Marked on one side of this larger key were the letters 'ASSA-Flexcore' and engraved on the other 'L2 8QD. 31-10.06'. There were no other markings and no indication as to what it was for. After half an hour on-line, he had found out that it was a key for a type of high-security lock often used in safety deposit boxes and that the first numbers were the postcode for the area of Castle Street close to the Town Hall in Liverpool. The 31-10.06 was slightly trickier but then he realised that '31' related to the address of a private bank in Castle Street and, from this, he reasoned that '10.06' must be the number of the safety deposit box. A quick look at the bank's website, followed by a phone call, and he'd arranged an appointment to discuss rental of a safety deposit box the following afternoon.

He celebrated by making himself a pot of tea and decided to concentrate on the address book. First he tried phoning a few of the telephone numbers using an untraceable 'pay as you go' mobile, but no one seemed to have heard of Richardson, so it seemed as he had

initially suspected that the book was in some sort of code. The numbers were listed alphabetically but then only initials, or 'nicknames'. He looked for himself in the book. Under 'L' he found, to his chagrin, that he was listed as 'Old Bob' and that the number for his cottage was incorrect, the final four figures having been mixed up. His previous number was also listed and was also scrambled. Richardson's code was really very simple: he had swapped the last pairs of numbers, so for instance 8759 became 5987. It was a simple code. It made the address book useless to any prying eyes but it was easy to use in practice.

Now that Lathom knew the code, he worked through the book and scribbled the correct number in pencil next to each entry, then phoned again from his 'safe' mobile. This time, although some numbers were disconnected or weren't answered, some were. However, in every case, the moment he mentioned Richardson's name, they hung up. Perhaps, after Richardson's recent unsolved murder, his old business contacts wanted to forget that they'd had any dealings with him in case they too ended up face-down in an alley.

The following day Lathom drove to Liverpool with Richardson's old briefcase on the passenger seat. He knew he should have disposed of it by now because it was the only thing linking him to Richardson's murder; he brought it with him less out of bravado than out of necessity. The website had provided him with the dimensions of Richardson's bank's safety deposit boxes and, since he hoped to remove everything in Richardson's box, he needed a briefcase that would take whatever it contained and his own briefcase was

much too small. The case now contained Melville's gun and the remaining apostles because Lathom thought it was sensible to have them safely locked away until he was sure that the police had no intention of searching his cottage. Then, at the last minute, he'd needed something heavy and bulky to fill up the briefcase because, if he managed to get into Richardson's box, he couldn't be seen to leave with a heavier briefcase than on arriving. As a form of ballast he'd added a house brick which he wrapped in brown paper.

The bank was an imposing neoclassical edifice on Castle Street that the website informed him was once the Liverpool branch of the Bank of England. Its current status as a commercial bank meant that it was primarily concerned with electronic transfers but it used the original bank vaults to house its safety deposit boxes. Lathom completed the paper work to obtain a box using one of his fake identities. The forged passport was really quite good, unfortunately now that Richardson was dead he would have to find another source in future. The cashier took the completed form and the details for the direct debit.

'Thank you Mr Davies. Just give me a few minutes to complete the paperwork then I'll get one of my colleagues to take you to your box.'

'Just one thing,' Lathom smiled, 'I'm rather superstitious. Could I choose the number of my box?'

'That's slightly irregular—and most of the boxes are already accounted for. I'll see what we can do. Do you have a particular number in mind?'

'How about number 10?'

'Actually Sir, that's easier than you would imagine. Our boxes are arranged in blocks numbered 1 to 12, so we have

a whole block of tens. I'm sure we can find you one.' The cashier returned to his keyboard.

'Would you have a low number in the tens? How about 6 or something like that?'

The cashier tapped at his keyboard. '6 is taken; how about 9?'

'Perfect,' said Lathom and meant it.

Lathom and a young clerk assigned to take him to his box descended to the vault in a small Victorian lift, Lathom clutching the briefcase and his new key—engraved '31-10.09'. When they reached the basement, the clerk pulled back a metal concertina door and Lathom followed the clerk past rows of safety deposit boxes until they reached a row marked '10'. The clerk indicated Lathom's box then stood to one side. Lathom opened it with his new key, took a package out of the briefcase containing the Webley, placed it in the box and locked it. His eyes were drawn to box 10.06 a few feet away. The clerk was bored and disinterested, but he was too close for Lathom to risk opening the other box but, as they walked out together, Lathom suddenly patted his jacket pocket.

'How stupid of me. I've locked my car keys in the box. I'll have to go back.'

The clerk looked annoyed and began to turn.

'Don't worry, I can find my own way.' Lathom rushed ahead. He quickly opened 10.06, pulling its contents onto the floor and substituting the house brick wrapped in brown paper. He stuffed them into the briefcase and hurried back to the recalcitrant clerk.

His exit from the bank went smoothly. He'd parked on an area of waste ground at the end of Bixteth Street, no doubt another area awaiting development since it was

surrounded by shining office blocks. He noticed the name of the pub nearby. It was the 'Cross keys', Lathom smiled, that was where he had first met Richardson many years before. Now it looked quite smart, but back then the major reason for its popularity had been its proximity to the 'Stadium', that and the fact that it sold alcohol to underage drinkers.

'The Stadium' which had once stood on the waste ground had originally been built as a boxing arena but, by the early Seventies, it had become famous as a music venue and many up-and-coming stars had performed on its shabby stage. Lathom had been doing surveillance work with another Special Branch officer, by the name of Flanagan, on attachment to Liverpool from Belfast. They'd had a tip-off that IRA sympathizers in the city were to meet a representative of the IRA Army Council from Belfast at the Stadium and Flanagan was there to help identify them. Unfortunately, no one showed, so they watched the gig—which was a 'prog-rock' band and dreadful—and afterwards visited the 'Cross Keys' for a drink. They pushed their way through the crowd of teenagers and got their drinks before last orders and, because it was so busy inside, fought their way back outside into the cold night air.

Lathom was about to take a sip of his bitter when Flanagan tapped him on the arm and nodded towards a group of kids in the shadows at the side of the pub. Passing Lathom his pint and taking his warrant card out of his jacket, he walked over towards them. He returned a few moments later holding one of the youngsters by his coat collar with one hand and holding a paper bag in the other.

'Your Laddo ere'was tryin' to deal a bit of dope, Bobby.'

The teenager had long mousy hair and was wearing an old trench coat. He was struggling and protesting his innocence. Lathom looked into the bag, and pulled a disappointed face.

'Doesn't look good son,' Lathom said. 'Probably get six months for dealing.' He winked at Flanagan.

'I wasn't—really, I wasn't. Can't we just forget it? I can help you—with information, like. I know lots of people—and things.'

'What's your name lad?'

'Richardson, Thomas Richardson. Me mates call me Tommy.'

Flanagan put his arm around the teenagers shoulder and guided him away from the pub.

'Let's just have a little chat, shall we?' he said. 'Just you, me and Bobby here.'

The teenager nodded.

'Do you have a light?' asked Flanagan.

They sat on the wall behind the Stadium and shared a joint—and Richardson agreed to become their informer.

That had been almost forty years ago. Lathom walked back towards his car. If he closed his eyes, he could still almost taste the warm bitter and smell the joint. Richardson had turned out to be a good informer and had given them lots of valuable information—although Lathom always suspected that the trade went both ways and that Richardson played one side off against the other, getting paid by both. Perhaps Richardson had enjoyed the dangerous game of the double-cross a little too much, and that had been his undoing, perhaps it had been nothing more complicated than that.

Now that Richardson was dead, Lathom felt no anger or animosity towards him—and no guilt for his murder. He looked back on him almost with affection. Poor old Tommy.

Lathom sat in his car and opened the briefcase. It contained bank statements, an old family photograph album, gold pocket watch and, wrapped in greased paper tied with string, an old revolver. He unwrapped the gun and, holding it under the dashboard out of sight, examined it. He recognised it as a 'navy' colt from the 1850s; he would be able to find out more about it from his reference books at home. He tucked it under his seat and, putting the statements and album on the passenger's seat, examined the watch. Watches weren't one of his specialties and he would have to do some research on it, but it was obviously of good quality and probably of a similar age to the gun. The case was hallmarked and nicely engraved with a hunting scene. Winding it carefully, he set the watch hands and he could hear it ticking when he held it to his ear. He saw another button that he hadn't noticed previously. Lathom pressed it then pulled out the winding crown and, as he moved the hands, the watch chimed.

Feeling nostalgic Lathom returned to the 'Cross Keys' with the books and ordered a drink. Half an hour and a pint of bitter later he was ready to examine the statements and the album. The statements related to an entity called 'Oreto Holdings' and were for large amounts of money—considerably more than he himself had earned from his 'hobby' over the last few years. There were transfers into the account from the USA and some from other foreign bank accounts. Interestingly the address on the statements, Rumford Court, was in Liverpool—in fact it was just around the corner from the pub.

The album was slightly more confusing because it seemed to be a family album covering several generations. The early photos were from the mid-Nineteenth century and were about the same age as the watch and gun. They showed a young man in military uniform, but whether it was an army or navy uniform and for which nation was unclear without further research. The later photos showed what must be the young man's descendants because there was a close family resemblance. There were no captions nor any other indication of the identity of the family. Perhaps these were the 'Oretos'. Lathom finished his pint and decided to visit the address on the statement to see if it provided any further explanation.

Rumford Place was only a few hundred yards away. A small brass plaque recorded its place in history as the headquarters of the Confederate Government in Liverpool. Rumford Court was hidden behind it and reached through an archway which opened into a cobbled courtyard. It appeared not to have changed much since the Confederates were last there—if you ignored the large, black American 4X4 with blacked out windows that almost completely filled the space. The car had either been there a considerable time or the local pigeons must have a vendetta against its owner; it was covered in bird lime. Lathom checked the tax disc; it had expired the month before. Next he found the actual address on the bank statement which was on the far side of the courtyard. He tried the Yale key from Richardson's key ring.

The door opened although with difficulty due to the pile of mail behind it. He closed the door behind him, picked up a letter to check the address—but what he read confused

him further. It was addressed not to Richardson, as he'd expected, but to Mr. S. P. Kelly. He looked around him. The flat was furnished like a nineteenth century gentleman's club, with dark wallpaper and heavy leather furniture, complete with an oil painting of a sailing ship above the fireplace. There were no other personal possessions and even the books in the built-in bookcases were fake. The kitchen was modern and appeared to be state of the art but all the cupboards were empty of pots, pans and any food. Kelly must be someone who liked to eat out; either that or the flat was only used to entertain business contacts.

Lathom could now assume that 'Oreto Holdings' had been Kelly's account and that the statements must only have come into Richardson's possession after his murder. The amount of money in the account was large enough to give Richardson a motive but, why hadn't he transferred any to his own account? Perhaps he hadn't had time? Whatever Richardson's reason had been Lathom would need to search the flat thoroughly, as he would need access codes in order to transfer the money to his own account.

The flat had a single bedroom, furnished in flamboyant French-boudoir-style with paintings of the seven deadly sins that left nothing to the imagination. It was dominated by a huge, carved and gilded four-poster bed in the style of Louis XV. The bathroom was too ornate for his tastes but otherwise uninteresting other than for a wide array of grooming products. Kelly had been vainer than Lathom had thought on first appearances. There was no TV or radio anywhere, just a large computer screen and keyboard that Lathom switched on, only to be confronted by graphic sexual images of children. He quickly switched it off again. Now he could

add 'paedophile' to the long list of unpleasant characteristics that had originally qualified Kelly for execution.

Unfortunately for Lathom, even after thoroughly searching the flat, he couldn't find any trace of the codes. He decided to return home and see if he could find out more on-line. He had the statements to go on and Richardson's address book back at his cottage had some other numbers scribbled in the back that didn't seem to be phone numbers. It occurred to Lathom that these might be access codes for the 'Oreto' bank accounts. On leaving the flat, he scattered some of the letters on the mat and, taking a handful of the remainder, he closed the door then posted them back through the letter box. To the casual eye there was now no evidence of his visit.

§

– 4—

Williamson Square

Catherine slipped the black patent leather shoe off her right foot, reached down and rubbed her corn. She'd forgotten that the shoes were a little tight because she only ever wore them for special occasions, for weddings, funerals etc., and she hadn't been to any of those for a long time. Although, if all went well, she hoped that today would be *very* special. Sitting towards the back of the bus, on the elevated seats over the rear wheel, she had a perfect view of the bus and its passengers. She always sat there if she could so that she could 'people-watch', one of her favourite pastimes. Ever since she was a child, she'd preferred to be on the outside watching, studying others, and trying to understand how they interacted with one another. Her family had always been distant and not very affectionate so she found close relationships difficult, but that all changed when her son was born. After that she had someone to love, and someone who loved her unconditionally. But things never last; other people get in the way.

She was on a half-empty midday bus in her Sunday best, a grey twin-set with her mother's pearls, on her knee her handbag, and under that the birthday present. Well, you couldn't arrive on a special birthday without a present, could you?

The parcel was about the size of a large book, wrapped in brown paper, with a label on the front in a distinctive hand in bright turquoise ink. He'd recognise both the hand and the ink. It was also stamped because she'd originally intended to post it. She'd decided in the end not to risk it because she wanted to make absolutely sure it reached him on his fortieth birthday. She smiled to herself, imagining him taking it from her, holding it to his ear and shaking it. Why did people do that? What would he think it was? A book? A video? But it was all DVD's now, wasn't it? Sometimes she felt so out of touch.

Anyway, she wouldn't see him open it even though she'd love to see the look on his face when he did. It had been so long since she'd last seen him and he would only ask difficult questions and wonder why she was there. She would post it through his letterbox and leave. It had taken her such a long time to get here, first a train and now this bus journey, and unless she got the next bus back she'd miss her connection and would have to pay the extra fare. She'd travelled on a 'cheap day return' and had to be back in Liverpool before the rush hour commenced. Catherine had always been careful with her money because that was how she'd been brought up, and she wasn't going to change now.

The bus began to empty out now as it neared the end of the run. The surrounding shops were mostly derelict. Those that were open had heavy security shutters and CCTV. Not a very nice place to live, not what she'd imagined for him anyway since the address had seemed quite quaint. Perhaps the location had its advantages though, because people wouldn't ask too many questions and, if you kept your head down, you could be almost totally anonymous here. That

would suit him, he could have a fresh start, without people staring or whispering behind his back.

She could understand that; she'd had a fresh start too. Things had changed a lot in the last year. Who'd have thought that she'd have her own computer? Who'd have thought she'd be able to learn how to use it at her age? People always underestimated her; they always had. The things she could do now because of her computer. She'd planned this trip 'on-line' then printed out the bus and train timetables that she now had in her bag. At the last minute, she'd decided to pay for the tickets in cash at the station—you couldn't be too careful.

It had all begun a little over a year ago. She'd been sitting in the activity room of the secure unit making salt-dough animals. The novelty of this had worn off more than a decade ago but it was either salt-dough animals or watch soap operas on the large communal television with the other patients. When a new support worker came in, switched off the TV and clapped her hands, the other inmates had groaned and complained, but the new support worker had ignored their protests and called for silence.

Catherine had studied her. She was youngish, probably late-thirties, dressed in clothes a bit too young for her and definitely overweight. She had the ruddy complexion and jovial manner of the closet evangelist—and no doubt the revolutionary zeal too. Catherine hated her and all she stood for. Catherine saw obesity as evidence of moral laxity and had encountered too many like her over the years.

The support worker explained that there had been an 'initiative' by the local mental health trust to give service-users training in IT skills. 'Computers for loonies', thought

Catherine, well, it would make a change from yoga and Pilates. The support worker explained that there would be group tuition in basic skills with further support for more advanced students. Catherine continued with the salt-dough, she'd started to make a caricature of the support worker. Then the presentation finished and the woman came over to her.

'Hi, you must be Cat.'

'Catherine,' she continued with the salt-dough.

'No need to be so formal. I'm Dee. Pleased to meet you.' The support worker held out her hand.

Catherine indicated the salt-dough on her hands; she had no intention of shaking her hand anyway.

'D?'

'Yes, Dee.'

She had that annoying way of speaking that made everything sound like a question. Plus the patronising sing-song tone of voice that they all used when talking to patients, the sort that people used to talk to babies and disobedient pets. Catherine hated her.

'D? Isn't that short for something?' Asked Catherine.

'Well, Cat, how do you feel about joining 'Dee's crew'?'

'Sorry, I don't know how to row.'

'You joking me?'

No. I'm laughing at you, thought Catherine.

Both smiled for different reasons.

'I can see you've got a playful streak,' said Dee. 'I'm sure we'll get on like a house on fire.'

An unfortunate turn of phrase, the woman obviously hadn't read her case notes. Catherine decided there and then to take the course. She had no interest in computers but she could have some fun undermining Dee's authority.

'What are you making?' asked Dee.

Catherine held up the caricature. 'A hippopotamus.'

'It's very life-like, you must have hidden talents.'

The strange thing was that, for once at least, Dee was right. Catherine did have hidden talents. She had taken to the computer, as her mum used to say, 'like a duck to water'. Very soon she'd learned everything Dee could teach her and, as their relationship became more strained, she was increasingly left on her own to do whatever she wanted while Dee made snide comments about 'Cat' and her 'mouse' to the remaining members of her 'crew'.

Initially Catherine contented herself with printing charts and tables for the ward and designing posters and notices for the various clubs and activities. Then they let her go 'on-line' and the whole internet was spread out before her. She'd never felt so empowered nor so free. Dee had said that everything was possible with computers. If you didn't know how to do something you could find out how on the internet; if you had a problem to solve, your computer could help you to solve it. At first Catherine had thought this was ridiculous but the more she understood what was possible, the more she realised that Dee was correct. Of course, her access was restricted to sites that the hospital deemed acceptable—if she wanted to gain access to restricted sites, she needed to be discharged.

The realisation hit her like a thunderbolt. She'd never had any intention of leaving. She felt safe; this was her world. She understood the hospital and its rules. She had always been careful to exaggerate her symptoms and neuroses at her annual assessment. Now however, if she wanted to take things further she would need to make a speedy recovery.

Catherine quickly became a model patient, and read everything she could so that she was well prepared for her next review—which she passed with flying colours. She told them that working with Dee on the computer course had given her a purpose again, that she wanted to rebuild her life and give something back to the community. She told them everything that she knew they wanted to hear. It was decided: she was no longer a threat to herself or others. Plans were put in place to reintegrate her into the community forthwith. It was win/win/win: Dee got more funding for her course, the hospital got rid of a troublesome patient, and Catherine got her freedom. Everyone was happy and no one looked too closely at why her attitudes had changed so rapidly. Initially she got 'day release' and a job in a charity shop in Liverpool where she revolutionised their stock control, printed posters and staff rotas. They thought she was a 'treasure' and a shining example of what could be achieved.

Soon the day came for her final discharge from the ward. Dee had received undeserved praise for Catherine's miraculous improvement but there was still a great deal of animosity between them. Dee would always call Catherine 'Cat' even though she knew Catherine hated it, and she continued to make the same jokes about 'Cat and Mouse'. Catherine knew that Dee would try to embarrass her on her last day in order to score some final points. However, Catherine had plans of her own. A few months earlier, while designing some posters for the ward, she'd been left in the office alone for a few minutes and had taken a look at the staff files.

When the time came for her departure, the whole ward

and staff assembled in the recreation room to see her off. She was wearing the same suit she wore today on the bus. Her few possessions that had survived the fire were being loaded into the taxi. Dee clapped her hands and called for silence, then made a short speech. She called Catherine to the front for a presentation.

'As you seem to be inseparable from your mouse, we've bought you a special one of your own to go with the computer that you've been given through the 'initiative'.'

Catherine tore the wrapping paper from the gift but it wasn't a normal mouse, it was one of those joke ones—in the shape of a large, chubby pink cat from a children's TV programme. Dee was beaming; Catherine knew what was coming next.

'Not any old mouse, but a cat for Cat.'

Catherine paused before replying.

'I'd like to thank Deirdre for this gift,' she said. 'I can see that she's put a lot of thought into it. I can honestly say that whenever I use it'—she looked down at the fat pink cat then up at Dee—'that it'll always remind me of dear Deirdre.'

Dee was apoplectic and the other patients sniggered.

Catherine slipped out of the ward to her taxi and freedom.

The bus had reached its final stop. The passengers filed off and Catherine followed them onto the street while the driver reset the destination board for the return journey. She didn't have long to deliver her parcel. She knew from the map she'd downloaded that his address was only a few hundred yards away.

She had twenty minutes.

His was a small, rather nondescript, terrace house in a tawdry street. The paint was peeling from the window

frames and the door. She was about to knock on the door but stopped herself. He wouldn't be home yet and, even if he was, what would she say? She opened the letterbox and carefully pushed the parcel through. It fell on the mat with a satisfying thud. While the flap was open, she peered inside. The parcel lay on a coconut doormat together with some post; a bill and two coloured envelopes that probably contained birthday cards—perhaps from his Uncle John or Cousin Rachel. It would look as though everything had arrived in the same post, her parcel included, and she was sure he wouldn't notice that her parcel hadn't been franked. No one would know she'd been there. She closed the flap gently so that it didn't make a noise and attract attention then hurried down the road to the bus, just in time. She was able to settle herself in her favourite seat, then the bus pulled away.

Catherine opened her bag and was searching for the railway timetable to check her connections when she noticed the letter. Why had she brought it? As a talisman? If she hadn't kept it, or it had been lost in the fire, she wouldn't have been able to find him. She read it one last time. It had taken her a few days on her computer to work out what colour the ink was and then track down a supplier, then many more weeks to be able to copy the handwriting well enough to address the parcel. And then, she'd had to find him.

People thought it was easy to disappear. You could change your name and move to the other end of the country, but you always left loose ends, especially family. The letter had given her the first clue. She'd received it from his mother, just after the trial, asking Catherine to forgive him.

Pleading with her, as one mother to another, to forgive her son. How dare she! Catherine had been about to burn it, had lit the match and held it under the letter—that was the last she remembered.

They said that she'd set fire to her house and had tried to kill herself. She didn't remember anything so maybe they were right. What had she left to live for? When the firemen had pulled her out of the burning house the letter was still clutched in her hand and she'd kept it in her handbag all the years since. It had been once she'd got on the internet that she'd realised she could track him down and confront him. It was ironic that he'd spent less time in jail than she had in hospital when all she'd done was try to kill herself.

There was no address on the letter but the postmark had shown her where his mother had moved to after the trial. He'd changed his surname but couldn't change his date of birth. A quick search found his birth certificate and gave her his date of birth and his mother's maiden name. A check of the voting register in the area of the letter's postmark found her brother John and his daughter Rachel. She assumed that, once released, he'd move nearer to his family, to the other side of the river, and make a fresh start. When she eventually found him, she found that he'd kept his first name and was using his grandmother's maiden name for his surname. He was looking forward to celebrating his fortieth birthday. He felt safe. He thought that everyone had forgotten what he had done. Everyone except Catherine and she was locked away.

She checked her watch, he would just be finishing work. He worked shifts at the laundry and was on the 'early' shift this week so he would be home in a few

minutes. Then he'd see the parcel, recognise the ink and the handwriting and assume it came from his mother. She would love to see his face when he opened the parcel and saw the old press clipping inside, 'SCHOOLBOY MURDER—LOCAL MAN SENTENCED'. Then, he'd know that he couldn't hide.

Catherine had opened up the charity shop near Williamson Square first thing this morning and when Claire came in later, she asked her to cover for a few hours. If anyone checked the rota that she'd printed out and pinned to the back wall, it would show she'd worked all day—plus, she'd paid for her ticket in cash so there was no record of the journey.

The traffic cleared and her bus moved off. It reached the station with just enough time for her to catch the train. She was on the platform as the train pulled in and the doors opened. Catherine checked her watch. Would he be home yet? As she stepped onto the train, she thought she heard a noise but it was just a trick of her imagination—his house was too far away. She settled herself in a corner seat and the train pulled out on time. She smiled to herself. Dee had been right all along—if you needed something, or needed to make something, a computer will show you how.

Even a parcel bomb.

The carriage was empty. She checked her watch, with luck she'd be back in the shop before Claire had to leave. Then she could cash up the till and lock up. And no one would be able to tell she hadn't been working all day. She could expect a visit from the police over the next few days but she'd have the perfect alibi. Also who would believe that she could build a bomb?

There was a sense of anti-climax. She was slightly disappointed that the carriage was empty because she liked to study her fellow passengers and try to make-up imaginary lives for them. She considered herself a good judge of character who could spot small things about people that others might miss. For example, that funny little man who'd come into the shop first thing this morning before Claire arrived. She'd only just opened the door when he came in and began rummaging through the clothes. He seemed strange and a bit sweaty, he smelled of alcohol and was very non-committal when she asked what he was looking for. Others might have thought he was some sort of business man because he was wearing a suit, but it was a bit too creased she noticed. She spotted that his shirt had a frayed collar and he had a stain on his tie so he probably lived alone because no woman would let her husband go out like that. And he didn't even have a briefcase so he couldn't be a businessman anyway.

She knew what he was—single, pretending to be a businessman and rummaging through women's clothes—he was a pervert! But then he obviously realised that she was aware of what he was up to and tried to explain it all away by buying a ridiculous brown anorak and claiming to be a fisherman.

Catherine left the train at Central Station and hurried back to the charity shop. She must remember to warn Claire about him, they didn't want his sort fiddling with their women's clothes. As she passed the newspaper stand outside, she wondered when her bomb would be in the papers, she'd have to remember to check the *Echo* tomorrow. Would it be on the local TV tonight? With luck she'd be able to lock-

up the shop and get home in time to catch the six o'clock news and perhaps even video it.

When she arrived, Claire was getting ready to leave. In the rush to cash up and close the shop Catherine forgot to mention the 'pervert' to her. Claire was too preoccupied anyway because she was due to go on holiday in the morning to catch some 'winter sun' in Tenerife, which Catherine had forgotten until now and which, she now realised, would make her alibi even stronger since there would be no one around to contradict her story.

She always walked home from the charity shop because she lived in council flats off London Road behind Lime Street Station and not only was it quicker than catching the bus, but it was free. She'd been brought up to be careful with money and had no intention of changing now. The traffic was particularly busy tonight, it seemed grid-locked, the drivers were getting frustrated and sounding their horns. It would do them all good to get out and walk then they'd have less pollution and less obesity too, she thought as she walked up the hill. People were getting fatter and fatter these days, and Catherine saw this as a further example of moral decline. She thought that they should get off their fat backsides and get to work, not get benefits to sit at home watching daytime television, then there wouldn't be a need for all these immigrants to do the menial jobs.

She made a detour through Lime Street Station, just in case there was a special edition of the *Echo*, but there was only the early edition on sale. She hoped for front page news tomorrow and maybe it would be on the TV as well, and of course that would only be fair because her son's

murder had been such a big story all those years ago. But then, while she was looking through the papers, something strange happened, she thought she saw her 'pervert' again. Just a fleeting glance, as he was rushing for a train, but what was odd was that he didn't have the brown anorak but he did have a briefcase. Perhaps she'd been mistaken and he wasn't really a 'pervert'. Perhaps he was a businessman after all. It didn't matter, she had more important things on her mind. She pushed through the crowds in the station and was soon home in her little flat.

The flat had been provided through the local council as part of the 'initiative' and she'd only been there for about six months. It had felt strange at first to have her freedom again, and she'd been wary of meeting new people. Luckily the neighbours were friendly and she'd soon turned the flat into a cosy little home.

Catherine took off her coat and put away her things, then switched on the TV and went to make a pot of tea. There was just time for the tea to brew properly before the local news. With a couple of minutes to spare, she was sitting on her settee with a pot of tea and a china cup and saucer on the coffee table in front of her together with a slice of Battenberg cake.

It was a special day after all.

There was no mention of her bomb on the early evening news, which seemed to be mainly concerned with 'traffic chaos', in the city centre as the result of a police incident. She'd videoed the news so she played it back twice in case she'd missed something. Then she stayed up late to watch the ten o'clock news and did the same again, but still nothing.

What could have happened? Perhaps the bomb didn't go

off? She'd not been able to test the explosives beforehand but she'd followed the instructions to the letter. She was always methodical about things like that, which was why her mother had said she was such a good baker, and she'd come top in her class for her Victoria sponge, but they didn't do explosives in domestic science, or at least they hadn't when she'd been at school. If it hadn't gone off, would he have reported it to the police? She was getting worried; she didn't want to go back to the hospital and be patronised by Deirdre and her 'crew'. There followed a sleepless night.

In the morning there was still no sign of the police and the local TV news was all about a killing in the centre of Liverpool that had caused the traffic problems of the previous evening. What was the world coming to when a local businessman could be shot down in the street in broad daylight? The newsreader said that the tragedy appeared to be a robbery that had gone wrong because the victim's briefcase was missing.

Catherine decided to bolt her doors tonight, you couldn't be too careful with a killer on the loose. Then, just as she was about to switch off the TV, there was a brief report about a suspected gas leak on the Wirral that had caused an explosion killing an un-named man and seriously damaging a row of terrace houses. The fire brigade were investigating the cause, and at least one of the houses would need to be demolished because it was structurally unsound.

Catherine was shocked and disappointed. Was that it? After all her hard work and planning? They didn't say who he was or what he'd done so where was the justice in that? She should have thought things through better. She went

into her kitchen to make herself a pot of tea and noticed the remaining Battenberg cake on the worktop. She was angry with herself for leaving it out last night because it was probably stale now. Such a waste. Catherine cut a piece and tasted it and decided to put it out for the birds.

Her flat was on the fifth floor and she had a small balcony with a window box and a few pot plants but because it was winter there were no flowers. To compensate, she put out an old saucer that she used for bread for the birds. She crumbled up the stale cake and scattered it on the saucer then clapped her hands and looked around to see if she could see any. It always made her happy to see birds. In hospital they'd let her feed them and sometimes, she imagined that these were the same birds whom she used to talk to.

At first, after the fire when they took her away, she wouldn't speak to anyone but she'd talk to the birds, explaining what had happened to her and her son, and for some reason it made her feel calm. There was one bird, a big fat pigeon that was always waiting for her on the hospital patio, he seemed to prefer to listen to her rather than eat bread with the others. Catherine had nicknamed him 'The Professor' because he seemed so wise and a bit pompous, and when she left the hospital he was the only friend that she missed.

She started feeding the birds before she got to know her neighbours and when she was feeling lonely. Almost immediately another pigeon had appeared that looked identical to 'The Professor' and, even though Catherine knew it wasn't him because the hospital was many miles away, she talked to him as though he was her old confidant.

Her clapping must have worked. Soon the little balcony was filled with pigeons jostling one another for the cake until, eventually, it had all been eaten and they moved off to find other food. One large pigeon remained.

'Good morning Professor, did you enjoy the cake?' she enquired.

It tilted its head on one side and watched her with a beady eye.

'Sorry, that's all there was, it's only bread left now, and you never seem to eat that, do you?'

The pigeon fluttered up onto the balcony railing and began to preen itself. Catherine brought out one of the kitchen chairs and sat alongside. She began to explain what had happened to her over the last few days.

'Do you remember last week I was telling you about that young man who'd just moved into the Kirkwood's old flat? I thought he was another of those benefit scroungers didn't I? Well, guess what? I was wrong, Michelle at Number 18 says he's studying at the University to be a doctor or something like that.

Who'd have thought it with his scruffy hair? Perhaps he's some sort of genius, they're often untidy aren't they? Apparently his wife has just died and he's renting the flat while he's doing his studying part-time. You'd have thought it would have to be full-time to be a doctor, wouldn't you?' Catherine laughed. 'But then I suppose you'd know all about that being a professor?'

The pigeon stretched its wings and flew off.

'See you tomorrow, Professor. I'll try to find you a nice biscuit for a change.'

She was working that afternoon at the charity shop and she decided to go to the local shops for some milk and

biscuits first thing and then do the dusting and hoovering before going to work. She put on her coat then decided to call and see if Michelle needed anything from the shops.

When she'd first moved in, Catherine had felt very vulnerable and anxious. She used to stay locked away all day, frightened to go out. Michelle had changed all that. Michelle was a larger than life character with a strong Liverpool accent—Catherine could never bring herself to say 'scouse' because her mother had always forbidden it.

'Catherine, you're a Liverpudlian because you were born in Liverpool. Scouse is neither a native of Liverpool nor a dialect of English. At best it's a variation on Irish stew. You don't hear people in Leeds calling themselves 'Yorkshire puddings', do you?'

But, however you chose to describe her, Michelle was a good neighbour and Catherine thought of her as a friend. She lived across the corridor with her mother who'd just come out of hospital after a fall. Her daughter, Natasha, had recently moved out to be with her boyfriend. And as it was becoming increasingly difficult to look after her mother in her own home, Michelle had moved her into Natasha's old room.

While talking one day, Michelle explained that her mother had recently been diagnosed with 'early onset Alzheimer's' and was becoming more confused day by day. She couldn't live alone in their old family home in one of the terrace streets behind the flats any longer. Now it was becoming increasingly difficult for Michelle to look after her as well as carrying on doing her own cleaning job in town. Michelle couldn't decide whether to become a full-time carer or to find a residential home for her

mother, and the doctors had told her it would only get worse in the future.

Catherine rang the doorbell but there was no answer so she went to the shops on her own. On the way there she saw a young girl standing outside a row of terrace houses clutching a letter. The girl was in her late teens or perhaps twentyish, and she didn't look local; she looked lost. Catherine stopped to help.

'Can I help you dear?'

'I'm a bit lost. I'm trying to find where my family used to live.'

'You're not from round here are you?' Catherine couldn't place the accent.

'No, I'm from Canada—but my family were scousers.'

Catherine grimaced. She took the letter from the girl's hand to read the faded address.

'I haven't lived here long myself, but I think it's just around the corner.'

They walked along together and the girl told Catherine about her life in Canada. Catherine, who'd never been further than Bournemouth, was fascinated. She didn't spot Michelle and her poor mother until they nearly collided.

Before she could say anything, Michelle's mother grabbed the girl by the arm.

'Shirley! You've come back to me after all these years!

The girl looked shocked and tried to pull away.

'Don't go away again. Don't leave me alone, I won't tell no one nothin'.'

The girl tugged to be freed.

'It'll just be ar' little secret.'

The girl broke free and ran off crying, while Michelle's mother called after her,

'No! Shirl' come back,… I need you luv… don't leave yer little sis' again, Shirley!'

Michelle tried to calm her mother, and once her mother realised that the girl had gone she stopped calling after her and began to weep. The three of them walked slowly back to the flats, Michelle's mother muttering really strange things. After helping Michelle to calm her mother, Catherine went back to her own flat. Thank goodness both her parents were dead.

The afternoon passed uneventfully. The later edition of the *Echo* ran an article at the bottom of the front page about the shooting but the explosion was limited to a few lines on page three.

The following morning, Catherine woke early after a good night's sleep. She wasn't working at the charity shop today and she began to feel a little guilty because the news reports mentioned that several houses had been damaged. All she'd wanted to do was kill him; she didn't like the idea that she'd inconvenienced other people and she hoped that the TV and the paper had been exaggerating. She decided to go to see the site of the explosion. She would take the ferry instead of the train and make it into a day out.

Although it was a cold morning, it was dry and the TV weather forecast said it would remain so all day. She left her umbrella behind but put on a head scarf. It could be windy on the ferry and she'd only just had her hair done. Catherine planned to walk into town but, as she was walking past the bus stop, she saw the bus approaching and, throwing caution to the wind, boarded it and took it all the way to the Pier Head.

The wind was whipping up the Mersey and the waves crashed against the landing stage. It had been many years since she'd last been on a ferry and she felt as excited as on her first school trip many years before. Her childhood had been dull. Her mother didn't believe in what she called 'frivolity' and her father was always more interested in his dahlias than his daughter. She had spent most of her time alone, choosing to lose herself in books and daydreaming of when she would escape the strict regime of home, with its silent meal times accompanied by the ticking of the grandfather clock.

Today was like one of those wonderful school trips, a time when she'd felt free. She stood on the deck with the wind whipping up around her coat tails and held tightly onto her headscarf to stop it blowing away. She could feel the energy of unbridled nature as it rocked the boat and it filled her with joy, snatching the breath from her lungs and driving her cares away. She had a sudden urge to stand at the front of the boat like the woman in the film, 'Titanic', but she could almost hear her dead mother saying:

'Don't make a fool of yourself again, Catherine.'

It started to rain. She sheltered inside and ate her packed lunch early.

Leaving the boat at Wallasey and because she'd travelled across the Mersey by ferry rather than under it by train, she had to use two buses to get to the house. By the time she arrived, it was already early afternoon but she was still in good spirits.

Although she had pretended to herself that she was visiting to make sure that none of the other properties had been too badly damaged, she was looking forward to

savouring her moment of triumph. The more she thought about it, her revenge was sweeter because he hadn't even been identified. It showed what a worthless individual he'd been. Her son's murder had been front page news and on the television but no one could even be bothered to find out his killer's name.

The closer she got to the house, the more excited she became. She should remain calm just in case the police were still there, or they might be suspicious. Turning the last corner, she could see the row of terraces and, even from a distance, she could see the damage her bomb had done. There was a large gap in the middle where one of the houses had been demolished, and scaffolding had been erected to support the houses on either side. But something didn't seem quite right; she paused and checked again. She began to run towards the houses. It must be a mistake—they'd demolished the wrong house.

Soon she was out of breath in front of the terrace where his house was relatively untouched. It had lost its chimney pot and some slates off the roof and two of its windows were boarded up. It was the next door house that had been demolished.

Perhaps there had been a gas explosion after all and her bomb hadn't gone off. Crouching down, she pushed open the letter box and peered inside. It was almost unchanged from her last visit. She could see the coconut mat but there was no sign of her parcel or the birthday cards. Perhaps he'd opened her parcel but it hadn't exploded, but if so why hadn't he called the police?

'Can I help you?'

Catherine jumped up and spun around. A small grey haired woman in an apron who had come out of the next house.

'I was looking for... John.' She hated saying his name.

'He's on holiday, won't be back until next Tuesday. He went away for his birthday.'

'What happened?'

'Gas explosion they say. It looks like Jim didn't switch off his gas fire properly.'

'Jim?'

'The old chap who died, eighty-seven they said. It's really sad, he was so lovely, a real gent. Would do anything for anyone, water your plants if you were on holiday, collect your post so that burglars couldn't tell you were away, that sort of thing. You don't get neighbours like that these days.'

'Did he feel anything?'

The woman gave Catherine a distasteful look.

'I wouldn't have thought so. Who shall I say called?'

'I'm just an old friend. I'm sure I'll catch up with him soon.'

She was soon on a train passing under the Mersey. She didn't feel like 'people watching' this afternoon. She had bought a local edition of the *Echo* to try to find out more about Jim.

The short article praised his war service, community spirit and love of children and animals. Rather cynically, Catherine wondered why none of these type of articles ever had a victim who was a drunken womaniser; it always appeared that only 'saints' died tragic deaths. Anyway, she reasoned, at eighty-seven he'd had a long enough life, unlike her son whose death marked the tragic waste of a young life. Perhaps Jim's death was a blessed release? Perhaps he'd been ill? The article didn't mention any health problems but at eighty-seven he was probably glad to go. She settled down with a clear conscience to read the rest of the paper.

One thing still nagged at her though—she didn't understand why the bomb had gone off without the parcel being opened. There must have been a problem with the spring-loaded switch. She shuddered as she thought about it dropping heavily on the coconut mat, it could have gone off then. That was something she'd have to sort out before the next time.

According to the paper, they still hadn't found the killer of the business man, the police were appealing for witnesses to come forward with information, and with the article there was a small black and white photo of the victim that seemed somehow familiar to Catherine, but it was very fuzzy, it could have been anyone and she didn't recognise his name.

So she turned to the back page to catch up on the Test Match in Australia. Her mother had called cricket a 'Gentleman's Game' and had taken a great interest in the Lancashire and England teams. Out of habit Catherine continued to look at the results and was pleased to read that one of the English batsmen had scored two hundred not out.

§

– 5—

London Road

Kelly was angry, and when that happened he would do one of two things: hurt someone or go fishing. Today he was fishing but it wasn't helping; he was still angry. Someone had tried to kill him and then taken his things, and that someone would have to pay for both.

It was a late mid-week morning, it had been light for a few hours and, with the arrival of spring only a few weeks away, the days were getting longer. He was leaning on the rail next to Queen's Dock, looking out at the grey choppy waters of the Mersey and baiting his hook with lug-worm. As he tried to push the hook through the worm he thought of the people he'd like to do the same thing to.

It had been a few months since the shooting on the pier and Kelly had decided to lay low and wait to find out who and why before taking his revenge. There was no need to rush he had plenty of time. He'd gone back to the Alabama but kept in touch with Doyle and told him to keep his eyes open, but not to tell anyone even 'the boys' that he was alive.

When he couldn't contact him, he came back to Liverpool and found out that Richardson had got himself killed, and that Doyle and the boys had gone missing.

Whoever was behind it obviously wanted to take over all

his business interests—the clubs, drugs and prostitution—in one fell swoop, but they hadn't reckoned on him and his talents. They'd managed to get the keys to his safe-deposit box, had cleaned him out and, just to rub it in, had left a brick behind in place of his possessions. He'd make them eat that then stick a hook through them and dangle them in the river. He shook with rage but finally forced the hook through the worm and cast his line into the Mersey.

He leaned on the rail, took a chocolate from his pocket, popped it in his mouth and began to calm down. It was actually quite a nice day to be fishing he thought to himself. The wind had died down slightly and the sun was coming out, and with any luck he might catch a few whiting or even a small cod. The river was much cleaner these days and more and more species were returning every year. He'd caught a dog-fish this morning, when using some squid for bait, and thought that by changing bait he might catch something else, perhaps something edible.

Whenever he fished, he always thought back to his childhood, barefoot with a hook and line, hunting catfish on the banks of the Mississippi. You grew up quickly those days, learned how to fend for yourself, or you starved. Kelly remembered how it felt to go hungry, an empty yearning in his stomach that never stopped tormenting him, goading him every waking minute to do anything to get food and stop the pain. He still had the yearnings but it wasn't for catfish any more, he had more specialist tastes these days.

He bit into the chocolate and watched his float bobbing in the swell, the river was much quieter than it used to be, and the few ships on it much larger. Cammell Laird's shipyard

on the opposite bank seemed almost silent. In the past it had been teaming with ships and the slipways of all the shipyards were crowded with workers but Queen's Dock, behind him, was now empty and derelict. He looked at its still dark waters and wondered what secrets they still held. He had plenty of his own, perhaps that was why he kept coming back. He didn't need to because he could live anywhere in the world and money wasn't a problem. Even this latest robbery didn't trouble him, he had funds he could draw on from several different sources. He would never be hungry again.

It wasn't the lost money that enraged him but the fact that someone had taken his personal possessions. The thought of them being handled by the intruder gnawed away at him like a parasite in his guts. He intended to retrieve his possessions and exact his revenge, but first he needed to identify his enemies. Until he could do that, he would bide his time, keep his head down and keep his eyes and ears open. Eventually the enemy would move in on his businesses and thus reveal themselves, confident that they had no one left to fear, then he would take his revenge and reclaim his belongings.

He felt his rod twitch and something tugged at the line. If you wanted to catch something all you needed was the right bait, he thought and waited for the fish to snag on the hook. The line went slack and, when he reeled it in, he found that the worm had gone. Some prey were trickier than others, but, the harder the catch, the greater the pleasure. He re-baited the hook.

Before casting his line, he paused to allow a couple to pass behind him and then he froze. He could sense the man approaching and felt the hairs rise on the back of his

neck. The man seemed preoccupied and unaware of his presence because he was deep in conversation with a girl beside him. As they came closer, Kelly studied the girl. She was young, small and pretty, almost perfect, he thought, although personally he preferred them younger. Male or female, he didn't mind which, but the younger the better. His tastes were quite specific on that point; they always had been.

He envied the man his prey and was about to return to his own when he took a second glance at the man. Surely it couldn't be Melville could it? He had only see him once and then it had been dark, but that face was burnt into his memory as though with a branding iron. Kelly felt a cold shiver down his spine and his stomach twisted in knots. He couldn't let this opportunity for revenge escape him, not after all this time. His fishing would have to wait.

As the couple passed, Kelly packed away his fishing gear and followed at a safe distance. He didn't understand why the man hadn't sensed his presence, perhaps he was too engrossed in the final act before the kill. He could probably almost taste her blood thought Kelly. Should he let Melville kill her and then attack when he was distracted? Or confront him before and possibly keep the girl for himself? It was tempting—perhaps the make-up made her look older than she really was.

The couple walked past Wapping Docks, crossed over the road and entered the 'Baltic Fleet' which was just opening. Kelly followed, feeling conspicuous with his fishing gear. He hid it behind a bin outside the pub, together with his coat, and entered by the side door.

They were sitting at a table in the bay window, the man had a whisky and she had some sort of cocktail. He was getting her drunk so that she would be easier to deal with,

thought Kelly. Kelly couldn't get a close look at the man nor hear his voice, so he decided to push his luck. After all the man wouldn't recognise him would he, not after all this time?

Kelly bought himself a bourbon and took a seat diagonally opposite them, picking up a newspaper that had been left on the bar. He couldn't hear what they were talking about, but could make out her local accent and that he had a slight American one, so it could be him. Pretending to read the paper he studied the man's face, he was sure it was Melville. Sometimes it seemed a very small world. Why were they both here? Perhaps they were drawn there for some reason, back to where it all started. He had often fantasised about this meeting and his revenge, but now it was finally happening he was unsure what to do next. They stood up and left the pub. Kelly waited until they had gone and then followed closely behind.

They walked along the Strand arm in arm then stopped beneath a tower block and the man touched something against a sensor. A door opened in the side of the building and they both entered. More out of instinct than by a conscious decision Kelly rushed up to the door and jumped inside before it closed behind them.

He found himself in the lobby of an apartment block, one side of the wall was lined with mail boxes and the other side dominated by a large reception desk, behind which sat a young concierge. The man didn't look up and was preoccupied with a large white folder on the desk in front of him. The couple had walked past the desk towards the far wall where there were two lifts, and they too appeared to be unaware of Kelly's arrival. He hung back pretending to look at the mail boxes while they entered a lift.

What to do next? If he waited he could lose them but, if he followed, the man might sense his presence and be put on his guard. Kelly hesitated and the lift doors closed before he could reach them. The lift-indicator light flashed but gave no indication of what floor it had arrived at. Kelly decided that he would have to find a way to watch the block. He prepared to leave. No doubt, once Melville had killed the girl, he'd be back on the prowl and then Kelly would make sure to catch up with him. He walked back past the desk. The harassed-looking concierge was quite young and slightly scruffy. His hair stood up on end and his tie was twisted. Perhaps there was another way?

'Excuse me. Don't know if you can help me… it's a bit embarrassing.' Kelly smiled a crocodile smile.

The concierge looked up from his folder.

'I'll certainly try, sir. What can I do for you?'

'I've just moved in. The young couple I came in with asked me up to their apartment later for drinks, to welcome me to the block. I wasn't listening properly when they told me their names and their apartment number. I was going to ask them when we were in the lift but I was checking my mail and they went without me.'

'The tall man with dark hair and the small bubbly woman?'

'Yes.'

'They're in 13C.'

'I'm impressed. Do you know all the residents?'

'No—they collected a parcel earlier.'

'Don't suppose you know their names?'

'I can find out for you.' The concierge looked in his folder then tapped on the computer keyboard. 'Mr. Lee Melville and Ms. Sheryl Malone.'

Minutes later, Kelly stood outside 13C on the thirteenth floor and took a deep breath, he could sense Melville. What should he do now? Knock at the door? Things were more complicated than he'd first thought. They were a couple, living together, so she wasn't prey. Perhaps Melville was trying to live a normal life. Kelly smiled, he'd tried that once but it never worked. It was like keeping a pet, soon you grew bored and they grew old.

Then he realised that if she wasn't prey, then she would make excellent bait. It took more than lugworms to catch a vampire and vampires, like any owners, were sometimes ridiculously sentimental about their pet's wellbeing. If he had the girl then Melville would be at his mercy and he could have his revenge.

Kelly smiled to himself as he imagined how much fun he could have with someone who couldn't die no matter how much you hurt them.

He left the block and walked further down the Strand. He needed to think. He climbed the stone steps that led into the churchyard of St Nicholas's Church and sat on one of the benches. When he'd first come there, it had still been a graveyard but these days it was a landscaped garden. He often came there when he was in this city, he wasn't sure why. Someone once said that you always returned to the place where you were born; perhaps the same thing applied to where you were re-born.

Kelly was certain it was the same man, Melville. He'd used the same name back then. All Kelly needed to do was find some way to get the girl on her own. He'd have to watch the block and be ready to act at short notice. A pigeon landed at his feet looking for

food and he lashed out with his boot. It fluttered away minus a few feathers.

'Always pestering me, like rats with wings,' he grumbled.

He would go back to his flat and get things ready, but first he had to collect his fishing gear from the 'Baltic Fleet'. He needed more time to think and decided to walk back along the river through Albert Dock. He'd just crossed over the bridge into the dock when he saw a bronze statue of a pop star. He recognised the subject and smiled to himself. When he'd been there in the 60's, people used to say they looked alike: tall, blonde and a bit like Elvis. The singer had been from Liverpool, Kelly couldn't remember his name. He read the plaque on the base of the statue—the man had been born Ronald Wycherley but that didn't sound very 'rock and roll' so they'd changed it to 'Billy Fury'. Kelly smiled. Billy Fury was now long dead, but Kelly was still alive and still looked the same.

Later after collecting his car from the flat, he parked it behind the Hilton and sat in Chavasse Park watching the block. He had a pair of handcuffs in his pocket, just in case. He waited and, as he waited, he planned what he would do to her—and, afterwards, to Melville. He felt a warm glow deep inside him, the feeling that comes from starving for days then realising that there will soon be food, that the food that is close enough to smell and taste. He could almost taste his revenge and it tasted sweet.

He saw Sheryl Malone hurrying out of the side entrance by the restaurant and quickly followed. She cut through the shopping mall and made for the taxi rank. He had to run to catch up and didn't have time to get his car. When her taxi pulled away, he jumped in the vacant one behind.

'Follow that cab,' he said and almost laughed.

Ten minutes later, he stood outside a small block of flats between Lime Street Station and London Road. He'd seen her press the intercom button then enter. He walked over and examined the panel with the intercom and flat doorbells on, but they only had numbers not names. Through the glass door, he could see a man coming down the stairs. Kelly waited for him to open the door intending to slip in as the man came out. But as he passed the man turned.

'Oh—hi. Funny to see you here,' he said. 'Did you catch up with the people in 13C?'

It was the stupid concierge.

'No, not yet—although I plan to later.' Kelly smiled his crocodile smile and decided that, since the concierge had recognised him, he would have to kill the concierge too.

The concierge held the door open for him, and as he passed, said.

'See you soon.'

'I'll look forward to it,' said Kelly with relish.

Inside the block was slightly scruffy but the lift appeared to be working so he could use that to carry her downstairs—although taking her outside to his car would be more difficult. He would need to keep her in the flat until it was dark and then bring his car close to the front door. Alternatively he could hold her there and entice Melville to come to him—but then he'd have two of them to take to his lock-up on the industrial estate. He needed somewhere isolated where he could take his time having fun without interference.

The problem was that he didn't know which flat she was in nor how many people were with her. He couldn't

just go knocking on doors, all that would do would be to create more witnesses. Perhaps he should wait by the door and seize her as she left, but what to do with her then? His car was back at the Hilton and it was still mid-afternoon. Kelly walked up the back stairs and checked each floor methodically looking for any clues and had just reached the fourth floor when he heard the lift coming down from the floor above. For some reason he sensed it was her and ran down the stairs to the ground floor and was just in time to see her getting into a mini-cab.

§

The day had started well for Lathom but then it had suddenly turned sour. He'd driven into Liverpool to try to find the access codes for the 'Oreto Holdings' account. He'd tried using the numbers in Richardson's address book to no avail, the codes he had now discovered were combinations of numbers and letters so he decided to thoroughly search the flat once again in case he'd missed something last time.

When he'd first searched Kelly's flat in Rumford Court he had assumed that Richardson had already done it and had the codes in his possession. But now Lathom was convinced that the reason none of the money in the 'Oreto' account had been transferred was because Richardson hadn't found the codes.

He parked, once again, near to the 'Cross Keys' and walked the short distance to Rumford Place. When he entered the courtyard, it seemed different, less claustrophobic than the last time he was there. At first he couldn't understand

this, then he realised that the large 4x4 was missing. He'd assumed it was Kelly's but since Kelly was floating in the Irish Sea and all his thugs were also dead, it must belong to one of the other residents. Lathom had just unlocked the front door with the Yale key then he froze—there wasn't any post on the mat.

Closing the door again quietly, he decided to take precautions before entering. First, he went to fetch Richardson's trusty briefcase and the key to his safe-deposit box from his car. He made sure it was the correct key, he needed a gun not a brick. Unusually for Lathom, he felt flustered, perhaps it was due to the unexpected turn of events, or the after effects of an excellent malt the night before. Within half an hour he'd retrieved Melville's Webley and, keeping it safely hidden in the briefcase, he hurried quickly from the bank. He was so preoccupied that he ran straight into the path of a woman and dropped the briefcase. The catch sprang open and he panicked because he was sure that she would see the gun. Grabbing the case from the pavement he thrust it under his arm to keep it closed and rushed to his car.

By the time he returned to Rumford Court, he'd calmed down and the gun was loaded. He unlocked the door to Kelly's flat and slipped inside closing it gently behind him. Then he took the gun from the briefcase and, pulling back the hammer, walked into the living room. Things seemed unchanged since his last visit so he checked the other rooms and was about to conclude that it was perhaps a cleaner who had moved the post, when he spotted the bag of fishing gear.

Someone was living there and Lathom would need to be quick. He searched the drawers and cupboards but

found nothing of interest. He hoped that he wouldn't have to look at the computer again. More out of desperation than anything else, he started to examine the paintings on the walls. The paintings of the seven deadly sins were modern, but the painting above the fireplace appeared to be genuinely nineteenth century. Perhaps it had been bought for effect like the fake books in the bookcase but he took it down off the wall and carried it over to the window to look at it in the light.

The painting was quite well done, a Confederate Navy ship from the Civil War. There were no gallery marks on the back, nothing but a description of the subject matter: '*CSS Florida*, Liverpool Bay, 1862.'

Disappointed and resigned to opening Kelly's Pandora's Box of paedophilia on the computer Lathom went to replace the painting. Then he saw the wall safe that had been hidden behind it. How had he missed it? He must be slipping, or was he just getting old and careless? In his business, 'old and careless' usually preceded dead.

He checked all over very thoroughly for the combination but found nothing. On a hunch, he entered 1-8-6-2 into the keypad—and the safe unlocked.

Inside it were an American passport in Kelly's name, a handgun, $17000 in cash and a list of the access codes to the 'Oreto Holdings' bank accounts. With these codes Lathom could transfer all Kelly's money to his own Swiss bank account. He scribbled them down in Richardson's old address book then replaced them in the safe with the money and passport. He examined the handgun with a connoisseur's eye, took out the clip of ammunition and tried the action. It was a 9mm Browning automatic the

type he'd used in Special Branch. Lathom was surprised that Kelly didn't have a 'pimps' gun like Doyle. Perhaps this one had sentimental value? Reluctantly he replaced it with the other items and locked the safe. It was important that no one could tell that he'd been here.

Lathom was about to put the address book back into the briefcase along with the Webley, when he noticed the telephone on the side table, and to satisfy his curiosity, took out his mobile and dialled the only number under 'K', 'Billy F', no doubt another nickname he thought. The phone rang, confirming as he suspected that Richardson had done business with Kelly before his death. And consequently that they were not strangers as Richardson had told him when he had passed on the details of the contract for Kelly's execution to him.

Lathom left the flat with a spring in his step. His money worries were history. He could retire permanently and still have ample funds to continue collecting. Perhaps he could afford a 'Turner' for over his fireplace? Only a small watercolour, nothing too flashy, and of course he'd have to pretend it was a copy. He'd know it was real and that was all that mattered.

It was too late to return the gun to his safe-deposit box, so he decided to have a celebratory drink prior to the long drive home. After buying the *Echo* to pass the time, Lathom popped into the Cross Keys for a pint. Then everything went horribly wrong. He'd just taken his second sip when he spluttered and spat his beer over the table and the husband and wife at the next table gave him a dirty look. There was a 'photo-fit picture of himself on page three—and a description of the briefcase on the chair next to him.

Suddenly his beer tasted very bitter indeed. He felt nauseous and very conspicuous. Folding the paper he tucked it under his arm, grabbed the briefcase and walked briskly out of the pub and to his nearby car and safety, leaving his pint unfinished behind him.

He would have to lie low and hope for things to blow over, but, in the meantime, he had to get rid of Richardson's briefcase as soon as possible. It lay on the passenger seat next to him like a time-bomb ready to explode.

§

The following afternoon Kelly took a chance and was waiting in his car opposite the taxi rank when Sheryl Malone appeared. He followed at a safe distance and was pleased to recognise the route to the flats. He now knew that she'd been on the top floor because he'd been waiting on the floor below when she left the previous day. She'd definitely gone down in the lift from a flat on the top floor and, since there were only four flats on that floor and since an estate agent board outside announced a fifth floor flat to let, that only left three to choose from. Kelly laughed out loud. He had a plan, a disguise and some props, this would be fun.

He parked his car in a side street a little way from the block. Pulling on a baseball cap and sunglasses he picked up a clipboard and a large jiffy bag, then he walked over to the intercom and pressed the buzzers for all the flats on the fifth floor.

'Hello?' the voice was indistinct and buzzy.

'Special delivery parcel for Malone.'

'Oh?' the voice sounded puzzled.

'It needs to be signed for or I have to take it back.'

'You'd better bring it up. I'm in Flat 16, fifth floor.'

The intercom buzzed and the door unlocked.

§

Catherine had just finished her new bomb and had redesigned the spring-loaded switch that would set it off, to make it safer for her to carry in future. It appeared that the previous problem had been due to the box not being strong enough and twisting when picked up. She should have been feeling content but for something that had happened yesterday that had unsettled her. She was unable to get it out of her mind.

Her new bomb was contained in a rigid chocolate-truffle box which was made of heavy, embossed card and was the shape of a squat cube with a hinged lid. She'd taken out the bottom tray of truffles and packed the explosives in their place and had checked that the top tray fitted on top so that, unless the bomb was armed, anyone opening the lid would only see the truffles. She had passed the wires connecting the switch to the detonator out through the base of the box so that she could travel with it safely. All she had to do to arm it was to twist the wires together when the lid was closed. The next person to open the lid would cause it to explode.

The previous day, while looking for a suitable box, she'd first visited an expensive confectioners in Castle Street but they had nothing suitable. However, as she was crossing the road a man hurried out of one of the banks opposite

and bumped into her. He dropped his briefcase and, after apologising, tucked it under his arm and rushed off towards Dale Street. At the time she thought nothing of it although she got a good look at his face and it seemed strangely familiar.

She would not have thought any more about it, if it hadn't been for an article in the *Echo* that evening, appealing for help in catching the killer of a man called Richardson, the man who'd been shot in the city centre on the same day her first bomb went off. Beside the article was a photo-fit of the possible killer and there was a description of Richardson's missing briefcase and of a large, brown, padded anorak found at the scene.

The more Catherine thought about it, the more she became convinced the man who had bumped into her was Richardson's killer and, moreover, he had been carrying Richardson's briefcase. Not only that but he was also the 'pervert' who'd bought the brown anorak from her in the charity shop on the day of the murder.

If she went to the police with this information, she would have to give a statement and they would no doubt want to interview Claire as well in order to corroborate her story. Then they would discover that she'd left the shop for several hours after selling the anorak, and she would have no alibi for the missing time. And it was always possible that someone would recognise her name or somehow connect her to the explosion—and she couldn't risk that if she hoped to succeed with her new bomb next time.

She consoled herself with a chocolate from the lower tray of truffles which lay on the table next to the bomb and which was already nearly empty. She'd been eating them when Michelle from Number 18 had popped in with a

letter that had been wrongly delivered, and it had seemed rude not to offer her one.

Catherine considered Michelle to be a friend as well as a good neighbour because, from the first time they met, Michelle had gone out of her way to be helpful. Michelle was not only supportive but was a source of gossip about the other residents of the block. Catherine remembered that first time had also been about the post. Catherine had collected the post from her post box in the entrance hall and, without reading the address, had opened what looked like a bill, only to find that it was a final demand for payment from a loan company—but addressed to Number 18, not to 16. She'd been so embarrassed, but she had to own up so she'd knocked nervously at number 18, expecting abuse or anger. All she got was a friendly smile and a cup of tea.

This morning, they had sat around Catherine's kitchen table eating chocolates, drinking tea and gossiping, when Michelle had asked Catherine if she could keep an eye on her mum when she was out. Jean was deteriorating rapidly and was now saying that her big sister came to visit every time Michelle went out to do her cleaning in the afternoons.

They'd laughed about it, but Catherine remembered how upset Michelle had been by the incident with the young tourist the other week. The pressure of looking after her mum on her own and trying to fit in her cleaning was taking its toll. Michelle had seemed tired and not her usual bubbly self and Catherine readily agreed.

Now Catherine sat on her balcony, looking through her scrap book of the trial and talking to a pigeon.

'That's my son there, on the front page of the *Echo*. Nice photo of him, don't you think, Professor?'

The pigeon had finished its seed and was perched on the rail of the balcony by her side. It tilted its head and cooed.

'Yes, you're right. Doesn't he look smart in his school uniform?' said Catherine.

She turned over the page.

'That's from after the trial. That's John Webster and his friend who changed his story.'

She peered at the grainy black and white photos,

'Webster was such a good looking boy, and so young. You wouldn't think he could murder anyone would you, just by looking at his photograph?'

The pigeon fluttered inside the flat looking for food. Catherine closed the scrap book and placed it on the dining table.

'Alright, Professor, I'm afraid I've run out of bird-seed, but I'll see if I've any digestive biscuits left—you like those, don't you?'

She opened the biscuit tin then the intercom buzzed.

'Hello?'

'Special delivery parcel for Malone,' said Kelly.

'Oh?' What should she do? Michelle was at her cleaning job in town and Jean was on her own.

'It needs to be signed for or I have to take it back,' said the gruff voice.

It wouldn't do for Michelle to have any more problems to deal with.

'You'd better bring it up. I'm in Flat 16, fifth floor,' said Catherine and pressed the button to open the outside door.

Shortly after, her doorbell rang and, through the spy-hole, she saw a tall blonde man in a red polo shirt and cap, wearing sunglasses and holding a large jiffy bag. Catherine opened the door and he walked straight past her into her

flat. She was taken aback, and was about to say something, when he cut her short.

'Malone?' Kelly asked and held out a clipboard with a pen tucked under the clip. 'Sign here.'

She looked for her spectacles. While she searched, Kelly was unable to resist taking a truffle from the tray next to the box on the table. They were delicious—with soft centres. He had a weakness for soft centres, one of his few weaknesses that was legal.

'Where is she?'

'Who?' She had found her glasses and looked at him over the top of them.

'Ms. Malone.'

'She's at work. I'll sign it for you.'

She was about to sign but then she took another look at the man in front of her.

'Don't I know you? You look familiar.'

She was probably old enough to remember Billy Fury. This appealed to Kelly's vanity so he took off his hat and sunglasses and struck the pose from the statue by the dock.

'I know, uncanny isn't it?' he said '-Billy Fury.'

'No someone else—it'll come to me in a minute.'

She leant down to sign the form then realised she was looking at a blank piece of paper.

'I don't understand?'

He grabbed her by the hair and pressed a flick knife against her throat.

'D'you think I'm stupid? I know she's here. I saw her come in. Take me to her—

§

Sheryl had just made a pot of tea, she'd have to remember to wash and dry her cup later and put it back in the cupboard. She'd been coming to see Jean off and on for the last week on the afternoons when she knew Michelle was away cleaning at the apartment block.

Soon after Sheryl had moved in with Lee, Michelle had come to clean and she'd instantly recognised her as Jean's daughter from their meeting in the street. Michelle however didn't recognise her without her Canadian accent, and as they chatted, it was easy for Sheryl to find out Michelle's address and the days she worked.

The next afternoon Sheryl sat at reception, talking to Phil the concierge and filing her nails, waiting until Michelle arrived. Once Michelle went off to clean, she took a taxi to Michelle's flat.

'Hiya Jeanie, Shirl' 'ere. Yer gonna let me in luv?'

She spoke into the intercom. The door buzzed.

Jean didn't seem to find it strange that her sister, whom she thought long dead, had reappeared and that she hadn't aged. Jean acted as though she were still a child, and both often talked together as if it was still the Sixties. They reminisced about the past, their friends and family, the good times and the bad. They laughed and sometimes cried together. Sheryl found it healing and it made Jean seem happier and less frustrated. They'd laid a few ghosts to rest and rekindled their love for one another.

Jean often begged her to stay, but each time Sheryl left she would always promise to come back. She knew that Jean was ill and that they wouldn't have much time together. Michelle had told her that her mother's condition was deteriorating rapidly, and Sheryl was determined to try and make up for the lost years.

They were looking through a family album when the doorbell rang. Sheryl didn't know what to do. If she didn't answer, whoever it was might think something was wrong with Jean and panic. Sheryl looked through the spy-hole and saw a middle-aged woman holding a parcel. She took off the security chain, turned the handle and opened the door—and, suddenly, a tall man barged through and punched her in the face.

§

Melville had almost finished packing his diaries into the trunk. His leather chair had already gone and the carpet fitters were just finishing laying the new carpet in his old study.

The decorators would be in next week because the whole apartment was having a make-over. Magnolia and beige would be banished forever and replaced with vibrant colours. He'd had a make-over himself. His hair had been cut, he had new clothes and Sheryl had even persuaded him to replace his phone—although he wasn't convinced that was really necessary because, other than her number, all his contacts were either restaurants or bars, and anyway the reception at the apartments was so poor that he rarely had a signal unless he left the window open.

Sheryl had encouraged him to forget about the past and live for the present, their future together seemed a much more inviting place as they tried to put their ghosts behind them.

Since she'd arrived in his life, he no longer felt compelled to analyse his past faults and failings nor to grieve for lost friends and lovers. For the first time in his life he

had someone who understood him and with whom he could be completely honest without the need to live a lie. She made him laugh, something he'd missed for so long. When he was with her, he felt normal, felt as though he belonged in this time and place. He no longer felt like an outsider observing those around him through binoculars like a naturalist watching wildlife.

He saw the carpet fitters out and checked his watch. Michelle, his cleaner, should be arriving soon. She'd taken to cleaning in the afternoons now that she had her mother to look after. Sheryl always left before Michelle arrived, which he found strange because when they'd first met they'd seemed to get on really well. Sheryl said she found the idea of someone cleaning for her difficult and that, if she stayed around, it might look as though she was keeping an eye on Michelle. He wasn't sure he believed her. More likely she wanted to do more shopping unencumbered by a bored boyfriend.

The buzzer rang and Michelle arrived with her trusty hoover. He put on the kettle to make them both a coffee and she started work. He'd unplugged his phone so as to let her plug in her hoover, but he left the phone on the window ledge by the open window in case Sheryl rang. Michelle's hoovering was followed by a whirlwind of furniture polish and dusting; she was in a rush to fit all her cleaning jobs into the few hours that she could leave her mother alone.

Once she'd finished he insisted that she sit down for a minute and they drank coffee and ate biscuits and Michelle told him about how her mother's Alzheimer's was getting worse. Jean now thought that her long dead sister was coming to visit her whenever Michelle went off to do her

cleaning. The doctors didn't think Jean had long to live and Michelle wanted her mother to be happy in what little time remained to her. So she played along and even asked about Jean's sister, Shirley. According to Jean, Shirley was a hairdresser in Canada or Australia—it changed from day to day.

Finishing her coffee, Michelle picked up the hoover ready to move on to her next apartment when she tripped over its cable and stumbled. She put out her hand to steady herself and knocked Melville's phone out of the window.

§

Sheryl regained consciousness. She realised that she was handcuffed to a chair and she could feel that her left cheek was swollen. Her eye was half closed. The man who had pushed into the flat was kneeling in front of her. He had taken off his hat and sunglasses, and, her vision clearing, she panicked as she recognised a face from her nightmares.

'Well, well. What have we here? There I was thinking you were his pet, but now I see you're one of 'us'. No wonder he couldn't sense me when he had you so close by.'

She tried to move her arms but they were handcuffed under the seat.

'Don't bother, they're carbon steel. You won't get free without the key.'

He didn't recognise her, she realised. Why would he? She was just another victim from long ago.

'Now, this is what we're going to do,' he said. 'You're going to phone your friend and get him to come here—then I'll let you go. I've no quarrel with you, we're in the same

business after all. Why should you suffer for something he did years ago. Think of me as a colleague.' He laughed unpleasantly.

She decided to play along.

'Why do you want him?'

'Unfinished business. Don't worry your pretty little head about it.'

He stroked her cheek; it made her flesh creep.

'How old were you?' he asked.

'Twenty one.' She held his gaze. She realised that he didn't frighten her any longer.

'Really?—without that make-up you'd look much younger.'

'What if I won't call him?'

'That would be unwise.'

'Why's that?'

'You think that, because you can't die, you've nothing to fear? There are worse things than death.'

He opened his flick knife and held it on her cheek, resting it against her ear. She felt sweat on her brow. She remembered him slitting her throat and drinking her blood all those years ago.

'If I stab you, you'll recover, but if you lose an ear, it won't grow back.'

He placed the tip of the blade in her nostril and pulled it towards him. She tried to lean forward with the blade but the handcuffs held her.

'What if you lose a nose too? You won't be so pretty then—and eternity can be a long time, hiding in the shadows without friends. And how would you wear your designer sunglasses?'

'Does he know who you are and what you are?' asked Sheryl.

'That's the surprise. Call him now or you'll be the one to settle his debt.'

If she called, Lee would come to help her and he would be ambushed by this vampire. They would both be handcuffed to a chair by a sadist bent on his revenge. And, whatever he promised, he would never release her. He would just use her love for Lee and Lee's love for her to make their suffering worse.

He held her phone.

'Where's his number? Why's there no Melville, Lee or Stanley?'

She shrugged, and he ran the tip of the blade under her eye.

'He's under Soft lad,' she whispered and felt ashamed by her betrayal.

He dialled and smiled. The dialling tone stopped and he went to speak when the answering machine cut in.

'You'd better not be trying to trick me.'

'The reception's always bad at the apartments. The double glazing's too thick they tell us.'

He dialled again.

'We'll just have to leave him a message and let him sweat.'

The answering machine cut in again.

'Melville, you don't know me but I've got your girl. So very pretty, and we're getting nicely acquainted here. If you want to see her again, and in one piece, I suggest you wait for my instructions. Oh, you'll want proof won't you—here she is.'

He held the phone against her ear.

'Lee it's a trap he's...'

He hit her hard across the face.

'You'll pay for that! But don't worry, he'll come. I know his sort, can't resist a damsel in distress.'

He put her phone in his pocket. 'He'll be frantically phoning, may even come here looking for you—but we'll be long gone. I've an industrial unit tucked away somewhere secluded where we can have fun, while we wait for Prince Charming.'

Kelly crossed the room and, for the first time Sheryl became aware of the others, her sister Jean and the woman who'd rung the bell. They were together on the sofa, holding hands.

'Shirl', oows' this fella? Tell 'im to go.' Jean was agitated and the other woman was trying to calm her down.

'Shut up you old bag or I'll slit your throat!' said Kelly.

'Shirl' don't leave me wiv 'im. Don't leave me again, Shirl', promise you won't.'

'I won't Jeanie, don't worry luv.' Sheryl wasn't going to leave her sister again, whatever happened.

'Why does the old bag call you Shirl'? I thought it was Sheryl?' Kelly asked.

'It used to be Shirley.'

Kelly laughed and pointed at Jean with his knife.

'Is she a friend or relative?'

'She's me big sister, Shirley,' said Jean, 'an' she'll sort you out you long streak of piss.'

Kelly kept on laughing, he finally composed himself.

'I've seen it all now. So this is your pet! I thought you were his pet, but yours is this—fossil.' He took hold of Jean by her hair and held the knife to her throat.

'No one likes to see their pet harmed do they? He sneered.

'Leave her alone!'

'Or what? Perhaps we can do a deal—a fossil for a boyfriend?'

Sheryl kept quiet, as there was no need to further antagonise him. None of them would be safe while he still lived.

'Time to leave,' he said. 'I'll get the car, then you, me, and Laurel and Hardy here can go for a nice drive in the country.'

He turned to the other woman.

'What's your name?'

'Catherine.'

'Well Cat, you wait with our damsel in distress here and I'll take the old bag with me as security.'

'But, you can let me go—I did what you wanted—I won't tell anyone,' said Catherine.

'You stay here with her. If you don't do what I say I'll come back and cut out your tongue. Understand?'

He took Jean by her arm.

'Tell her to behave,' he told Sheryl, 'or I'll hurt her.'

'Jeanie, go with the man an' be good will yer. Do it for Shirl' will yer luv.'

Jean stood up and followed Kelly out of the room, turning at the door.

'See yers later.'

Sheryl heard him lock the front door with the mortice key. They were trapped. She looked at the other woman.

'Catherine, I'll need your help to get free.'

Catherine shook her head.

'He won't let you go. He'll kill you when he doesn't need you anymore.'

'But I can't help you—he's got the key in his pocket.'

There was only one other way.

'Listen, Catherine, when he comes back he's going to take us somewhere isolated and torture us both to death. It

won't be quick and it won't be pretty. You know I'm telling the the truth, don't you?'

Catherine nodded.

'Then help me while we've still got a chance.'

Catherine stood up from the sofa.

'What do you want me to do?' she asked.

'Take off my belt.'

Catherine undid the thin leather belt.

'Now, put it around my left arm high up and pull it really tight.'

She pulled and Sheryl grimaced.

'Tighter,' she said.

When it was very tight and she could feel her arm going numb, she motioned towards the kitchen door.

'Get a sharp knife or a meat cleaver—quickly, we haven't got long.'

Catherine fetched a collection of knives and placed them on the coffee table.

'So, we've got the knives to defend ourselves, but how are you going to get free?'

'You're going to take that meat cleaver and get me free'

'How?'

'By cutting off my hand.'

'What! No I can't.'

'Quick! Do it. The tourniquet's worked. I won't bleed to death, believe me. One hard blow at my wrist, below the handcuffs.'

'I can't, don't make me..'

'Ever seen anyone skinned alive? Neither have I and I have no intention of that person being you, me, my sister—or Lee.'

Sheryl wriggled her arm under the seat so that her left wrist was pulled tightly across the metal frame of the chair.

'Do it!'

Catherine picked up the meat cleaver, lined up the blade with the exposed wrist, then panicked.

'Can't.'

'Now!'

Catherine pulled her arm back in readiness. Sheryl took a deep breath, clenched her teeth, then closed her eyes and waited for the blow.

The silence seemed to last for hours, then, as she braced herself for the pain, she heard a key turn in the front door. Catherine squealed, dropped the cleaver and sat down on the sofa. Sheryl sighed; their last chance had gone.

Kelly and Jean came back into the room. He was eating a chocolate bar and she was sucking a lollipop.

'Did you miss me?' he asked. 'I didn't need to worry about the old bag, I bought her some sweets and she's been good as gold.'

Jean knelt down beside Sheryl and held out the lollipop.

'Wanna lick, Shirl'?' Then she looked at Shirley more closely. 'Why ar' yer cryin' sis?'

'It's nothin', Jeanie, just testing me mascara. Has it run luv?'

'No Shirl' it looks fine.'

'Just goes to show, Tesco's own is better than Harvey Nick's, theirs was shite.'

Kelly picked up the cleaver from the floor.

'Tut, tut—while the cat's away the mice have been playing.'

He undid the tourniquet, and Sheryl felt pins and needles as the blood and feeling returned to her arm.

Catherine started to gabble something about it being Sheryl's idea but Kelly silenced her with a look and a wave of the cleaver.

He held the cleaver in front of Sheryl and slowly touched it against her arm. He pressed until she could feel that it was just about to cut the skin.

'So, you wanted her to chop off your arm?' He smiled. 'Actually that's quite a good idea of yours, but much too brutal and much too quick. I'd prefer it neater and slower. What's the point in rushing things? We could just start with a finger or two and work our way up.'

He walked his fingers up the side of her arm.

'Then a hand, then an arm. Then start all over again on the other side.'

He threw down the cleaver and ran his hand from her ankle up the inside of her leg, slowly up between her thighs. She remembered her step-father and his 'little secrets'.

'We're going to have fun together. I've always had a weakness for a soft centre.'

She pressed her thighs together.

Kelly laughed.

'You won't be able to do that when I take your legs off, will you?'

He looked her up and down as though measuring her.

'If I take off your arms and legs, you won't be able to stop me doing whatever else I want to do. I could just keep you in a box for whenever I want to play with you. I'm sure you'd look much younger without that make-up, and you'll never get any older. You could be my little teenage plaything for ever.'

She felt nauseous; he made her skin crawl.

'You'd probably fit in a small suitcase without any legs, then you could come everywhere with me. We need never be apart ever again. Wouldn't that be fun?'

She stared straight ahead her mind spinning.

'Cat got your tongue?' He pointed at Catherine on the sofa. 'Pity 'Cat' didn't have your guts or you could have been free by now.'

Under the chair, Sheryl pulled at the handcuffs until her skin chaffed but the cuffs were too tight.

Kelly grabbed Catherine by the arm.

'Get food and bedding together. We're leaving now that it's dark.'

Catherine rummaged through the cupboards but found little. Kelly was angry. He looked Catherine up and down, then sneered.

'We'll have to get it from your flat, Cat. I'm sure you've got food in your cupboards—unless you've eaten it all already.'

He bundled her out of the door, but not before threatening what he'd do to Jean if they made any noise.

Once in Catherine's flat, Kelly stood by the kitchen table and helped himself to the last of the truffles from the loose tray. They were excellent, he was almost tempted to ask her where she'd bought them. But he should really cut down on his sweets because he didn't want to put on too much weight. He looked at his reflection in the mantelpiece mirror and pulled in his stomach. That was the trouble with temptation, he always had difficulty resisting it, always had and probably always would. Soft centres would always be his downfall, he could never resist a soft centre—whether it was a young victim or a Belgian chocolate.

He flipped through the scrap book on the table, it was just old newspaper clippings, so he left it half open and he went to hurry Catherine along. She was collecting tins and packets together into a holdall. Kelly looked out of the window to check how dark it was, when a pigeon flew in startling him. It landed on the scrapbook. He tried to strike it with his hand but it flew onto a kitchen cupboard, knocking the scrapbook on the floor.

Catherine rushed over to pick it up.

'That's who you look like' she said pointing at the opened page, 'not Billy What's it…'

'What you talking about, you stupid bitch?'

'John's friend—you look just like him. Look at the picture.' She held it out.

'John who?'

'John who murdered my son—John Webster.'

Kelly grabbed the scrapbook and stared at the picture.

'Sweet Johnny Webster, he wouldn't hurt a fly.'

'He killed my son!' Catherine's anger made her brave.

'Johnny a killer!' Kelly laughed. 'You stupid bitch, he didn't kill your son—I did.'

Kelly sat down at the table and thumbed through the scrapbook. Catherine was babbling hysterically.

'Shut the fuck up and I'll explain, you stupid cow.'

Catherine stopped babbling and stared at him with her mouth open.

'Johnny and I were lovers for a time. He was young and sweet and I was besotted by him. I thought I'd try to live like one of you for a while, thought it could be fun. I think he really loved me which was quite a change because people are only usually frightened of me.

Well, for a time it was fun, but then he started to get old like they always do. I noticed little 'crow's feet' around his eyes. And he began to get fat. Anybody else would have killed him and drank his blood, I'm sure it would still have been delicious. I decided to send him somewhere he'd be happy, with lots of company. I'll admit the planning was fun and it worked so well.'

'How?'

'You mean—how did I do it?'

She stared at him and nodded.

'It was easy. I got him to wait at our flat for me so that he had no alibi for the afternoon. I'd borrowed some of his clothes and collected some hairs from his hairbrush. I put on the clothes and went looking for some fresh meat. It didn't take long to find something young and tasty, then, once I'd had some fun, I made sure there was blood on the clothes and his hair on the corpse. I left a torn receipt from his bank-machine under the body. I changed out of his clothes before I got home to him, and then made him stay in and we had fantastic sex all night.

You people have no idea what a great aphrodisiac murder is.'

Kelly closed the scrapbook.

'All I had to do was wait for the police to track him down. It only took two days. He was arrested and charged—but released when I gave him an alibi. I wanted it to go to court, I wanted a suitable stage for my finest performance.'

'Why?'

'All artists want to see their dreams realised. You must remember the case? I was magnificent! By the third day of the trial, they'd given all the forensic evidence and the

only thing remaining for his defence was my alibi. I took the witness stand and then I broke down and tearfully admitted that I'd lied out of love for him and, after hearing the evidence, I realised that he was a cold-blooded murderer. You should have seen the look on his face! I almost burst out laughing. After that, it was an open-and-shut case. He got life—behind bars—with five hundred randy inmates. Win/win—I got rid of an ageing queen and he got lots of playmates. I was surprised he never thanked me.

Catherine twisted the wires on the bottom of the box of truffles to arm the bomb and put it on top of the pile of food in the holdall.

'I thought you might like the chocolates?' Catherine smiled weakly.

Kelly gave his crocodile smile and rested his arm on her shoulder.

'So kind,' he replied but his voice was suspicious, 'what do you want?'

'You could let me go. You said that Jean—the 'old bag'—was good for you, so you don't need me to help. I wouldn't tell anyone.' She tried a weak smile.

Kelly tightened his arm around her.

'You're right. I don't need you—and you *won't* tell anyone.'

She tried to smile again.

Then he snapped her neck.

§

Once Catherine and Kelly had left them alone Sheryl realised that this was her last chance to get free. She knew that Jean would never be able to cut her hand off. So she

would have to make her hand small enough to pass through the handcuffs. When Kelly had tried to kill her all those years ago, he'd broken her hand to stop her getting away, now she had to break it to get free. But how to do it?

'Jeanie, can you help me luv?'

'Yes Shirl', whad' ya wan, sis?'

'Can you move me over to the door and open it for me?'

Jean dragged the chair, with Sheryl bound to it, over to the door, and propped it next to the frame as Sheryl asked her to. Sheryl reached out and grasped the door-frame. She pulled herself up against it, leaving her hand in the opening.

'Jeanie?'

'Yes, Shirl'?'

'Can you slam this door hard for me I'm in a draught and it's stuck?'

She clenched her teeth and closed her eyes. She felt the air as the door closed and very nearly pulled her hand free in the last instant, but an image of Kelly made her keep her grip on the frame.

Pain shot through her hand like a hot knife. She stifled a scream, the door sprang back and she tumbled over. She lay on her side and, through tears, tried to pull her broken hand free—and, no matter how hard she tried, it still wouldn't pull free. She took deep breaths to try to ease the pain. Kelly would soon be back, she would be his for ever and everyone she loved would die slowly.

Jean was sucking her lollipop.

'Can you get me up, luv? I've fallen over.'

Jean pulled her up and Sheryl replaced her hand on the frame, she couldn't grasp it any longer because her fingers

no longer responded. When she tried to move them, the pain was excruciating

'Jeanie, it still won't close. Can you give it a run up and put your weight behind it love?'

'Like in gymnastics, Shirl'?'

'Like in Miss Williams' gym class. Pretend you're running up to do a vault and really give it a thump.'

Jean crossed the room and winked at Sheryl.

'Ere we go.'

This time the blow rocked the frame, and when Sheryl fell to the floor she briefly passed out. When her head cleared, she saw Jean kneeling next to her and looking worried.

'Was that OK, Shirl'?'

Sheryl hesitantly pulled her hand against the cuffs. It was as though she was holding a red hot poker. She clenched her jaw and pulled hard. Nothing happened and the pain got worse. She wriggled her hand; the pain was overwhelming, she imagined she was plunging her hand into a furnace and grasping hot coals. Then, suddenly, she was free, she lay panting on the floor next to the chair and looked at her crushed and bloody hand.

'Pity I've just had me nails done.'

She rolled onto her hands and knees and stood up shakily.

'Jeanie, we're goin' to play hide and seek, just like the old days. You run off an' hide somewhere a long way away and I'll count to five hundred. If I don't find you don't come back 'ere luv. Just find a bizzie an' tell 'im yer lost.'

Jean put her lollipop back in her mouth. Sheryl walked her to the front door and, making sure the coast was clear, started counting quietly. Jean ran down the back stairs giggling and Sheryl took a deep breath—Jean was safe.

Sheryl picked up the meat cleaver in her good hand, the handcuffs dangling loosely around her wrist.

It was time to settle an old score.

She walked slowly along the corridor to Number 16. Her heart was beating quickly and her wrist hurt so much that she was worried that she might pass out again. Pity she couldn't run away with Jean but Kelly had her phone and where was Lee? Even if she hurried back to Lee's apartment he might not be there and she had no way of stopping him being lured into a trap by Kelly—and even if she did find Lee, they would never be able to relax while that madman was still out there hunting for them. Also, what about Catherine? Kelly might well take out his anger on her and she had seemed such a kind, gentle person. Why should an innocent like her suffer for no reason.

But deep down, she knew the real reason she was walking towards Number 16—was revenge.

Sheryl could see that the front door was slightly ajar and pushed it open slowly with the meat cleaver, she could hear faint voices inside. She crept down the short corridor and past the bathroom to the lounge door. Taking a tight grip on the cleaver and using the elbow of her damaged hand to push on the door handle, she opened the door with a loud click, and flung herself into the room brandishing the cleaver.

Kelly was standing with his back to the door, and his arm around Catherine. As he turned around to face Sheryl, Catherine's body fell to the floor.

'Well, this is a pleasant surprise, and so timely.' Kelly smiled. 'I'm running out of people to play with. How did you get free?'

Then spotted her mutilated hand.

'I'd have done that for you if you'd asked nicely. I suppose you're impatient to get this over with. Are you going to run at me waving that thing—or do you want to talk first?'

Sheryl was unsure what to do next. Catherine's body lay on the floor between them effectively protecting Kelly from her.

'It's such a small world,' said Kelly. 'It appears that I killed her son.' He prodded Catherine's body with his foot. 'But she was happy to forgive. She even gave me some chocolates.'

'So why did you kill her?' She needed to keep him occupied to give herself time to think.

'Why not? And I wouldn't shed any tears over her if I were you: she wasn't worried about what would happen to the rest of you. Listen, why don't we call it a truce, you and I, and avoid any more unpleasantness between us? We're both the same, I've no argument with you. I'd never have carried out those threats. If you knew me better you'd know I'm too soft hearted to do anything like that. I only wanted to scare you to get to Melville.' Kelly smiled a wide crocodile smile.

'I have my own reasons.' Sheryl shifted her position, moving to the side of the body.

'Protecting Prince Charming? How very romantic.'

'No—revenge.' She had a clear path.

'For this thing?' He kicked the body. 'How many have you killed?'

'Enough, but it's not about the dead. It's about me.'

'I'm intrigued.' He glanced towards his flick knife on the table.

'Remember a girl here in Liverpool in 1962?'

He stared at her then laughed.

'What a small world it is! Every day meeting people from your past, like *This is Your Life*, or perhaps *This is Your Death*.'

He leapt for the flick knife and she took a swing at his head with the cleaver, hitting him with a glancing blow on the side of the head and chopping off the top of his right ear. He screamed and spun around, hitting her hard in the ribs. She doubled over and the cleaver went spinning from her hand.

'Bitch! You'll pay for that.' He held his hand against his ear and she could see the blood running between his fingers. He picked up the cleaver. 'Time for a little pruning, I think—you won't be so frisky without a limb or two.'

Sheryl backed onto the small balcony. She was trapped, the flick knife out of reach on the table. She knew that she was helpless and that Kelly would soon inflict his sadistic whims on her, and then use her to get to Lee and do the same to him. He advanced, smiling and waving the cleaver.

'Decisions, decisions, what first—an arm or a leg?'

She held her hands out at her sides.

'Oh, we're going to have a performance are we?' He swung the cleaver. 'Go on, I enjoy a bit of drama. Much better than begging for your life.'

'My gymnastics teacher, Miss Williams,' Sheryl said, 'always told us that, when doing our floor exercises in competition, we should always leave the audience surprised by the finale.'

'You may find an encore a little difficult with only one leg. So get on with it.'

Sheryl bent her knees, looked at Kelly and winked.

'See you around sucker,' she said and did a back-flip over the balcony.

There was a short pause and a thud. Kelly looked down five stories to the ground below. He saw her body crumpled and contorted at an unnatural angle, the blood forming a pool around her head, then he heard a woman scream and people rushed to the scene, some looking up towards the flat.

He stepped back quickly. He would have to move fast before the police arrived. He could still get Melville though. All he had to do was wait until Melville called him back, then he could arrange for them to meet somewhere isolated—and reek his revenge. It was better than nothing but he was annoyed with himself for letting her get away. He was too soft hearted that was the trouble—and also frustrated. It was the second time someone had cheated him that way.

He walked towards the door and, as he did so, he noticed the box of chocolates left by Catherine. It would be almost rude to leave them; they were a gift after all. Just as he was about to pick up the box, he saw his reflection in the mantelpiece mirror and sucked in his stomach. Should he give in to temptation or not?

'It'll take more than a soft centre to kill me,' he chuckled.

And then he opened the lid.

Cocktail Recipes

All of these cocktails are inspired by characters or events in the story.

LIVER BIRD

3 measures of 'Liverpool' gin.
1 measure of vermouth.

Stir the ingredients in a mixing glass with ice. Strain into a martini glass. Garnish with a green olive or one or more maraschino cherries.

SCOUSE GOTHIC

2 measures of 'Liverpool' gin.
4 measures of pressed tomato juice.
½ measure of port.
½ measure of lime juice.
2 pinches of cayenne pepper.
4 dashes of Worcestershire sauce.

Stir the ingredients with ice in a highball glass. Garnish with two black olives.

MALONE

1 measure of 'Liverpool' gin.
1 measure of 'Maraschino' liqueur.
1 measure of single cream.

Mix the ingredients in a cocktail shaker with ice. Strain into a martini glass. Garnish with a grated dark chocolate and two maraschino cherries.

MELVILLE

1 measure of Irish whiskey.
1 measure of 'Liverpool' gin.
1 measure of 'Kahlua'

Mix the ingredients in a cocktail shaker with ice. Strain into an old fashioned glass half filled with crushed ice.

ORETO

1measure of 'Southern comfort'.
1 measure of 'Liverpool' gin.
3 measures of fresh orange juice.

Mix the ingredients in a cocktail shaker with ice. Strain into a highball glass half filled with ice. Garnish with a slice of lime.

SOFT CENTRE

2 measures of bourbon.
1 measure of crème de cacao.
1 measure of 'Frangelico'.

Mix the ingredients in a cocktail shaker with ice. Strain into a martini glass. Garnish with a soft chocolate truffle pierced with a cocktail stick.

Illustrations

Webley Mark VI

'Chow Mein' Special

'Navy' Colt

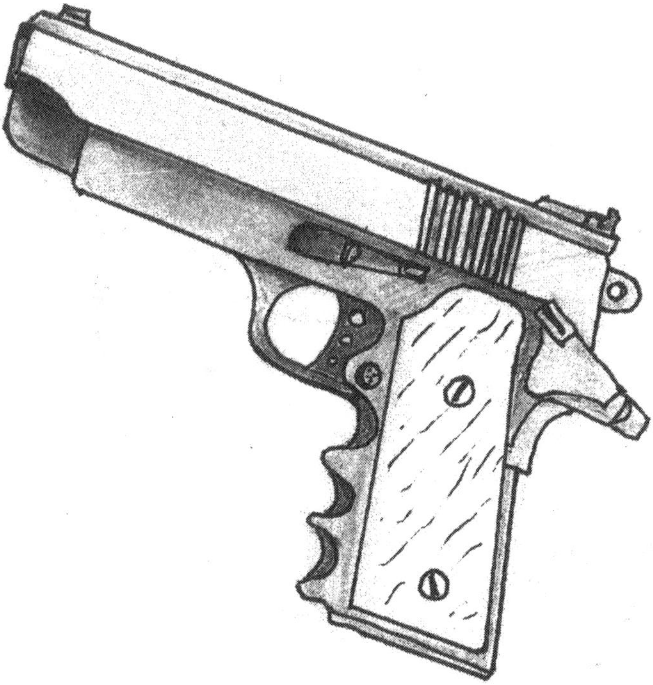

Doyle's Automatic

Other Books in the Series

SCOUSE GOTHIC 2

Blood Brothers... and Sisters

ISBN 978-1-911175-13-1

Melville mourns another loss love; Lathom decides to have a fresh start in Liverpool, but finds his past waiting for him; Peter is having problems with some 'psycho'mice, and Frank finds that being a pigeon can have its limitations.

SCOUSE GOTHIC 3

All You Need Is... Blood?

ISBN 978-1-911175-44-5

Melville decides to put his past behind him and live for the future – unfortunately his past has others ideas. Lathom is having problems adjusting to his new life, and that his old friends have become his new enemies. While Frank ponders how to make an omelette without breaking your favourite egg.

You can also visit
Scouse Gothic on
Facebook and Twitter

23716119R00115

Printed in Great Britain
by Amazon